Reizende Isabelle

Roman

AMÉLIE DUVAL

IMPRESSUM

Reizende Isabelle

Covermotiv:

SelfPubBookCovers.com/Lori

Umschlag:

Amélie Duval

ISBN-13: 978-1505435092
ISBN-10: 1505435099

Dieses Buch
widme ich den
Schmetterlingen
in Ihrem Bauch.

Amélie Duval

INHALT

SÜSSE BEUTE

Der Brief

Isabelle zog sich mit aller Sorgfalt an, zwangsläufig schlicht, denn sie besaß nicht ein einziges Kleidungsstück, das nicht schmucklos gewesen wäre. Die Robe, die sie heute ausgewählt hatte, bestand immerhin aus gelbem Taft. Ihr Onkel, Hugo du Plessis, hatte ihr von einem Diener ausrichten lassen, dass er etwas sehr Wichtiges mit ihr zu besprechen hätte. Etwas nervös fuhr sie sich durch die dunkelbraunen Haare, die sie glatt zurückgebürstet und zu einem strengen Knoten gebunden hatte. Darauf thronte ein weißes Spitzenhäubchen, das sie von ihrer Mutter geerbt hatte. Nachdenklich blickte sie in den Spiegel. Wie ihr Onkel auch vor anderen immer wieder gern betonte, war sie keine Schönheit. Sie war nicht sehr groß, dafür zu üppig gebaut, in den Augen ihres lasterhaften Onkels gehörte Letzteres zu ihren besten Eigenschaften. Ihrem Gesicht fehlte jegliche Verspieltheit, die derzeit in Mode war. Keine himmelblauen Augen, keine Grübchen oder Schönheitsmale, kein herzförmiger Mund. Ihre grüngrauen Augen in dem ovalen Gesicht blickten viel zu ernst, während ihr Mund zu breit war, um als chic zu gelten. Das Einzige, was sie an ihrem Gesicht mochte, waren ihre eckigen Augenbrauen, die ihren Zügen etwas Aufrührerisches verliehen. Zaghaft lächelte sie ihr Spiegelbild an. Wie gern wäre sie eine Rebellin! Sie würde sich ihrem Onkel entgegenstellen, der seit dem Tod ihrer Eltern die Vormundschaft für sie übernommen hatte, sie aber jeden Tag spüren ließ, welche Bürde sie für ihn bedeutete. Letzten Monat war sie zwanzig geworden, und noch immer hatte sich kein Heiratskandidat gefunden, der sie aus ihrem Elend befreien würde. Das kleine Lächeln verschwand wieder aus Isabelles Gesicht. Wenn es nach ihrem Onkel ginge, würde er sie mit dem Stallburschen verheiraten, nur um sie loszuwerden!

Als unten die Glocke im Speisezimmer ertönte, seufzte sie, und verließ ihre Kammer, die zwar klein, aber freundlich eingerichtet war. Ihr Onkel war schließlich kein Monster. Behutsam schloss sie die Tür hinter sich, dann stieg sie die Eichenstufen zur langen und mit Läufern ausgelegten Galerie hinab. Kurz blieb sie stehen, um die Bilder an den Wänden zu betrachten. Altehrwürdige Gesichter, die streng auf sie hinunterblickten. Schmuck und Kleidung zeugten von der glorreichen Vergangenheit der inzwischen verarmten Familie Du Plessis. Nach dem Tod von Isabelles Vater, die Mutter war ihm kurz danach ins Grab gefolgt, hatte ihr Onkel das kleine Landhaus am Waldesrand geerbt, mit allem, was sich darin befunden hatte. Viel war es nicht gewesen.

Als die Glocke erneut läutete, zeternd und ungeduldig diesmal, lief Isabelle beinahe im Laufschritt nach unten in den Salon. Nachdem sie durch einen ausladenden Torbogen getreten war, gelangte sie in einen geschmackvollen Raum mit hohen Sesseln, einem Tischchen und einer eindrucksvollen Truhe aus Eichenholz. Zwei Wachskerzen brannten auf dem Tisch, zwei weitere befanden sich auf dem Kaminsims. Obwohl es erst später Nachmittag war, hatte jemand die schweren Samtvorhänge zugezogen. In einem der Sessel saß ihr Onkel. Ein graumelierter Mann, der früher einmal gut ausgesehen hatte, doch die braunen Augen in dem inzwischen aufgedunsenen Gesicht hatten bereits zu viel gesehen, die rötliche Haut zeugte von zu viel Alkohol.

„Ah, da bist du ja“, sagte er, als er ihre Schritte hörte, und zeigte auf den zweiten Sessel. „Setz dich zu mir.“

Schweigend nahm sie Platz, nicht ohne den halbleeren Weinkrug zu bemerken, der auf dem niedrigen Tisch stand. Sie verschränkte die Hände in den Schoß und wartete, dass ihr Onkel weiterredete.

„Warst du schon mal in Spanien, Kind?“, fragte er, ohne sie anzuschauen. Sein Blick war auf das prasselnde Feuer im Kamin gerichtet.

„Nein, Onkel“, antwortete Isabelle im höchsten Maße überrascht, während sich ihr Herzschlag beschleunigte. „Ich habe Buchy nur zweimal verlassen, als wir nach Paris gefahren sind, um meine Cousine zu besuchen.“

„Ach ja, die liebe Hortense“, murmelte ihr Onkel mehr zu sich selbst, dann schaute er Isabelle unvermittelt an. Sein Blick war vom Alkohol getrübt. „Nun, dann habe ich eine gute Nachricht für dich.“ Er kreuzte die Beine übereinander. „Ich schicke dich nach Cádiz.“

Cádiz? Isabelles Gedanken wirbelten durcheinander. Sie wusste, dass die Hafenstadt vor fünfzig Jahren bei einem der vielen Kriege zwischen England und Spanien eine wichtige Rolle gespielt hatte. Was sie allerdings für sich behielt. Ihr Onkel schätzte ihre Liebe zu Büchern nicht besonders. Er meinte, das machte sie noch unansehnlicher. Also wartete sie mit weit aufgerissenen Augen und vor Aufregung schwitzenden Händen, dass er weiterredete.

„Meine Güte, Isabelle. Ich erzähle dir, dass du eine große Reise unternehmen wirst, und du verziehst keine Miene.“ Er schnaubte. „Der arme Tropf, der dich mal zum Weib nimmt! Er wird einen toten Gaul reiten statt eine Frau aus Fleisch und Blut.“

Isabelle, die von Hugo du Plessis solche Bemerkungen gewohnt war, zog es vor, seinen letzten Satz zu ignorieren. „Warum schickt Ihr mich nach Spanien, Onkel?“

Er nahm einen großen Schluck aus seinem Weinbecher, dann räusperte er sich. „Du wirst einem guten Freund einen Brief überbringen."

„Einen Brief?

„Ja, er ist sehr wichtig." Er senkte die Stimme. „Darin wird eine Verschwörung gegen Philipp V. aufgedeckt." Philipp V. war ein Enkel Ludwig des XIV, der nach Ende des spanischen Erbfolgekriegs vom Sonnenkönig persönlich auf den spanischen Thron gesetzt worden war. „Der Duc de Coligny ist ein enger Berater des spanischen Königs und wird wissen, was zu tun ist."

Isabelle schwieg lange, verschränkte die Finger ineinander, um das Zittern zu unterdrücken.

„Warum ich?", fragte sie schließlich.

„Deine Unscheinbarkeit, so unerfreulich sie bisher auch war, ist in diesem Fall ein Segen. Niemand wird dich verdächtigen, Botin einer solchen Nachricht zu sein."

„Ihr schickt mich … allein dorthin?" Der Gedanke war erschreckend und faszinierend zugleich.

Der Onkel ließ ein meckerndes Lachen hören. „Natürlich nicht! Das wäre nun wirklich sehr auffällig. Du wirst dich als Zofe der Marquise de Montoire ausgeben, im Übrigen eine wahre Schönheit! Kein Mensch wird dich nur eines Blickes würdigen."

„Aber ich habe keine Ahnung, was eine Zofe macht", erwiderte Isabelle fast panisch. Sie selbst hatte nie eine gehabt.

Er machte eine wegwerfende Handbewegung. „Anziehen, frisieren … Solche Dinge eben."

„Ich weiß auch nicht, wie man Haare *à la française* frisiert."

„Verdammt noch eins, Mädchen! Ihr werdet auf einem Schiff sein!" Der Onkel klang inzwischen verärgert. „Ich glaube nicht, dass die Marquise in dem Fall so anspruchsvoll sein wird. Es ist schon alles geklärt. Ich habe die Zofe wegschaffen lassen, damit du ihren Platz einnehmen kannst."

Isabelle zog es vor nicht nachzufragen, wie ihr Onkel das bewerkstelligt hatte. „Wie finde ich den Duc?"

Der Onkel lachte. „Mein lieber Freund ist in Cádiz bekannt wie ein bunter Hund. Jeder wird dir sagen können, wo sein Haus steht." Er fischte aus seiner Tasche einen versiegelten Brief, den er ihr reichte. „Und jetzt geh packen."

Sie erschrak. „Jetzt schon?"

„Ja. Morgen früh nimmst du die Kutsche nach Le Havre. In drei Tagen stichst du in See. Denk daran, Kleider mitzunehmen, die deiner Stellung entsprechen, und vermeide tief ausgeschnittene Dekolletees", fügte er mit einem anzüglichen Blick auf ihren Busen hinzu, der sie erröten ließ. „Du willst doch nicht unnötig auffallen."

Isabelles Knie schlotterten, als sie aufstand. Mit einem Nicken verabschiedete sie sich von ihrem Onkel und verließ den Salon. Sie musste sich zusammenreißen, um auf dem Weg nach oben nicht zwei Stufen auf einmal zu nehmen. Kaum hatte sie ihre Räumlichkeiten betreten, warf sie sich jauchzend aufs Bett, die Faust gegen den Mund gepresst, um das Lachen zu ersticken. Ihr Herz drohte vor Freude zu zerspringen. *Freiheit!* Endlich würde sie die düsteren Mauern des Hauses in der Rue de La Loge verlassen und für lange Zeit den Anzüglichkeiten und Beschimpfungen ihres Onkels entfliehen. Übermütig umarmte sie ihr Kopfkissen als wäre es der Körper eines Geliebten. Wer weiß, vielleicht würde sie auf ihrer Reise einen ehrbaren Mann treffen, der ihr ein liebevolles Zuhause bieten würde. Dann müsste sie niemals zu ihrem Onkel zurück. Auch wenn dieser ihr das Gegenteil einzureden versuchte, war sie überzeugt, dass es diesen Mann irgendwo gab.

An Bord der Suzette

Isabelle stand an der Reling der *Suzette*, einer zweimastigen Brigg, und schaute hinaus aufs Meer. Dorthin, wo sich der Sturm zusammenbraute. Sie war der einzige Passagier an Deck, denn die anderen lagen in ihren engen Kabinen und kämpften gegen die Seekrankheit. Ihre Flüche und Verwünschungen erfüllten das gesamte Zwischendeck. Bis vor einer Stunde war es ein schöner Tag gewesen. Ein guter Wind hatte die Segel gebläht, und das Schiff war pfeilschnell durch die ruhigen Wellen dahingeflogen. Seeschwalben und Sturmvögel waren ihre einzigen Begleiter gewesen. Doch nun hatte sich der Himmel getrübt. Dicke, schwarze Wolkenschleier bedeckten den Horizont, senkten sich immer tiefer, bis sie beinahe die Masten berührten. Der Wind hatte sich erhoben und nahm an Stärke zu. Isabelle, die noch nie einen Sturm auf hoher See erlebt hatte, war wie verzaubert. Der Anblick raubte ihr den Atem und erfüllte sie gleichzeitig mit Demut.

Als sie Capitaine Sabatier bat, an Deck bleiben zu dürfen, schaute er sie an, als hätte sie den Verstand verloren. Alles Flehen und Bitten half nichts. Sie wurde nach unten verbannt. Auf dem Gang roch es nach Erbrochenem, und Isabelle dankte Gott dafür, dass er sie mit einem robusten Magen gesegnet hatte. Durch das kleine Bullauge in ihrer Koje sah sie, wie blitzende Schlangen die Lüfte durchzuckten, begleitet von heftigen Donnerschlägen. Während der Sturm durch die Segel sauste und brauste, wurde das Schiff emporgehoben und zurückgeschleudert. Isabelles Körper kribbelte auf ungewohnt erregende Weise. Manche hätten dieses Gefühl vielleicht als wollüstig bezeichnet, sie aber fühlte sich in diesem Moment so lebendig wie nie zuvor.

Es dauerte lange, bis sich der Sturm beruhigte. Eine Weile starrte Isabelle auf die aufgewühlte See, dann nahm sie etwas Schwarzbrot und Wasser zu sich und legte sich auf ihre Pritsche. Die Marquise, die auf der anderen Seite der Koje lag, drehte sich um und starrte sie aus blutunterlaufenden Augen an.

„Bring mir den Eimer, du unnützes Ding!“

Seufzend stand Isabelle wieder auf und tat, wie ihr geheißen.

Vor vier Tagen hatten sie den Hafen von Le Havre verlassen, und in dieser Zeit hatte Isabelle zwei neuen Einsichten gewonnen: Sie liebte die See und verabscheute die Marquise de Montoire. Wie ihr Onkel richtig bemerkt hatte, war die Marquise eine Schönheit. Blonde Haare, saphirblaue Augen und milchweiße Haut, ganz zu schweigen von einer eleganten Figur. Alle, angefangen mit Capitaine Sabatier über die Mannschaft bis hin zu den überwiegend männlichen Passagieren, waren von ihr hingerissen. An Deck gab sie sich charmant und feingeistig, doch sobald sie ihre gemeinsame Koje betrat, wurde sie zur Furie. Sie hatte an allem etwas auszusetzen. Die Frisur saß zu fest, die Pritsche war zu hart, das Mahl degoutant. Dabei wurde den Passagieren ein überraschend reichhaltiges Essen angeboten. Reis, Erbsen, Bohnen, Kartoffeln, Graupen sowie vortreffliches Salzfleisch von Rind und Schwein. Die Wasserrationen waren großzügig, es gab sogar zweimal am Tag Kaffee und Tee. Doch offenbar bereitete es der Marquise Vergnügen, Isabelle ihre Überlegenheit aufzuzeigen. Sie scheuchte sie rauf und runter, betraute sie mit schier unmöglichen Aufgaben und beschimpfte sie aufs Gröbste, erledigte sie diese nicht zu ihrer Zufriedenheit. Seitdem betete Isabelle das schlechte Wetter geradezu herbei, weil es sie ein paar Stunden lang vor den Launen der Marquise bewahrte.

Der Gedanke an ihre Mission verlieh Isabelle Stärke. Erst einmal galt es, die Seereise zu überstehen, dann würde das eigentliche Abenteuer beginnen. Den Brief und die drei Silbermünzen, die sie für den Notfall von ihrem Onkel erhalten hatte, waren im Saum ihres Unterhemds eingenäht. Bei dem Gedanken an Cádiz musste sie lächeln. In der Nacht vor der Abreise hatte sie kein Auge zugetan, also war sie hinunter in die Bibliothek gegangen, um in Büchern über Spanien zu schmökern. Seitdem träumte sie fast jede Nacht von glutäugigen Männern und rassig aussehenden Frauen mit roten Blumen im Haar.

Piraten!

Der Sturm war vorüber, dennoch schwankte der Boden immer noch gewaltig auf den Wellen. Das Würgen der Marquise, kurz bevor sie sich erneut in den Holzeimer erbrach, trieb Isabelle wieder nach oben. Die Wolkendecke brach gerade auf, als sie ankam, und das Schiff wurde bereits von den ersten Sonnenstrahlen erfasst. Auf dem Achterdeck gab es einen kleinen Aufruhr, als der Steuermann feststellte, dass die Brigg durch den Sturm westwärts abgetrieben worden war, viele Seemeilen von der Küste entfernt.

Isabelle, die an die Dringlichkeit ihrer Mission dachte, gesellte sich zu Capitaine Sabatier, der an der Steuerbordreling stand. „Müssen wir uns Sorgen machen, Monsieur?“, fragte sie.

„Aber nein, Mademoiselle.“ Sein braunes Gesicht verzog sich zu einem väterlichen Lächeln. „Wenn das Wetter anhält, sind wir in wenigen Stunden wieder auf altem Kurs.“

„Segel in Sicht!“, rief plötzlich der Matrose im Krähennest. „Es hält direkt auf uns zu!“

„Beidrehen!“, rief Capitaine Sabatier seinem Steuermann zu.

Da schwoll die Stimme des Matrosen im Krähennest an. „Schwarze Flagge!“, brüllte er. „Schwarze Flagge!“

Die Mannschaft schien einen Augenblick in Schockstarre zu verfallen, dann rannten alle auf ihre Posten, das Gros der Männer kletterte an den Masten nach oben, um mehr Segel zu setzen.

Erschrocken wandte sich Isabelle an Capitaine Sabatier. „Was bedeutet das, Monsieur?“, fragte sie mit bebender

Stimme.

„Piraten!“, krächzte er. „Gott, steh uns bei!“ Seine Augen waren angstgeweitet. „Versteckt Euch mit den anderen Frauen im Laderaum! Sie dürfen Euch nicht finden!“

Wie aufs Stichwort erzitterte das Schiff unter dem donnernden Einschlag einer Kanonenkugel. Isabelle schlingerte übers Deck und schlug hart auf dem Boden auf. Jemand packte sie und schubste sie Richtung Laderaum. Bevor sie die Holztreppe nach unten nahm, erhaschte sie einen Blick auf einen Dreimaster mit voll geblähten Segeln, der wie ein dunkler Schwan auf sie zuraste. Ein prächtiges Schiff, vermutlich eine Fregatte.

„Mademoiselle, schnell!“

Als sie den namenlosen Matrosen hörte, gab sie sich einen Ruck und stürzte nach hinten in den Laderaum. Die meisten Passagiere hatten sich bereits dort eingefunden, standen oder kauerten zwischen gestapelten und festgezurrten Kisten und Fässern. Hier unten herrschte beinahe vollkommene Dunkelheit, und nur mit Mühe konnte Isabelle die einzelnen Gestalten ausmachen.

„Madame la Marquise? Sind Sie da?“, rief sie leise.

„Ja“, kam es unwirsch zurück, doch Isabelle konnte die Angst heraushören.

Nachdem ihre Augen sich an die Dunkelheit gewöhnt hatten, hockte sie sich in eine Ecke, verschränkte die Hände und betete. Da wurde das Schiff erneut vom Donnerschlag einer Kanone erfasst. Einige schrien, auch Isabelle, während nicht weit entfernt Holz splitterte. Eine tödliche Ruhe legte sich über das Schiff, dann ertönten markerschütternde Schreie. Die Schritte nackter Füße, Säbelklirren und Ächzen vermischten sich mit Schmerzenslauten und fallenden Körpern. Schluchzend hielt sich Isabelle die Ohren zu, dachte an die wenigen glücklichen Jahre ihrer Kindheit, träumte von Spanien ...

Von einer Sekunde zur anderen kehrte die Stille zurück, dann brach tosender Jubel aus. Der Kampf war zu Ende.

Mit klopfendem Herzen starrte Isabelle auf die

geschlossene Tür. Draußen auf der Treppe waren schwere Schritte zu hören. Alle hielten den Atem an, als die Tür aufgerissen wurde und gleißendes Licht hineinströmte. Isabelle blinzelte heftig bei dem Versuch, etwas zu erkennen, und nur langsam setzte sich das Bild zusammen. Was sie sah, ließ sie entsetzt aufstöhnen. In der Tür stand ein Hüne in Weste und Kniehose, mit einer Haut so schwarz wie die tiefste Nacht, und an einem Ohr hing ein goldener Ohrring, der im Halbdunkel schimmerte.

Panik brach aus. Alle fingen an zu schreien, wollten hinausstürzen, bis der Pirat eine Pistole zog und auf den Passagier richtete, der ihm am Nächsten stand. Die Menschen verstummten. Knurrend trat der Hüne beiseite und fuchtelte mit der Pistole. Die Botschaft war klar. Zitternd vor Furcht setzten sich alle in Bewegung. Als Isabelle an dem Hünen vorbeiging, konnte sie nicht umhin, einen Blick zu riskieren. Sie hatte noch nie einen Schwarzen gesehen, und ihre Gefühle schwankten zwischen Furcht und Faszination. Niemand sprach ein Wort, als sie wie Schafe nach oben getrieben wurden. Auch nicht, als man die Frauen von den Männern trennte.

Einer der beiden Masten war zerstört, die Mannschaft der *Suzette* hatte die Waffen gestreckt. Capitaine Sabatier, der offenbar schnell erkannt hatte, dass jeder weitere Widerstand gegen die schwer bewaffnete Fregatte der Piraten unnötiges Blut vergossen hätte, hatte sich nach einem kurzen erbitterten Verteidigungsversuch ergeben. Jetzt wurde er, wie auch seine Männer, von einer Gruppe in Schach gehalten, die mit Musketen, Entermessern, Kurzsäbeln und Pistolen bewaffnet waren. Beim Anblick der Frauen brandete Gelächter auf, begleitet von derben Bemerkungen. Die Marquise wankte, während Todesangst Isabelle die Kehle zuschnürte. Die anderen Frauen – die Gattin eines fettleibigen Tuchhändlers mit ihren zwei Töchtern sowie eine alte Witwe und ihre Anstandsdame – drückten sich ängstlich zusammen. Als der Händler versuchte, zu seiner Familie zu gelangen, wurde er grob zurückgerissen.

„Filzen!“, schrie jemand.

Mit ausgefahrenen Krallen stürzten sich die Piraten auf ihre Gefangenen. Einer von ihnen kam über die zerborstenen Masten und Taue auf Isabelle zu. Sein Blick war finster. In Panik wich sie mehrere Schritte zurück, bis sie mit dem Rücken an die Reling stieß. Sie schluckte, ihr Mund war staubtrocken.

„Na, na, Täubchen“, murmelte er. „Du willst doch nich über Bord fallen.“ Er grinste dreckig, dabei purzelten Klumpen von Kautabak aus seinem Mund. „Wär‘ schade drum.“

Beim Abtasten nahm er sich viel Zeit, zerrte an ihrem Mieder, betatschte ihren Bauch und ihren Po, griff ihr zwischen die Beine, während alles vor ihren Augen verschwamm. Wie aus weiter Ferne hörte Isabelle, wie die Passagiere laut protestierten, die Angstschreie der Frauen stachen dabei deutlich heraus. Zum ersten Mal in ihrem Leben stand sie kurz davor, in Ohnmacht zu fallen. Enttäuscht über die magere Ausbeute, sie trug nur ein einfaches Kreuz um den Hals, spuckte der Pirat einen Klumpen Kautabak auf den Boden, dann beugte er sich ganz nah zu ihr.

„Krieg ich wenigstens ‘nen Kuss?“

„Es reicht!“, knallte es plötzlich wie ein Peitschenschlag durch die Luft.

Sofort ließ der Pirat von ihr ab, und auch die anderen verharrten in der Bewegung. Alle blickten hinauf zum Achterdeck, wo ein breitschultriger Mann stand. Er trug ein blutverschmiertes weißes Hemd, eine dunkle Kniehose umschloss eng seine Hüften und schmiegte sich an jeden Muskel seiner kräftigen Schenkel. In seinem Gürtel steckten zwei Pistolen. Er trug keine Perücke, das schulterlange schwarze Haar fiel ihm wirr über Wangen und Gesicht; einem scharfgeschnittenen Gesicht, das von Sonne und Wind gezeichnet war. Obwohl Isabelle einige Meter entfernt stand, konnte sie seine Augen sehen. Sie waren eisblau. Ihr lief ein kalter Schauer über den Rücken. Ein Raubtier in Männergestalt. Ungerührt ließ er seinen Blick über die Gefangenen wandern. Im Gegensatz zu seinen Männern widmete er den Frauen nicht mehr Aufmerksamkeit als einem streunenden Hund. Schließlich blieben seine kalten Augen an Capitaine Sabatier haften.

„Meinen verbindlichsten Dank, Capitaine, dass Ihr mir Euer Schiff überlasst." Er deutete eine Verbeugung an, bevor er sich an alle wandte. „Mein Name ist Captain Roy Flannigan, und ihr seid ab sofort meine Gefangenen", sagte er in erstaunlich gutem Französisch. Er war offenbar Engländer. „Händigt Eure Wertsachen aus, und ich will kein Murren hören. Jeder, der auch nur zuckt, landet als Fischfutter im Meer. Habe ich mich klar ausgedrückt?"

Obwohl die Worte ruhig gesprochen waren, kamen alle ohne zu zögern der Aufforderung nach. Isabelle, die an den Brief und die Münzen im Saum ihres Unterhemdes dachte, brach der kalte Schweiß aus.

„Hörst du schlecht, Weib?" bellte Captain Flannigan sie an, als sie nicht reagierte. Sein Blick war unerbittlich.

„Die hat nix", antwortete der Pirat mit dem Kautabak. „Aber ich kann sie gern nochmal filzen."

„Nein." Flannigan drehte sich zu einem glatzköpfigen Piraten, der neben ihm stand. Isabelle verstand genug Englisch, um die Bedeutung seiner Worte zu erfassen. „Jones, lass die Beiboote runter! Wir setzen unsere Gefangenen aus, und sorg für genug Wasser für, sagen wir mal, zwei Tage. Bis dahin müssten sie die Küste erreicht haben."

Während der Tuchhändler übersetzte, machte sich unter den Gefangenen Erleichterung breit, trotzdem erhob der brave Capitaine Sabatier Einwand. „Ihr schickt uns in den sicheren Tod. Zu dieser Jahreszeit ist das Wetter unbeständig. Was, wenn wir in einen Sturm geraten?"

„Ihr seid ein fähiger Captain", antwortete Flannigan ungerührt. „Ihr schafft das." Dann huschte ein mildes Lächeln über sein Gesicht, das Isabelles Blut in den Adern gefrieren ließ. „Die Frauen bleiben hier."

An Deck brach sich die Verzweiflung Bahn. Die Gefangenen lamentierten lauthals, der fettleibige Händler fiel auf die Knie, und seine Gattin und die Töchter heulten los. Indessen starrten die übrigen Frauen wie versteinert auf den schwarzhaarigen Dämon, der eben das Tor zur Hölle einen Spalt breit geöffnet hatte.

Ein Schuss knallte, und alle erstarrten. Flannigan schaute mit finsterem Blick auf sie hinunter, in der Hand hielt er eine rauchende Pistole.

„Ich sage es zum letzten Mal. Wer noch einen Mucks macht, tritt noch heute vor seinen Schöpfer!" Dann an seine Männer gewandt: „Setzt die Gefangenen in die Beiboote und bringt die Frauen auf die *Southern Star*. Ihr schafft alles rüber, was wir gebrauchen können, danach setzt ihr das Schiff in Brand."

„Nein!", schrie Capitaine Sabatier.

Die Pistole in Flannigans Hand schwenkte in seine Richtung. „Capitaine …", mahnte der große, dunkelhaarige Mann beinahe sanft, und Sabatier verstummte. „Gut. Ich sehe, Ihr seid ein vernünftiger Mann."

„Also Männer, ihr habt gehört, was der Captain gesagt hat", rief der glatzköpfige Pirat namens Jones. „An die Arbeit!"

Ehe Isabelle reagieren konnte, wurde sie hochgehoben und wie ein Sack Mehl über eine Planke auf das andere Schiff verfrachtet. Danach ging alles sehr schnell. Nachdem die männlichen Gefangenen im offenen Meer ausgesetzt worden waren, wurde die *Suzette* ausgeschlachtet. Zehn Kanonen, über hundert Zentner Schwarzpulver, Ersatzsegel, Kabel, Körbe voller Reis und andere Lebensmittel wurden sichergestellt. Am Ende des Tages stand das Schiff in Flammen, verlor sich aber schnell hinter dem Horizont, als die *Southern Star* mit hoher Geschwindigkeit davonsegelte. Die Gattin des Tuchhändlers und ihre Töchter schluchzten herzerweichend, und auch Isabelle konnte nur mit Mühe die Tränen zurückhalten. Sie hatte eine vage Vorstellung davon, was Männer Frauen antaten, wenn ihnen gerade danach war. Kurz überlegte sie, über Bord zu springen. Aber da war noch der Brief. Davon abgesehen wollte sie nicht sterben. Es gab so vieles, was sie noch sehen und erleben wollte! Inzwischen rannen ihr die Tränen übers Gesicht, und sie senkte beschämt den Kopf.

Irgendwann stellte sich Captain Flannigan vor sie, die Hände in die Hüften gestemmt. „Meine Regeln sind einfach, Ladies. Wer sich mir widersetzt, wird den Rest der Reise in der Vorpiek verbringen", sagte er. „Natürlich würde eure Schönheit darunter leiden, was bedauerlich wäre, weil ihr auf dem marokkanischen Sklavenmarkt weniger einbringen würdet. Aber damit kann ich leben. Die Frage ist nur, ob ihr es auch könnt."

Seine letzten Worte richtete er an die Marquise, die mit widerspenstiger Miene zurückstarrte. Isabelle fröstelte. Sie wusste nicht viel über die Vorpiek, nur dass es sich um ein finsteres Loch im untersten Bugraum handelte, nass und übelriechend. Dort schwappte die Brühe hin und her, den Roll- und Stampfbewegungen des Schiffes folgend, und spülte tote Ratten, Exkremente und sonstigen Abfall an.

Die Marquise jedenfalls schien das wenig zu beeindrucken. „Du stinkender Bastard!", ereiferte sie sich und reckte das Kinn, wofür Isabelle sie bewunderte. Selbst jetzt sah sie bezaubernd aus mit ihrem zerzausten blonden Haar und den funkelnden Augen. „Ich bin eine Hochwohlgeborene und …"

„Hassan", unterbrach Flannigan sie, ohne die Stimme zu erheben. „Sorg dafür, dass sie den Mund hält."

Der schwarze Hüne, der die Passagiere aus den Laderäumen getrieben hatte, verzog seine Lippen zu einem furchterregenden Grinsen, bevor er auf die Marquise zuschritt, sie bei den Haaren packte und sie auf die Knie zwang. Mit einem Grunzen öffnete er seine Hose.

„Nicht hier, Hassan", wies ihn Flannigan zurecht. „Sucht

euch ein romantisches Plätzchen unter Deck aus. Und sorg dafür, dass sie außen unbeschädigt bleibt. Ich schätze, unsere Hochwohlgeborene hier ist ein Vermögen wert."

Mit wildklopfendem Herzen sah Isabelle zu, wie die schluchzende Marquise weggezerrt wurde.

„Hassan!", rief Flannigan seinen Mann im letzten Moment zurück. „Bring die Frau her. Heute wollen wir gnädig sein. Ich glaube, sie hat die Botschaft verstanden", fügte er mit einem Blick auf die Marquise hinzu.

Ohne zu murren und mit einem breiten Grinsen im Gesicht führte der Hüne den Befehl aus, wobei Isabelle den Verdacht hegte, dass er im Kopf nicht ganz richtig war.

„Das war ein Schuss vor den Bug, Ladies", erklärte Flannigan. „Beim nächsten Mal werde ich nicht so nachsichtig sein. Unter meinen Männern findet sich immer ein Freiwilliger, der gern Frauen in ihre Schranken weist."

Isabelle schlang die Finger ineinander, bis die Knöchel weiß wurden, und hielt sich damit den Mund zu. Sie hatte in ihrem Leben noch nie so viel Angst gehabt.

„Bring die Ladies in den Laderaum, Hassan! Dort werden sie bleiben, bis wir Tanger erreicht haben. Und sorg dafür, dass es ihnen an nichts mangelt." Die letzten Worte waren begleitet von einem kleinen, kalten Lächeln.

Stürmische See

Die nächsten Tage verliefen erstaunlich ruhig. Man hatte sie in einen einzelnen Laderaum mit einer kleinen offenen Luke untergebracht, in dem es nicht ganz so finster war. In dem Raum gab es Pritschen, ein Fass mit frischem Wasser und ein Holzeimer, der als Abort diente und viermal am Tag geleert wurde. Tagsüber blieb die Tür zum Laderaum offen, so dass frische Luft hineinwehte. Hassan hielt die meiste Zeit Wache. Weniger um sie an der Flucht zu hindern, wohin hätten sie auch gehen können, sondern zu ihrem Schutz, wie Isabelle mutmaßte. Den Frauen war es erlaubt, eine Stunde an Deck zu verbringen. Bis auf den Steuermann und eine Handvoll Männer zog sich dann der Rest der Mannschaft in die Kojen zurück. Isabelle schätzte die Zahl der Besatzung auf über sechzig.

Seit seinem Auftritt am ersten Tag hatte sich der Captain nicht mehr sehen lassen. Weil der Mann Engländer war und damit Spaniens Erzfeind, durfte er auf keinen Fall den versiegelten Brief finden, also versteckte sie ihn gemeinsam mit den Münzen unter einer Diele neben dem Abort. Die Tage zogen sich unerträglich in die Länge, jede einzelne Stunde wurde zur Qual. Die Frauen verfielen in einen stoischen Zustand, und selbst die Marquise hatte zu zetern aufgehört. Isabelle gierte es danach, sich die salzige Luft um die Nase wehen zu lassen. Außerdem zerrten das Weinen und Klagen der jüngeren Mädchen an ihren Nerven. Inzwischen war sie eher bereit, sich der Gefahr durch die Piraten auszusetzen als noch länger in dieser von Trauer und Angst getränkten Düsterheit zu verweilen. Und wenn es nur für ein paar Minuten war. Sie konnte nicht sagen warum, aber ihr schien, als wäre die See die einzige

Freundin, die ihr in dieser schweren Zeit Trost spenden könnte. Doch sie war nicht aus dem gleichen Holz geschnitten wie die Marquise, und so blieb sie ängstlich auf ihrem Platz sitzen.

Bis der Sturm kam.

Er tobte einen halben Tag, entfesselte die Elemente, und ihr Spaziergang auf Deck fiel aus. Das Schiff wurde erschüttert, knarzte unter der Wucht des Windes und der Wellen, und während die anderen Frauen vor Angst wimmerten, konnte Isabelle nicht mehr stillsitzen. Sie spürte die bezwingende Kraft des Meeres, spürte, wie der Sturm sie rief. Wieder dieses Kribbeln am ganzen Körper, dem sie nicht widerstehen konnte. Angespannt blickte sie zur laut klappernden Tür. Niemand hatte es gewagt, sie zu schließen. Die Hängematte davor war leer. Die Männer hatten alle Hände voll zu tun, das Schiff sicher durch den Sturm zu führen, und so war Hassan von seinem Posten abgezogen worden.

Das Herz klopfte laut in Isabelles Brust, als sie sich aufrappelte. Wahrscheinlich stand sie kurz davor, die größte Torheit ihres Lebens zu begehen, dennoch war es stärker als sie. Auch, als das Schiff heftig schwankte und sie an die Wand prallte, hielt es sie nicht davon ab weiterzugehen. Die schwachen Warnungen der anderen Frauen in ihrem Rücken konnten sie ebenfalls nicht umstimmen. Nun galt es, zwei Dinge zu beachten. Gut festhalten und vor allem nicht erwischen lassen.

Roy Flannigan stand breitbeinig auf dem Achterdeck. Der Wind orgelte von Westen heran, hatte Sturmstärke und schmetterte die Wellen mit ungeheurer Wucht gegen die *Southern Star*. Stampfend ritt das Schiff über den tobenden Atlantik, nahm eine Welle nach der anderen, kletterte an ihnen hoch, bis sein Bug in den Himmel ragte, bevor es sich nach Backbord neigte und talwärts glitt, um gleich wieder die nächste Welle in Angriff zu nehmen. Die See war Roys einzige wahre Liebe. In all ihren Facetten. Auch wenn sie wie heute wütend und aufsässig war und für ihn und seine Männer den Tod bedeuten konnte. Ihre unbändige Kraft, die Gischt, die ihm ins Gesicht peitschte. All das erfüllte ihn mit Ehrerbietung. Etwas, das er nur wenigen Menschen entgegenbrachte. Zufrieden ließ er seinen Blick übers Hauptdeck wandern. Die Männer hatten die Segel eingezogen und befanden sich auf ihren Posten. Alles war, wie es sein sollte.

Bis sein Blick an etwas hängen blieb, das ihm ganz und gar nicht gefiel. Eine der Gefangenen! Seine Lippen pressten sich zu einem dünnen Strich zusammen. Sie lehnte über der Backbordreling, starrte nach unten in die aufschäumende Gischt, die am fahrenden Schiff vorbeizischte. Im Strahl der untergehenden Sonne blitzte das Wasser noch einmal kurz auf, dann wurde das Licht von schwarzen Wolken verschluckt. Ein angsteinflößender Anblick, der die Frau nicht im Mindesten zu beeindrucken schien. Der Wind presste den dünnen Stoff ihres Kleides an ihre Beine, und ihr Körper wurde durch die Bewegungen des Schiffes heftig durchgeschüttelt. Roy fluchte. Die dumme Gans würde noch über Bord gespült werden! Vielleicht wollte sie sich auch das Leben nehmen. Was zu verhindern wäre. Die 100 oder 200 Ecus, die sie einbringen würde, konnte seine Mannschaft gut gebrauchen.

Von Menschen hielt Roy wenig, von Frauen noch weniger. Sie waren schwach, wie die Frauen, die er sich nahm, um das Feuer in seinen Lenden zu löschen, und sie waren voller Heimtücke, wie seine Hurenmutter, die ihn in der Gosse Bristols geboren hatte, wo er fast verreckt wäre.

Der Gedanke verflog, als er sah, wie sich die Brüste der Gefangenen gegen die Reling pressten. Unerwartet schoss ihm das Blut in die Lenden. Er stutzte, schockiert über die Reaktion seines Körpers. Eine dunkelbraune Strähne lugte aus ihrer Haube hervor, umspielte ihr Gesicht, und er war versucht, ihr das alberne Ding vom Kopf zu reißen und seine Finger in ihrem Haar zu vergraben. Roys Unterleib zog sich zusammen, sein Schwanz wurde hart.

Verfluchte Weiber! Offenbar war er schon zu lange auf See. Im Gegensatz zu seinen Männern ließ er sich nur selten von seinen Trieben leiten, vernebelten sie doch nur das Denken. Sollte die Schlampe doch ruhig über Bord fallen!

Da gelangte durch das Rauschen des Windes ein Geräusch an sein Ohr, das ihn erstarren ließ. Ein Lachen! Glockenhell, fröhlich, wie man es auf der *Southern Star* selten hörte. Während die übrigen Gefangenen vermutlich unter der Seekrankheit litten, stand diese Frau an Deck und lachte dem Sturm ins Gesicht. Wie hieß sie noch gleich? In Gedanken ging er die Namen seiner weiblichen Ware durch, die er säuberlich ins Bestandsbuch eingetragen hatte, in der Spalte neben dem gesalzenen Schweinefleisch und dem spanischen Wein.

Isabelle Morin. Ein gewöhnlicher Name für eine gewöhnliche Frau.

Sie hielt ihr Gesicht in die aufgepeitschte Gischt, die Augen geschlossen, und strahlte. Ungeachtet seines anschwellenden Geschlechts breitete sich in Roys Brust ein seltsames Gefühl aus. Respekt? Bewunderung? Er wusste es nicht. Ein Ständer gepaart mit einer solchen Empfindung war wirklich das Letzte, was er jetzt gebrauchen konnte!

Plötzlich wurde das Schiff von einer besonders heftigen Böe erfasst, und die Frau verlor das Gleichgewicht. Fluchend stürzte Roy die Holztreppe hinunter und schob grob einen seiner Männer beiseite, der mit einem schmierigen Grinsen auf die Gefangene zusteuerte.

„Ich kümmere mich darum“, knurrte Roy ihn an.

Gerade als eine neue Welle gegen das Schiff krachte, war er bei ihr, umschlang blitzschnell ihren Oberkörper und riss sie zurück, bevor das Wasser nach ihr greifen konnte. Ihre Brüste unter seinen Fingern fühlten sich weich an, und er keuchte. Wie gern würde er sein Gesicht darin vergraben! Wahrscheinlich schmeckte ihre Haut nach der

See. Reiß dich zusammen, du Idiot!, wies er sich zurecht, zornig über sich selbst und über das törichte Weibsbild. Einige Sekunden lang hielt er sie an sich gepresst, während der Regen auf sie niederprasselte, spürte durch den Stoff ihres Kleides ihre Wärme und ihr Zittern. Wahrscheinlich vor Angst. Der Gedanke erregte ihn, und er gab der Versuchung nach, seinen harten Schwanz gegen ihr Gesäß zu pressen. Es war unwahrscheinlich, dass sie es bemerkte, wegen des Pokissens in ihrem Rock. Davon abgesehen wirkte sie wie eine Jungfrau, die wenig Ahnung von solchen Dingen hatte. Dennoch genoss er den kurzen Augenblick, bis eine erneute Erschütterung ihn aus seinen Träumereien riss.

„Willst du über Bord gespült werden, Weib?“, brüllte er sie an und packte sie fest am Arm, um sie Richtung Unterdeck zu zerren. Erneut schwankte der Boden unter ihren Füßen, und er musste sich mit einer Hand am Mast festhalten. Gleichzeitig wirbelte er sie herum.

Die Zeit schien stillzustehen.

Mit weit aufgerissenen Augen schaute sie ihn an. Mit Augen in der Farbe der aufgewühlten See. Eingerahmt waren sie von dunklen Brauen, die ihn an Möwenschwingen erinnerten. In ihrem Blick war nicht die Spur von Angst, nur kindliches Staunen.

„Das Meer, Monsieur“, hauchte sie. Er konnte ihre Worte durch den Wind gerade so verstehen. „Es ist so atemberaubend.“

Als das Schiff erzitterte, überlegte Roy nicht lange, ergriff ein Tau, band es um ihrer beider Leiber, und machte es am Mast fest. Dann ließ er die Frau los, und zog das Tau fester. Sie ächzte leise, während er einen Knoten machte. Nun standen sie sich gegenüber, eng aneinander gepresst, ihr Scheitel reichte ihm gerade bis zum Kinn. Sein Hemd klaffte ein Stück auf, und er konnte ihren schnellen, warmen Atem auf seiner nassen Brust spüren. Ihr weicher Busen an seinem Bauch war schwerlich zu ignorieren, von ihren Oberschenkeln ganz zu schweigen. Sie hatte sich versteift und blickte starr an ihm vorbei, während die Welt um sie herum aus den Fugen geriet. Eine Riesenwelle erfasste die *Southern Star*, die sich hart auf die Seite legte. Die Frau schrie erschrocken auf, krallte sich an ihm fest, mied jedoch nach wie vor seinen Blick. Offenbar fürchtete sie ihn mehr als die tobende See. Ein prickelnder Gedanke.

Irgendwann legte sich der Sturm, und der Himmel klarte auf. Am Horizont bildeten sich erste goldene Streifen, die sich in ihrem staunenden Blick widerspiegelten. Auf ihrem Gesicht lag ein Ausdruck der Verzückung. Der Anblick versetzte ihm einen Stich ins Herz, und er wandte fluchend den Blick ab. Betrachtete stattdessen, wie sich hellrote Streifen über die goldenen legten, um sich anschließend im strahlenden Blau des Himmels zu verlieren.

Als sich die Schlingerbewegungen des Schiffes zu einem sanften Wiegen wandelten, packte er das Tau, löste den Knoten und schlug der Frau ohne Vorwarnung ins Gesicht. Geschockt schnappte sie nach Luft.

„Zurück in den Laderaum!“, grollte er. „Sofort!“

Mit der Hand auf ihrer flammenden Wange starrte sie ihn an, bevor sie schluchzend davon stolperte. Wütend starrte er ihr hinterher, bis sie im Bauch des Schiffs verschwunden war, dann stapfte er in die kleine Kombüse unter Deck. Dort goss er sich aus einem Fass, das gut festgezurrt in der Ecke stand, etwas bernsteinfarbene Flüssigkeit in einen Becher, den er in einem Zug leerte. Der brennende Rum in seiner Kehle half ihm, wieder einen klaren Kopf zu bekommen.

Süßer Schmerz

Seit dem Sturm waren vier Tage vergangen. Vier Tage, an denen Isabelle nur von einem einzigen Gedanken erfüllt war. Captain Roy Flannigan. Sie hatte mit Männern keine Erfahrung, bis auf einen feuchten, widerlichen Kuss vor zwei Jahren, den ihr ein betrunkener Freund ihres Onkels in einer dunklen Ecke des Hauses aufgedrückt hatte. Der Sturm war aufwühlend gewesen, der feste Körper des Captains aber hatte sie in ihren Grundfesten erschüttert. Sein wütender Blick aus eisblauen Augen verfolgte sie, hinderte sie am Schlafen. Für sie bestand kein Zweifel, dass er der Teufel in Person war. Denn obwohl seine Ohrfeige sie geschockt hatte, verlangte ihr sündiger Körper danach, von den Fingern gestreichelt zu werden, die sie geschlagen hatten.

Vielleicht war sie krank. Oder wie sonst war es zu erklären, dass sie seit drei Nächten kleine, geheime Ausflüge an Deck unternahm? Die Tür zum Laderaum blieb nach wie vor unverschlossen, und zu einer bestimmten Nachtzeit, so hatte Isabelle festgestellt, schlief Hassan auf seiner Hängematte besonders tief. So konnte sie an ihm vorbeihuschen und die Treppe hinaufschleichen, ohne dass er es bemerkte. Sie blieb nie sehr lange weg, dennoch war es riskant. Aber es gab nun mal nichts Vergleichbares mit einem Sternenhimmel auf hoher See, redete sie sich ein. Die kleine Stimme in ihrem Kopf, die ihr zuflüsterte, dass sie wohl insgeheim hoffte, von Captain Flannigan gestellt zu werden, ignorierte sie.

Geduckt lief sie an der Reling entlang, um zum hinteren Teil des Schiffs zu gelangen. Während ihrer täglichen Spaziergänge hatte sie achtern auf Höhe der Kombüse eine

Ecke entdeckt, die schwer einzusehen war. Von da aus bot sich ihr ein atemberaubender Blick auf die See. Plötzlich vernahm sie auf halber Strecke ein Geräusch. Eine Art Stöhnen. Kurz zögerte sie, dann überwog die Neugier ihre Furcht, als sie sich vorsichtig dem Ursprung des Geräuschs näherte. Mit angehaltenem Atem schlich sie sich heran, lugte über das eingeholte Hauptsegel hinweg und schlug die Hand vor den offenen Mund. Nur wenige Meter entfernt stand einer der Piraten mit offener Kniehose, er hatte rote Haare und das Gesicht voller Sommersprossen. Hicks, der Steuermann. Vor ihm kniete Tom, der Schiffsjunge, der den Gefangenen immer das Essen brachte, mit weit offenem Mund. Hicks‘ Phallus steckte so tief in seinem Rachen, dass er beinahe ans Schambein des anderen stieß. Abgesehen von einer Brise und den leisen Schmatzlauten, mit denen Tom an seinem Gegenüber lutschte, herrschte absolute Stille. Isabelle rührte sich nicht, in ihren Ohren rauschte es laut wie die Brandung des Meeres. Obwohl sie gerade Zeugin einer Gräuelsünde wurde, konnte sie ihren Blick nicht abwenden. Hicks hielt die Augen geschlossen, er hatte den Mund leicht offen, und strich immer wieder über Toms blonden Lockenkopf. Der Schiffsjunge, der ebenfalls die Augen geschlossen hatte, bewegte seinen Kopf rhythmisch vor und zurück, während er sich mit der linken Hand zwischen den Beinen massierte. Die beiden Männer waren in silbernem Mondlicht getaucht. Es war eine höchst anregende und zugleich innige Szene.

Als Hicks leise stöhnte, überkam Isabelle tiefe Scham, und nur mit Mühe riss sie sich von dem Anblick los. Hektisch trat sie den Rückzug an, als sie wieder ein Geräusch zu hören glaubte. Diesmal kam es von der Backbordseite. Wie erstarrt blieb sie stehen. Sekundenlang wagte sie nicht, sich zu rühren, dann lief sie Richtung Laderaum. Sie bog um die Ecke und prallte mit einem breiten Schatten zusammen, der sie grob packte.

Captain Flannigan.

„Du kannst es nicht lassen, hm?“, sagte er gefährlich leise.

Unfähig zu sprechen starrte Isabelle ihn an wie die Schlange das Kaninchen. Das Herz schlug ihr bis zum Hals, als er sich vorbeugte. Sein Gesicht war ganz nah an ihrem. Er roch nach Leder und Salzwasser.

„Und? Hat dir die kleine Vorstellung gefallen?“ Seine Augen funkelten diabolisch. „Du hättest länger bleiben sollen. Das Beste verpasst du gerade.“

Sie spürte, wie sie rot wurde und riss sich gewaltsam von ihm los. „Ich weiß nicht, wovon Ihr sprecht, Monsieur“, gab sie kurzatmig zurück und rannte die Treppe hinunter, als wäre der Teufel hinter ihr her.

Dass Hassan plötzlich senkrecht in seiner Liegematte saß und sie vorwurfsvoll anstarrte, war ihr egal. Dafür hallte Flannigans höhnisches Lachen in ihrem Kopf wider. Ganz verstört von den Vorgängen legte sie sich auf ihre Pritsche, doch der Schlaf ließ auf sich warten. Denn noch verstörender war die Tatsache, dass die unaussprechliche Stelle zwischen ihren Schenkeln triefnass war.

Am nächsten Tag durften die Frauen länger an Deck verweilen. Die Segel, die durch den Sturm beschädigt worden waren, mussten geflickt werden. Während die Marquise schmollte, war Isabelle für die Ablenkung dankbar. Zwar war sie keine gute Näherin, doch dafür würde es allemal reichen. Die See war nachsichtig, es ging eine leichte Brise, während die Frauen auf dem Boden hockten und arbeiteten. Ihnen gehörte das Hauptdeck, denn die Männer hielten sich in ihren Kojen auf, wo sie den ruhigen Wellengang nutzten, um zu schlafen, zu würfeln oder Karten zu spielen. Es war ein fast heiterer Nachmittag, und die Anspannung fiel ein wenig von den Frauen. Nur Isabelle hatte einen Knoten im Magen, stach sich immer wieder in den Finger, denn oben auf dem Achterdeck stand der Captain und beobachtete die kleine Gruppe mit Argusaugen. Sein schwarzes Haar umwehte seinen Kopf, ansonsten regte er sich keinen Millimeter. Isabelle glaubte, seinen Blick auf ihrem Körper zu spüren und bekam Gänsehaut. Als sie es nicht länger aushielt, sprang sie auf die Beine.

Auf dem Achterdeck gab es eine kleine Bewegung, und wie auf Kommando war Hassan sofort zur Stelle und fixierte sie mit finsterer Miene. Wie sie inzwischen wusste, hatte man ihm als Junge die Zunge herausgeschnitten. Hätte er nicht so beunruhigend ausgesehen, hätte sie Mitleid mit ihm gehabt.

„Ich will mir nur die Füße vertreten", sagte sie schnell. „Meine Beine sind eingeschlafen."

Hassan nickte, und sie begab sich zur Reling, drehte dem Achterdeck den Rücken zu. Dann atmete sie tief durch, versuchte *seine* Anwesenheit zu vergessen. Als sie gedankenverloren aufs Meer hinausstarrte, wurde sie von Trauer übermannt. Cádiz würde sie wohl niemals sehen. Sie erwartete eine Zukunft in Ketten, nicht das warmherzige Heim, das sie sich herbeigesehnt hatte. Der Brief ihres Onkels war zur Nebensache geworden. Inzwischen ging es ums nackte Überleben. Nur mit Mühe unterdrückte sie ein Schluchzen. Sie fürchtete sich vor dem, was vor ihr lag ...

Irgendwann packte Hassan ihren Arm und hielt sie an, weiter zu arbeiten. Mit gesenktem Kopf nahm sie ihren Platz wieder ein, allerdings hockte sie sich so hin, dass *er* in ihrem Rücken war. Kurz glaubte sie ein leises Lachen zu vernehmen, das vom Achterdeck zu ihr herüberwehte, doch dann wurde sie vom leisen Gespräch der Frauen abgelenkt.

„Ich habe gehört, dass es ungefähr noch zwei Wochen bis Tanger sind", flüsterte die Gattin des Tuchhändlers. Ihre Stimme zitterte.

„So bald schon?", sagte die Witwe und blickte verzweifelt um sich. „Ich bin doch eine alte Frau. Diese Strapaze überlebe ich nicht."

„Seid dankbar dafür!", zischte die andere. „Könnt ihr

Euch vorstellen, was diese heidnischen Teufel mit meinen Töchtern anstellen werden?“

Sie begann lautlos zu weinen, und Isabelle biss sich fest auf die Unterlippe. Es musste doch einen Weg geben, das zu verhindern. Beinahe hätte sie bitter aufgelacht. Was sollten sie machen? Das Schiff sabotieren? Sogar, wenn sie Erfolg hätten, wäre es nicht mehr als ein Aufschub, und sie wären noch länger den Launen der Piraten ausgesetzt – und ihres Captains. Wie aufs Stichwort kribbelte es in ihrem Nacken. Sie spürte seine Anwesenheit, als würde er direkt hinter ihr stehen. Das Gefühl raubte ihr den Atem, und plötzlich konnte sie es kaum abwarten, sich unten in der Dunkelheit zu verkriechen.

In dieser Nacht schliefen die Frauen tief und fest. Isabelle hörte ihren Atem, die Marquise schnarchte leise, was ihr beinahe ein Kichern entlockt hätte. Dann dachte sie an *ihn*. Wieder einmal. Es ärgerte sie, und sie drehte sich auf den Rücken, versuchte, die Decke mit ihrem Blick zu durchdringen. Roy Flannigan. Roy klang wie „roi“, der König. Wie gut es zu ihm passte. Der zerrissene Blick, erregt und wütend zugleich, der schmale Mund, um den ein grausamer Zug lag ... Sein Gesicht war braungebrannt, seine Arme stark. Ob auch sein übriger Körper dunkel und muskulös war? Und wie wohl sein Phallus aussah? War er so gewaltig wie der von Hicks? Isabelle errötete in der Dunkelheit, doch es war nicht dieser Gedanke, der sie dazu veranlasste, ihre Hände unter ihr Leinenhemd zu schieben. Seine Stimme war es. Herrisch, fordernd und doch samtig. Zaghaft berührte sie ihre Brüste, umfasste sie behutsam, rollte die harten, empfindsamen Spitzen zwischen den Fingern und stellte sich vor, es wären seine Finger. Nur mit Mühe unterdrückte sie ein Stöhnen. Sie fühlte den süßen Schmerz in ihrem Schoß, und ihre Hand suchte die pralle Knospe, die zwischen ihren Schenkeln pulsierte.

Roy!

Gerade als sie ihre feuchte Öffnung berührte, stand die

Witwe auf, um sich im Holzeimer zu erleichtern. Mit brennendem Gesicht drehte sich Isabelle auf die Seite und versuchte, das Pochen zwischen ihren Schenkeln zu ignorieren. Ihre Hände schob sie ganz tief unters Kopfkissen.

Weißes Kreuz auf roter Flagge

Die Tage vergingen, ohne dass es zu irgendwelchen Vorkommnissen kam. Das Wetter war ruhig, ein frischer Wind blähte die Segel, so dass die *Southern Star* geschwind durch die Wellen glitt. Wenn alles nach Plan verlief, würden sie in zehn Tagen in Tanger einlaufen. Zum Glück blieben die Frauen die meiste Zeit unter Deck. Zwar hatten sich die Männer inzwischen an ihren Anblick gewöhnt, trotzdem überkam Jones jedes Mal ein ungutes Gefühl, wenn sich eines dieser Geschöpfe mit aufgebauschtem Rock und ängstlichem Blick zeigte. Die Männer waren wie Tiere, sie schienen die Furcht förmlich zu riechen. Wenn sich ihre Nasenlöcher genüsslich blähten, war klar, was sie im Sinn hatten.

Plötzlich tauchte ein Schiff am Horizont auf.

„Beidrehen!", brüllte der Captain, nachdem er durch sein Fernrohr geblickt hatte.

Sofort schritten die Männer zur Tat, holten das Hauptsegel ein, bemannten die Kanonen und warteten ab. Jones kniff angespannt die Augen zusammen, dann sah er sie: die dreieckige rote Flagge mit dem unverwechselbaren weißen Kreuz. Eine Galeere des Malteser Ordens. Ein Lächeln breitete sich auf seinem Gesicht aus, als ihm klar wurde, was der Captain vorhatte. Das fremde Schiff besaß eine vergleichbare Waffenstärke wie die *Southern Star* – 18 Kanonen, um die 70 Männer – es war also unwahrscheinlich, dass sich die Malteser auf einen Kampf einlassen würden. Außerdem mit ein wenig Glück … Er kniff weiter die Augen zusammen, als sich das Schiff näherte … Ja! Es war die *Ste Marie*, das Schiff von Guillaume de Chambray, eines alten Bekannten. Der

Chevalier war ein Pirat und Sklavenhändler. Er kaperte osmanische Schiffe und verkaufte seine Gefangenen auf dem Sklavenmarkt in Valletta. Im Gegenzug befreite er Christen aus der Sklaverei oder kaufte sie frei. Jones rieb sich die Hände. Sie würden die Frauen früher loswerden als gedacht, sieben Mäuler weniger zu stopfen, sieben Gefäße, die nicht gefüllt werden durften, dafür den Männern aber schlaflose Nächte bereiteten. Und es würde ihnen ein hübsches Sümmchen einbringen.

Der Captain schickte Hassan hinunter in den Laderaum, vermutlich um die Frauen auf ihre Abreise vorzubereiten. Als kurz darauf der schwarze Hüne mit der Zofe über der Schulter wieder auftauchte, stutzte Jones. Erst recht, als Hassan die Frau in die Kajüte des Captains verfrachtete. Jones überlegte. Es war unklug, sich Flannigans Wünschen zu widersetzen, andererseits war er der Maat. Er vertrat die Interessen der Männer, und in diesem Fall war es seine verdammte Pflicht einzuschreiten. Also begab er sich zum Achterdeck, wo Flannigan neben Hicks stand.

„Darf ich fragen, wie Euer Plan lautet, Captain?"

„Wir sparen uns den Weg nach Tanger und verkaufen die Frauen an Guillaume de Chambrais."

Jones nickte. „Gut, aber was ist mit der Zofe?"

„Ich behalte sie als Anteil meiner Beute."

Jones fluchte innerlich. Diese Antwort hatte er befürchtet. „Aber Captain, eine Frau …"

„Nur für ein paar Tage, Jones", unterbrach ihn Flannigan brüsk. „Bis ich ihrer überdrüssig bin. Sie kann Segel flicken, die Wäsche waschen, dem Koch helfen …"

„Und Euer Bett wärmen."

Der Captain verzog keine Miene. „Auch das."

Der Maat kratzte sich am Kopf. „Eine Frau an Bord bringt die Männer auf dumme Gedanken."

„Sie wird in meiner Kajüte bleiben. Nachts ist sie dort sicher, und tagsüber hat Hassan ein Auge auf sie."

Jones öffnete den Mund, um etwas zu sagen.

„Ich muss mich auf die Verhandlungen mit Guillaume de

Chambrais vorbereiten, Jones.“ Flannigans kalter Blick zeigte ihm seine Grenzen auf. „Wäre das alles?“

„Ja, Captain“, beeilte sich Jones zu sagen.

„Gut, zurück auf deinen Posten.“

„Aye, aye, Captain.“

Der Maat stolperte mit umwölkter Stirn die Holztreppe hinunter. Für ihn war die Sache klar: Der Captain machte einen schweren Fehler.

Roy war auf der Hut. Der Chevalier de Chambray war jemand, der seine heilige Mission überaus ernst nahm. Seine Ordenskleidung war so rigide wie sein hageres Gesicht mit den dünnen blutleeren Lippen. Wie stets trug er eine dunkle Kniehose, einen glänzenden Brustpanzer und darüber einen rotweißen Wappenrock. Einzige Extravaganz war seine weiße Perücke, die mit einer Samtschleife zu einem Zopf gebunden war. Gemeinsam mit zwei anderen Ordensrittern kletterte er die Strickleiter hinauf, schwang sich geschickt über die Reling und verbeugte sich vor Roy und seinem Steuermann. Der Captain beantwortete die Verbeugung mit einem kurzen Nicken.

„Willkommen auf der *Southern Star*, Chevalier.“

„Captain Flannigan, es ist mir ein Vergnügen.“ Die Stimme des Ordensritters war so spröde wie seine gesamte Erscheinung. „Ihr habt weibliche Gefangene an Bord, wie ich hörte.“

„Neuigkeiten verbreiten sich schnell“, antwortete Roy leicht amüsiert.

„Nun, dann solltet Ihr Eure Opfer nicht am Leben lassen.“

„Ich bin eben ein guter Christ.“

Kurz darauf wurden die sechs Frauen nach oben geschafft, und der Chevalier nahm jede von ihnen in Augenschein, wobei sein Blick etwa länger als nötig auf die schöne Marquise verweilte. Zwar war sie blass um die Nase und etwas dünn, aber die Gefangenschaft hatte ihrer

Schönheit nichts anhaben können. Zum wiederholten Male fragte sich Roy, warum er sie nicht anziehender fand als eine gewöhnliche Straßendirne. Er wusste darauf keine Antwort.

„Es hieß, es handele sich um sieben Frauen", riss ihn der Chevalier aus seinen Gedanken.

„Nur sechs", antwortete Roy knapp. „Die siebte ist über Bord gefallen."

Der Chevalier, der dafür bekannt war, sein Geld gern zusammenzuhalten, machte das Zeichen des Kreuzes, dann zuckte er mit den Schultern. „Mir soll's Recht sein. Kommen wir zum Geschäft."

Daraufhin begaben sich beide zu Roys Kajüte, wo Isabelle reglos in seinem Bett lag, dunkle Haarsträhnen bedeckten ihr Gesicht. Nachdem Hassan ihr Wein mit etwas Opium verabreicht hatte, schlief sie tief und fest.

„Eure Hure?", fragte der Chevalier.

„Ja." Obwohl sie es noch nicht war, zog sich bei dem Gedanken Roys Unterleib lustvoll zusammen. „Sie schläft. Es war eine lange Nacht."

„Sie ist keine Christin, hoffe ich", sagte der Chevalier mit strenger Stimme.

„Nein", log Roy. „Sie ist Muslimin, wir haben sie an der baskischen Küste aufgelesen."

„Eine Frau auf einem Schiff bringt Unglück. Das wisst Ihr?"

Roy sah ihn scharf an. „Kommen wir endlich zum Geschäft?"

„Aber natürlich."

Sie einigten sich auf 300 Ecus für jede der fünf Frauen und 500 Ecus für die Marquise. Beide setzten ihre Unterschriften unter den Vertrag, dann reichten sie sich die Hände. Anschließend tranken sie noch etwas Wein. Bevor der Chevalier die Kajüte verließ, begab er sich zum Bett.

„Darf ich?", fragte er.

Roy zuckte mit den Schultern. „Nur zu."

Daraufhin zog der Chevalier seinen rechten Handschuh aus und schob Isabelles Rock hoch. Seine Finger krochen über ihren Knöchel, berührten ihre Wade, kneteten ihren Oberschenkel, wo sie länger verweilten. Dann stieß er seine Nägel in ihr zartes Fleisch, zerrte daran, bis es sich rot färbte, während sich seine Nasenlöcher blähten. Es war offensichtlich, dass er den Duft ihrer bloßgelegten Scham einsog. Roy, der darüber Unmut empfand, zwang sich ruhig zu bleiben. Es wäre töricht, sich wegen eines Weibes mit dem Chevalier anzulegen.

Der Ordensritter richtete sich abrupt auf. „Sündiges Hurenfleisch“, zischte er. Spucktropfen flogen aus seinem Mund. „Ihr wisst, dass Ihr Eure Seele aufs Spiel setzt, Captain.“

„Wäre nicht das erste Mal, Chevalier.“

Nachdem das Beiboot von Guillaume de Chambrais an der Galeere angelegt hatte, wandte sich Roy erleichtert ab. Über kurz oder lang würde der Malteser erfahren, dass Isabelle Morin nicht ertrunken war. Dennoch war es unwahrscheinlich, dass er wegen einer gefallenen Sünderin Jagd auf die *Southern Star* machen würde.

„Hart backbord!“, rief Roy seinem Steuermann zu. „Wir legen einen Halt an der üblichen Stelle ein, um uns mit Proviant und Frischwasser einzudecken, dann nehmen wir Kurs auf die Westindischen Inseln.“

Hicks strahlte übers ganze Gesicht. „Aye, aye, Captain!

Des Captains Beute

Benommen schüttelte Isabelle den Kopf. Das Kissen, auf dem ihr Haupt ruhte, fühlte sich ungewöhnlich weich an und es roch … anders. Herb, männlich. Erschrocken stützte sie sich auf und blickte sich um. Sie befand sich nicht in ihrer Koje, sondern in einer Kapitänskajüte, so wie es aussah. Das Letzte, woran sie sich erinnerte, war, dass Hassan ihr etwas Wein zu trinken gegeben hatte. Davor war ein Schiff des Malteserordens aufgetaucht, das sie freikaufen sollte. Ihr Herzschlag beschleunigte sich. Befand sie sich vielleicht schon auf dem fremden Schiff? Sie sah an sich herunter. Sie war angezogen, und außer einem leichten Kopfdruck fühlte sich alles normal an. Erleichtert atmete sie aus, dann hievte sie sich aus dem Bett. Die Kajüte lag im Halbdunkel, offenbar war es schon Abend, dennoch erkannte Isabelle, dass der Raum über die ganze Breite des Achterdecks reichte, und dass er sauber und aufgeräumt war. An den niedrigen Deckenbalken hingen drei Laternen, rechts standen zwei große Truhen neben einem geräumigen Schrank, in der Mitte erhob sich ein Schreibtisch aus Eichenholz, auf dem unter anderem Unmengen von Papierrollen und eine ausgebreitete Seekarte lagen. Vor ihr am Heck gab eine Reihe großer Fenster den Blick auf das Meer frei. Das Bett befand sich auf der linken Seite, daneben stand ein Zuber mit Wasser. Auf dem Schreibtisch lockte ein Korb mit Äpfeln, und als ihr Magen unerwartet knurrte, griff sie nach einer Frucht. Herzhaft biss sie hinein, genoss das köstliche Gefühl im Mund. Als der Saft von ihrem Kinn tropfte, wischte sie sich hastig mit dem Ärmel ab.

Da entdeckte sie das Kleid.

Es lag auf einem Stuhl. Sie erkannte es sofort, denn es hatte einmal der Marquise gehört. Ein Traum aus grüner Seide mit Spitzenbesatz am Ausschnitt und an den ausgestellten Ärmeln, Mieder und Rock waren mit winzigen Rosenblüten besetzt. Das Kleid besaß keinen Reifrock, was auf einem Schiff unpraktisch gewesen wäre, sondern fiel in lockeren Falten. Isabelle trat einen Schritt darauf zu, dann besann sie sich, legte den Apfel beiseite und wischte sich die Finger an ihrem Rock sauber. Zögernd, beinahe ehrfürchtig streckte sie die Hand aus und strich über den Stoff. Er fühlte sich unter ihren Fingern kühl an, verlockend. Die Marquise hatte das Kleid ungern angezogen, weil es ihr zu bürgerlich gewesen war.

„Zieh es an."

Erschrocken wirbelte Isabelle herum. Die Stimme war aus der Richtung der Kajütentür gekommen, die im Dunkeln lag. Nun erkannte sie auch die dazugehörige schemenhafte Gestalt.

„Ihr?", keuchte sie.

Ihr Atem ging stoßweise. Sie war immer noch auf der *Southern Star* gefangen! Die widersprüchlichsten Gefühle tobten in ihrem Inneren. Entsetzen darüber, immer noch auf dem Piratenschiff zu sein, Herzklopfen darüber … ja, worüber eigentlich? Sie wusste es nicht. Wusste nur, dass ihr schwindelig war und sie sich an der Wand abstützte.

„Warum bin ich noch hier?", flüsterte sie.

„Weil ich es so will."

„Die anderen Frauen …?"

„Sind auf dem Weg zurück in den Schoß ihrer liebenden Familien." In seiner Stimme lag ein Hauch von Belustigung.

Kurz schloss sie die Augen, versuchte die Verzweiflung, die in ihr aufkam, zu unterdrücken. „Was wollt Ihr von mir, Monsieur?" fragte sie so leise, dass er sie kaum hören konnte.

„Ich denke, du kennst die Antwort", antwortete er mit dunkler, samtweicher Stimme. Einer Stimme, die ihr einen

Schauer über den Rücken jagte. „Und jetzt zieh dieses Kleid an. Ich mag es nicht, zu warten."

Suchend blickte sie sich um. Es gab keinen Paravent, hinter dem sie sich hätte verstecken können, also blieb ihr nichts anderes übrig, als sich vor seinen Augen ihrer Kleider zu entledigen. Sie drehte sich ein Stück zur Seite, um die Schnüre ihres Mieders aufzumachen. Obwohl sie sein Gesicht nicht sehen konnte, glaubte sie seinen brennenden Blick auf ihrer Haut zu spüren. Das Mieder ließ sich mühelos über den Kopf ziehen, danach flatterte der einfache Rock zu Boden, bis sie nur noch in Unterhemd und Strümpfen vor ihm stand. Ihr Gesicht brannte, als sie nach dem grünen Seidenkleid griff. Sie wagte nicht, es über den Kopf zu ziehen, aus Angst, ihr Unterhemd könnte hochrutschen und mehr enthüllen, als ihr lieb war. Also lockerte sie das Mieder und stieg von oben in das Kleid. Nachdem sie die Ärmel hochgezogen hatte, drehte sie ihm den Rücken zu. Das Herz klopfte ihr bis zum Hals.

„Ich brauche Eure Hilfe, Monsieur", flüsterte sie.

Eine gefühlte Ewigkeit bewegte sich nichts in der Dunkelheit, dann hörte sie, wie er näherkam. Sie spürte die Hitze seines Körpers in ihrem Rücken und hielt den Atem an. Seine warmen Finger pulsierten, als er sich an den Ösen und Haken zu schaffen machte. Er ging langsam vor, sagte keinen Ton. Auch nicht, als sie mit zitternden Fingern den vorderen Teil ihres Mieder schnürte. Dann drehte sie sich um. Er stand dicht vor ihr, ganz in Schwarz gekleidet.

„Es … es ist oben zu eng", stammelte sie, wobei sie seinem Blick auswich.

Daraufhin strich er mit der Handkante sanft über ihr nacktes Dekolletee, es war nicht mehr als ein Flügelschlag, doch es entfachte in Isabelles Schoß ein Feuer, das ihr Angst machte.

„Es ist genau richtig", antwortete er mit rauer Stimme. Dann wandte er sich ab. „Ich muss gehen. Iss etwas oder ruh dich aus. Ich komme später wieder."

Kurz darauf war er hinter der Tür verschwunden.

Ich komme später wieder.

Zitternd starrte ihm Isabelle hinterher, versuchte die brennende Berührung auf ihrer Haut zu ignorieren, die seine Hand hinterlassen hatte, dann begab sie sich zum Fenster, um ihr Spiegelbild zu betrachten. Das Licht der Öllampen offenbarte nicht jedes Detail, dennoch überraschte sie ihr eigener Anblick. Das Kleid passte ihr wie angegossen. Es schmeichelte ihrer Figur, betonte ihre schmale Taille und die blassen Schultern. Machte sie begehrenswert. Allerdings quoll ihr Busen förmlich heraus, und vor Scham schoss ihr das Blut ins Gesicht. Warum brannte er ihr nicht gleich das Wort „Hure" auf die Stirn?

Angst und Wut überkamen sie. Mit wenigen Schritten war sie bei der Tür und riss sie auf, doch sie kam nicht weit. Hassan stellte sich ihr mit verschränkten Armen in den Weg. Sein Kopfschütteln war eine deutliche Botschaft, also kehrte sie in die Kajüte zurück, mit dem festen Vorsatz, Roys gesamten Apfelvorrat aufzuessen.

Als er zurückkam, roch er nach Schweiß und Schießpulver. Sie hörte, wie er sich den Oberkörper im Zuber wusch, dann scheuchte er sie aus dem Bett.

„Es wird Zeit, dass du für deine Überfahrt bezahlst", sagte er ruhig. „Zieh dich aus."

Blinzelnd sah sie ihn an, die regungslosen Gesichtszüge, den breiten Brustkorb. Dunkle Haare verjüngten sich zur Mitte seines festen Bauchs hin zu einem schmalen Streifen, der unter seiner Hose verschwand. Ihr Mund wurde trocken. Der Moment war gekommen. In den letzten Stunden hatte sie an nichts anderes denken können. Er würde sie entehren, sie für achtbare Männer unbrauchbar machen, dennoch mischte sich Erregung in ihre Angst.

Mit klammen Fingern kam sie seiner Aufforderung nach, öffnete das Mieder so weit, dass sie das Kleid über ihre Schultern streifen konnte. Bis sie nur noch in ihrem langen

Unterhemd vor ihm stand.

„Das Haar“, befahl er.

Sie löste ihr Haar, und die dunkelbraunen Strähnen flossen ihr wie Wellen über den Rücken, neckten mit ihren Spitzen ihren Po. Mit einer gewissen Genugtuung hörte sie, wie er den Atem scharf einsog. Indessen jagte ihr sein intensiver Blick Wellen der Lust durch den Unterleib. Als er sie mit einer knappen Kopfbewegung aufforderte, sich hinzulegen, wehrte sie sich nicht. Blinzelnd beobachtete sie, wie er seine Kniehose auszog, bewunderte das Spiel seiner Muskeln und Sehnen. Ein vor Kraft strotzender Körper, der mit Narben übersät war. Die auffälligste verlief quer über seinen Unterbauch.

„Der Degen eines spanischen Dons“, erklärte er, als er ihren Blick sah. „Er kämpfte wie ein Mädchen, trotzdem hätte er mich beinahe zum Eunuchen gemacht. Aber nur beinahe …“

Isabelle schluckte. Ohne dass sie es hatte verhindern können, war ihr Blick auf sein aufgerichtetes Geschlecht gefallen. Groß, prachtvoll, wie gemeißelt. Einmal hatte sie im Haus ihres Onkels die Küchenmagd im Gespräch mit dem Kutscher belauscht. Die Wortwahl war recht derb gewesen, und darin war von *Schwanz* und *ficken* die Rede gewesen. Damals hatte sie mit den Begriffen wenig anfangen können. Das war nun anders, und ihr Herz drohte darüber zu zerspringen.

„Bitte nicht“, flehte sie, obwohl sie wusste, dass es dafür längst zu spät war.

Der Ausdruck in seinen Augen war unergründlich, als er ihren Körper Zentimeter für Zentimeter abtastete. Dann beugte er sich vor, um ihre Schultern aufs Bett zu drücken. Anschließend hob er ihre Arme über ihren Kopf und band ein seidenes Band um ihre Handgelenke. Sie begann dunkel zu ahnen, was er vorhatte und bebte am ganzen Körper.

„Spreiz deine Beine!“, forderte er mit heiserer Stimme.

Gegen ihren Willen entflammte sie das dunkle Timbre

seiner Stimme. Sie verspürte eine seltsame Mischung aus Scham und Lust. Beinahe nachdenklich strich er über ihre Haare und küsste ihren weißen Hals. Dann nahm er ihre Lippen in seinen Besitz. Fordernd drang seine Zunge in ihren Mund, und sie ließ es geschehen. Erwiderte etwas ungeschickt seine Zärtlichkeit, drückte unbewusst ihren Körper fester an seinen, als er sich auf sie legte, was ihm ein leises Stöhnen entlockte. Sein Herz pochte an ihrer Brust, während er seine Finger in ihr Haar krallte. Dann löste er sich von ihr, schob ihr Unterhemd nach oben, bis es auf ihren gefesselten Händen ruhte. Jetzt war es an ihr zu stöhnen, als er ihre Brüste mit seinen kräftigen Händen knetete, das Fleisch sanft und geschickt liebkoste. Es war offensichtlich, dass er Erfahrung in Liebesdingen hatte, und ein bittersüßer Schmerz erfasste ihr Herz, doch dann saugte er an ihren Nippeln, und sie hörte auf zu denken. Sie spürte seinen heißen Atem auf den empfindlichen Spitzen, seine feuchte Zunge … *Gott, hilf mir!* Sie troff vor Nässe und schloss peinlich berührt die Augen.

„Nichts geht über die erste Pfählung", sagte er gepresst. „Entspann dich, Liebes."

Mit zwei Fingern spreizte er ihre Schamlippen und sandte Wellen der Begierde durch ihren Körper. Flüssiges Feuer schien durch ihre Adern zu fließen. Sie wollte sich weigern, die prüde Jungfrau spielen, doch sie vermochte es nicht. Sie war ihm gänzlich ausgeliefert. Als er sich in ihre enge Öffnung zwängte, keuchte sie auf. Dann stieß er zu, und es zerriss sie innerlich, ein brennender Schmerz, der sich in ihrem Unterleib festsetzte. Mit einem heftigen Kuss erstickte er ihren Schrei. Er durchdrang sie, dominierte sie, füllte sie vollständig aus. Sie spüre seine muskulösen Oberschenkel, als er seinen Schwanz weiter in sie hinein hämmerte. Sie versuchte, sich loszumachen, doch er war unbarmherzig. Jegliche Zärtlichkeit war aus seinem Gesicht verschwunden. Schweiß bedeckte seine Haut, in seinen Augen war die pure Begierde, während er sie weiterstieß.

„Bitte …“ Ihre Stimme war nicht mehr als ein Winseln.

Er antwortete nicht, kniete sich stattdessen hin und hob ihre Beine, sodass ihre Füße in der Luft hingen. Wieder stieß er zu, langsamer diesmal. Dann begann er, ihre Knospe mit dem Daumen zu reiben, und der brennende Schmerz zwischen ihren Beinen verband sich mit der wiederkehrenden Lust. Obwohl er ihr Qualen bereitete, lechzte sie nach ihm. Er war Satan persönlich! Unwillkürlich stöhnte sie auf.

Er lachte leise. „Ich wusste, dass es dir gefallen würde.“

Mit einem letzten wilden Stoß schoss er ihr seinen Samen hinein, und alles in ihr krümmte sich zu einem Orgasmus. Während er ihre Scham weiter massierte, wand sie sich in ihren Fesseln, wimmerte vor Lust. Seine Finger entrissen ihr Lustschreie, ihr Hals begann zu zucken, dann wölbte sie den Rücken und kam und kam, bis sie erschöpft und mit tränenüberströmtem Gesicht zusammensank.

Hinterher lag sie schwer atmend auf dem Bett und schämte sich. Sie versteckte ihr Gesicht im Kissen, presste ihre Oberschenkel fest aneinander.

Währenddessen stand Roy auf, band ihre Hände los und bedeckte ihren fröstelnden Körper mit einer Decke.

„Schlaf jetzt“, sagte er, bevor er sich seine Hose und sein schwarzes Hemd überzog.

Dann war er weg.

Isabelle presste die geballte Faust gegen den Mund und biss hinein. Ein Gefühl der Leere überkam sie, erfasste ihre Seele und ihren Körper. Tränen sickerten aus ihren geschlossenen Lidern, und es dauerte Stunden, bis sie einschlief.

Die darauffolgenden Tage waren lang, die Nächte kurz. Tagsüber ließ sich Roy nicht sehen, erst gegen Abend kehrte er in die Kajüte zurück. Sie aßen gemeinsam, meistens schweigend, dann begaben sie sich zu Bett. Er nahm sie jede Nacht. Mal sanft, mal leidenschaftlich. Sie erbebte in seinen Armen, verlor oft die Beherrschung, und wenn, schien der Höhepunkt sie zu zerreißen. Umso schrecklicher die Kälte und die Reue danach, wenn er an Deck zurückkehrte oder ihr den Rücken zuwandte, um gleich darauf einzuschlafen.

Die Tage waren eintönig, wenn auch weniger schmerzvoll. Es stellte sich heraus, dass Roy noch mehr Kleider der Marquise beiseite geschafft hatte, außerdem noch spitzenbesetzte Unterhemden und elegante Schuhe, doch Isabelle verlor schnell das Interesse daran. Stundenlang starrte sie hinaus, sah durch die Fenster den Wolken nach, die mal goldfarben, mal schneeweiß leuchteten. Dann verlor sich ihr Blick im unendlichen Blau des Himmels, und für kurze Zeit vergaß sie ihr Elend.

Roy hatte Hassan zu ihrem persönlichen Schutz abgestellt. Zu Beginn wachte er noch draußen vor der Tür, doch als Isabelle glaubte, es in ihrem goldenen Käfig vor Langeweile nicht mehr auszuhalten, bat sie ihn herein. Zunächst stapfte der Hüne verschüchtert durch die Kajüte, vielleicht aus Angst etwas zu zerbrechen, doch mit der Zeit änderte sich das. Inzwischen kamen sie gut miteinander aus. Wenn sie nicht gerade zum Wäschewaschen oder Segelflicken an Deck verdonnert wurde, verbrachten sie die Nachmittage beim Würfeln. Seitdem er ihr das Spiel beigebracht hatte, war sie süchtig danach. Sie fand Hassan auch nicht mehr so furchterregend wie zu Beginn, obwohl sein schwarzes Antlitz nach wie vor befremdlich war. Doch wenn er lächelte, was immer öfter geschah, huschte ein fast kindlicher Ausdruck über sein Gesicht. Obgleich er nicht sprechen konnte, schien er sie besser zu verstehen als Roy.

Ihr Groll Letzterem gegenüber nahm dafür weiter zu.

„Wohin segeln wir?“, fragte sie ihn eines Abends beim Essen.

Es gab gesalzenes Schweinefleisch mit Bohnen, dazu einen französischen Wein.

„Das geht dich nichts an!“, blaffte Roy sie an, während er in seinem Essen stocherte. Es hatte an dem Tag Ärger gegeben, einer der Männer war wegen Glückspiel mit der neunschwänzigen Katze bestraft worden, und er war gereizt.

Daraufhin verfielen sie in ein unangenehmes Schweigen, bis Roy es mit einem Seufzen brach. „Wie verstehst du dich mit Hassan?“, fragte er, offenbar um Aussöhnung bemüht.

„Gut, aber habt Ihr denn keine Angst, dass er sich an mir vergreift?“ Sie konnte nicht verhindern, dass ihre Stimme zitterte.

„Ich muss dich enttäuschen, Lady“, entgegnete er spöttisch. „Er könnte es nicht, auch wenn er wollte. Als Kind wurde ihm nicht nur die Zunge entfernt, sondern auch seine Männlichkeit. Er war Haremssklave.“

Traurigkeit überkam sie. „Und jetzt ist er Pirat.“ Mit einem Mal tat ihr Hassan unendlich leid.

„Er ist ein freier Mann“, betonte Roy. „Wir alle sind freie Männer!“

Ja, alle sind frei, nur ich nicht. Um den bitteren Geschmack in ihrem Mund zu überdecken, nahm sie einen großen Schluck Wein aus ihrem Becher.

„Wie lange wollt Ihr mich noch hier behalten?“

„Solange es mir beliebt“, antwortete er kalt.

Offenbar war er doch nicht um Aussöhnung bemüht.

„Ihr behandelt mich wie Eure Sklavin!“, warf sie ihm entgegen. Der Wein hatte sie mutig gemacht.

„Nein. Wie meine Hure.“

Kurz verschlug es ihr die Sprache. „Eine Hure wäscht nicht die Wäsche fremder Leute und wird für ihre Liebesdienste entlohnt!“, sagte sie mit wachsendem Zorn.

„Liebesdienste? Welche Liebesdienste? Du machst nur die Beine breit.“ Sein Grinsen war gemein. „Und du wirst entlohnt, sogar sehr großzügig, wie ich meine. Mit meinem persönlichen Schutz. Ohne das würden sich meine Männer gegenseitig die Köpfe einschlagen, nur um dich als erste besteigen zu können.“

In diesem Moment hasste sie ihn mit jeder Faser ihres

Herzens, und nur mit Mühe hielt sie die Tränen zurück. Er sollte nicht merken, wie sehr er sie verletzt hatte.

„Lieber lasse ich mich von Euren Männern besteigen, als weiter von Euch besudelt zu werden.“ Sie versuchte, das Zittern in ihrer Stimme zu unterdrücken.

„Ach wirklich?“, entgegnete er leise und gefährlich.

Sie reckte das Kinn. „Ja.“

„Nun ...“ Nachdenklich griff er nach seiner Gabel und spielte damit herum. „Vielleicht kette ich dich tatsächlich unter Deck an und lasse meine Männer auf dich los. Dann sehe ich dabei zu, wie sie dich auf jede erdenkliche Weise ficken. Das könnte höchst vergnüglich werden!“, schloss er mit rauer Stimme.

„Der Gedanke erregt Euch“, stieß Isabelle hervor, als sie seinen dunklen Blick sah. „Ihr seid ein Schwein!“

Ehe sie sich versah, sprang er auf und war mit wenigen Schritten bei ihr. Als er sie packte, spürte sie seine Erektion an ihrem Bauch.

„Schwein!“, fauchte sie noch einmal.

Mit einem grimmigen Ausdruck sah er auf sie herunter. „Du hast wenig Ahnung von Männern“, murmelte er.

„Und Ihr von Frauen!“, erwiderte sie und stieß ihm das Messer, das sie vom Tisch genommen hatte, in den Oberarm.

Fluchend ließ er sie los, taumelte einen Schritt zurück. Überraschung machte sich auf seinem Gesicht breit. Dann brach er in Lachen aus und zog mit einem Ruck das Messer heraus. Es fiel klirrend auf den Boden.

„Damit wolltest du mich erstechen?“ Grob riss er ihren Kopf zurück, gleichzeitig zog er sein Entermesser und hielt es ihr an die Kehle. „Versuch es lieber hiermit, Liebes“, flüsterte er ihr ins Ohr.

Das Blut gefror ihr in den Adern. In Todesangst begann sie unkontrolliert zu zittern. Sie spürte die kalte Klinge an ihrem Hals und schloss die Augen. Lange Zeit geschah nichts, dann küsste er sie sanft auf den Mund und gab sie wieder frei. Sie schwankte leicht, öffnete die Augen und sah, wie er sein Entermesser wieder wegsteckte und zur Truhe ging. Er packte die Flasche Rum, die sich darin befand, und goss etwas von der brennenden Flüssigkeit auf seine Wunde, bevor er ein sauberes Tuch um seinen Oberarm band. Anschließend kam er auf sie zu, und für einen kurzen Moment duckte sie sich, fürchtete, dass er sie schlagen würde. Stattdessen starrte er sie nur wortlos an, dann verließ er die Kajüte. In dieser Nacht kam er nicht wieder.

Isabelle war verzweifelt.

„Ich habe die Männer reden hören, Hassan", sagte sie am nächsten Tag zu ihrem einzigen Freund an Bord. „Die *Southern Star* segelt zu den Westindischen Indien. Vorher will sie einen Halt machen, um Proviant aufzunehmen." Die ausgebreitete Seekarte lag auf dem Tisch, und sie fuhr mit dem Finger darüber, ohne den Hünen aus den Augen zu lassen. „Sag mir, wo! Bitte …", fügte sie flehend hinzu.

Hassan sah sie ausdruckslos an, dennoch bemerkte sie, dass er auf der Innenseite seiner Wange herumkaute, was er immer tat, wenn ihn etwas beunruhigte.

„Ich kenne meine Zukunft nicht, Hassan. Ich weiß nicht, was mit mir geschehen wird. Vielleicht bin ich schon nächste Woche tot …"

Er starrte sie entsetzt an, machte ein Geräusch, das wie der Schmerzenslaut eines verwundeten Tieres klang.

„Ich muss es erfahren", redete sie weiter. Ihr Tonfall war eindringlich. „Du weißt, dass ich nicht ewig auf dem Schiff bleiben kann. Was, wenn der Captain genug von mir hat …"

In Hassans Gesicht ging etwas vor. Das Kauen hörte auf, und er blickte sie ernst an. Wieder legte sie den Finger auf die Karte.

„Pontevedra?"

Er schüttelte den Kopf.

„Porto?"

Erneutes Kopfschütteln.

„Lisboa?"

Sie sah, wie er schwitzte, und nahm an, dass sie der Antwort immer näher kam.

„Huelva?"

Als er erneut den Kopf schüttelte, zog sie verwirrt die Augenbrauen zusammen. Da streckte er die Hand aus und zeigte auf einen Punkt auf der Karte.

„Faro?", hauchte sie.

Er nickte.

Sie verschränkte ihre Hände, um das Zittern zu unterdrücken. Faro lag nur einen halben Reisetag von Cádiz entfernt.

„Wann?", flüsterte sie.

Er hob vier Finger.

Nächtliche Züchtigung

Vier Tage.

Sie hatte noch vier Tage Zeit, um sich zu überlegen, wie sie in Faro unbemerkt von Bord gehen konnte. Es war zu erwarten, dass Roy ein besonderes Auge auf sie haben würde. Andererseits … mit Hassans Hilfe … Nein! Sie verwarf den Gedanken. Sie wollte den gutmütigen Hünen nicht in Schwierigkeiten bringen. Es musste einen anderen Weg geben. Vielleicht wenn sie über die Reling sprang … Nicht der beste Einfall. Sie war keine gute Schwimmerin, und das Wasser war um diese Jahreszeit eiskalt. Davon abgesehen würden sich ihre Kleider wahrscheinlich vollsaugen und sie nach unten ziehen. Sie würde elendig ertrinken. Und dann war da noch der Brief. Auf Roys Schreibtisch hatte sie eine Tabatiere gesehen. Sogar, wenn sie den Brief darin aufbewahrte, war die Gefahr groß, dass die Tinte verwischte. Sie seufzte. Die einzige Möglichkeit bestand darin, eines der Beiboote zu stehlen, sofern nicht alle unterwegs waren. Zunächst aber musste sie ihr Bündel mit dem Brief und den Münzen aus dem Laderaum holen und in der Kajüte verstecken.

Eine Chance bot sich gleich in der darauffolgenden Nacht. Seit ihrem Streit am Tisch hatte sie Roy nicht mehr gesehen. Ihr Glück war es, dass einige der Männer an Durchfall litten und er die Mitternachtswache übernommen hatte. Hassan für seinen Teil schlief nachts in seiner Koje. Die Tür war also unbewacht, dafür aber abgeschlossen. Isabelle überlegte kurz, dann nahm sie eine Papierrolle von Roys Schreibtisch, die sie glatt strich und unter die Tür schob. Hinterher suchte sie nach einem Federkiel und stocherte damit so lange im Schlüsselloch herum, bis der Schlüssel auf der anderen Seite herausfiel und mit einem dumpfen Geräusch auf dem Papier landete. Vorsichtig zog sie das Papier wieder zu sich heran. Sie lächelte, als sie im Halbdunkel den schimmernden Schlüssel sah. Es war nicht das erste Mal, dass sie diesen kleinen Trick anwandte. Als sie noch ein Kind war, hatte sie auf diese Weise häufiger gegen den elterlichen Befehl verstoßen und einen Ausflug in den Garten des Nachbarn unternommen.

Nachdem sie sich ihren dunklen Umhang übergeworfen hatte, schloss sie leise die Tür auf, steckte den Schlüssel von außen wieder rein und huschte leichtfüßig nach oben. Weil ihre seidenen Kleider raschelten, trug sie unter dem Umhang nur Unterhemd und Wollstrümpfe. Es war eine sternenklare Nacht, und ein verwunschenes Glitzern lag auf dem Wasser. Auf dem Schiff regte sich nichts, zu hören war nur das Schnarchen der Männer auf dem Unterdeck. Isabelle wusste, dass Roy oben auf dem Achterdeck patrouillierte, also setzte sie vorsichtig einen Schritt vor den anderen, verschmolz mit dem Hauptmast, löste sich wieder und glitt weiter vorwärts. Ihr Herz klopfte so laut, dass sie glaubte, ohnmächtig zu werden. Auf Höhe der Gaffelklau blieb sie stehen, um einen kurzen Blick nach hinten zum Achterdeck zu riskieren. Eine regungslose Silhouette stand dort, in die Ferne blickend.

Isabelle holte tief Luft und ging auf Zehenspitzen weiter. Hoffentlich treffe ich nicht wieder auf Hicks und den Schiffsjungen, fuhr es ihr durch den Kopf. Nur mit Mühe unterdrückte sie ein nervöses Kichern. In diesem Moment spürte sie ein unangenehmes Kribbeln im Nacken. Was sie tat, war verrückt! Sie sollte lieber zurückkehren und den Brief und alles, was damit zusammenhing, vergessen. Wieder blieb sie stehen, um zu lauschen, als warme Finger in ihrem Nacken sie erstarren ließen.

„Hab ich dir nicht gesagt, du sollst nachts in der Kajüte bleiben?"

Es war Roy, und er klang sehr, sehr böse.

Grob wirbelte er sie herum. Seine Augen waren flüssiges Eis. Als der Wind an ihrem Umhang zerrte, blitzte ihr helles Unterhemd in der Dunkelheit auf.

„Wohin wolltest du?“, knurrte er, als er ihre leichte Kleidung bemerkte. „Zu den Mannschaftskojen? Ist ein Schwanz nicht genug für dich?“

Sie spürte, wie er vor Wut zitterte.

„Ihr versteht nicht“, stammelte sie. „Ich … ich brauchte nur etwas frische Luft.“

„Frische Luft? Wo? Hier?“ Er zerrte ihren Kopf nach hinten, holte ihre Brüste aus dem Hemd und machte sich an einem Nippel zu schaffen. Mit den Zähnen schnappte er danach und zog daran, bis die Spitze hart und dunkelrot war. Während sie sich wand, um ihm zu entkommen, ließ er dem anderen Nippel die gleiche Behandlung zukommen. „Oder vielleicht hier?“ Jetzt griff er ihr zwischen die Beine, tauchte seine Finger in ihren feuchten Spalt.

Als Erregungswellen über ihren Körper liefen, trat ein selbstgerechtes Lächeln in seine Augen. „Wie mir scheint, habe ich doch Ahnung von Frauen“, sagte er, dann drehte er sie um und drückte sie gegen die Reling.

Sie spürte die Ausbeulung in seiner Hose, die er gegen ihren Po presste. Er streichelte ihren Rücken, fuhr mit den Fingern über ihre Schulterblätter, rieb sich an ihr. Ein Schauer jagte über ihr Rückgrat. Obwohl er sie rüde anfasste, verlangte es sie danach, seine Härte in sich spüren. Ihre Augen verschleierten sich, ihr Schoß floss über.

„Du gehorchst mir nicht“, flüsterte er, während er ihren Umhang zur Seite schob und ihr Unterhemd hob. „Zeit, dich dafür zu züchtigen, Liebes.“

Sie hörte, wie es in ihrem Rücken raschelte, dann pfiff es kurz durch die Luft, und sein Ledergürtel landete mit einem Knall auf ihrem nackten Po. Japsend schnappte sie nach Luft, allerdings mehr aus Überraschung denn aus Schmerz. Er hatte nicht sehr hart zugeschlagen. Dann ließ er den Gürtel ein zweites Mal niedersausen, fester diesmal, und Isabelle spürte, wie sich auf ihrer Haut die Hitze ausbreitete. Sie klammerte sich an der Reling fest, ihre Fingerknöchel traten weiß hervor, während er mit seinem Gürtel noch zweimal zuschlug. Fester und fester. Hinterher war nur noch Kühle, als die Brise des Atlantiks über ihre brennenden Pobacken strich. Sie seufzte, und er hauchte ihr einen Kuss in den Nacken.

„Du weckst den Bullen in mir, Isabelle“, sagte er mit heiserer Stimme, bevor er sie am Genick packte und ihr seinen steinharten Schwanz von hinten in die geöffnete Scham rammte.

Mit einem einzigen Stoß versank er darin. Die Lust durchflutete sie bis in die Zehenspitzen. Er hob sie etwas an, zog sich etwas zurück, um erneut tiefer in sie einzudringen. Seine Hände umfassten ihre Brüste, streichelten sie, und sie biss sich auf die Lippen, um nicht laut aufzustöhnen. Als ihr Unterleib zuckte, ließ er ein kleines gemeines Lachen hören. Immer und immer wieder stieß er zu, nahm sich Zeit, quälte sie, bis er sich endlich in ihr entlud. Ein heftiges Zittern überkam ihn, und während sein Orgasmus langsam verebbte, hielt er sie wie in einem Schraubstock fest. Als er sie schließlich umdrehte, überzog ein Schauer ihren Körper, die Brise erzeugte einen süßen Schmerz auf ihren Nippeln, und sie seufzte wollüstig. Ein seltsamer Ausdruck trat in seine Augen.

„Bedecke dich und geh zurück in die Kajüte!“, sagte er unwirsch.

Verwirrt blickte sie ihn an.

„Mach, dass du wegkommst, Hure!“

Wie betäubt ging sie zurück, spürte nur am Rande seine Nässe, die ihre Oberschenkel herunterrann. In der Kajüte angekommen, zog sie den Umhang aus und warf sich aufs Bett. Ohne zu wissen warum, weinte sie in das Laken, und alles schien wegzugleiten. Bis sie ein Geräusch an der Tür vernahm. Sie erkannte Roy an seinem federnden Gang und blickte alarmiert auf.

Das Glitzern in seinen Augen erinnerte sie an einen hungrigen Wolf, als er sich zu ihr aufs Bett legte. Ohne viel Federlesens öffnete er seine Kniehose und nahm sie ein zweites Mal, ohne auch nur ein einziges Wort zu sagen. Obwohl sie ihn verabscheute, kam sie heftig zuckend, während er ihr lautes Stöhnen mit seinen Lippen verschloss. Danach kehrte er auf das Achterdeck zurück.

Kaum hatte sich die Tür hinter ihm geschlossen, zog sich ihre Brust vor Sehnsucht zusammen. Mit tränenverschleierten Augen starrte sie an die Decke. Sie hatte sich noch nie so unglücklich gefühlt.

Den Männern zum Fraß

Am nächsten Morgen wartete auf Isabelle eine echte Knochenarbeit. Ein Berg voller Wäsche, die gescheuert, gestampft, eingeweicht, ausgewrungen und an Leinen aufgehängt werden sollte, die zu diesem Zweck auf Deck aufgespannt worden waren. Ob es Roys Idee gewesen war? Es war anzunehmen. Vielleicht um sie zu bestrafen, sie in ihre Schranken zu weisen. Nur noch zwei Tage, dann wäre sie frei! Frei von seiner Willkür, seiner Grausamkeit, seinen brennenden Küssen … Gewaltsam verdrängte sie die Bilder.

Während sie in der Sonne schwitzte, sie hatte für diesen Anlass ihre alte Kleidung angezogen, wurde sie von den Männern, die auf dem Deck ihre Waffen reinigten und Segel flickten, gierig angestarrt. Wie Raubtiere lauerten sie, auf eine Schwäche hoffend, um dann blitzschnell zuzuschlagen. Zumindest konnte sie sich des Eindrucks nicht erwehren. Obwohl sie Roy hasste, sehnte sie seine Autorität herbei, denn Hassans grimmige Anwesenheit hielt die Männer nicht davon ab, vulgäre Scherze auf ihre Kosten zu machen. Die Stimmung schien sich stündlich aufzuheizen, und inzwischen glühte Isabelles Gesicht nicht nur von der Sonne.

Als Roy am frühen Nachmittag frisch und ausgeruht auf Deck erschien, hätte Isabelle ihm am liebsten ihre Nägel durchs Gesicht gezogen, wären ihre Finger von der Lauge nicht völlig aufgeweicht gewesen, rot und wund. Ihre Haare waren aufgelöst, ihr Rücken schmerzte und ihre Augen brannten vor Anstrengung.

Gerade als sie den letzten Schwung Hemd in Angriff nehmen wollte, schwankte das Schiff, woraufhin der

Waschzuber umfiel und das schwappende Seifenwasser sich über sie ergoss. Die Männer lachten lauthals. Als auch Roy in das raue Gelächter mit einfiel, überkam Isabelle eine kalte Wut. Bevor es Hassan verhindern konnte, sprang sie auf die Füße, wobei sie geschickt die schwankende Bewegung des Schiffs ausglich, und stapfte hinauf aufs Achterdeck. Roys Lächeln verschwand aus seinem Gesicht, seine Augen warnten sie davor, eine Dummheit zu machen, doch es war ihr gleich.

„Ihr macht Euch lustig über mich?“, schrie sie ihn an.

Seine Miene verfinsterte sich. „Reiß sich zusammen, Weib“, mahnte er sie leise.

„Ich soll mich zusammenreißen?“ Sie machte einen Schritt auf ihn zu. „Ihr behandelt mich wie Dreck!“, fauchte sie. „Nur damit Ihr Nacht für Nacht Eurem Vergnügen frönen könnt. Ihr habt keine Ehre, keinen Anstand. An Euch haftet der Gestank der Gosse, *Monsieur*!“

Roy presste die Lippen zusammen, sie konnte sehen, wie ein kleiner Muskel an seiner Schläfe zuckte. „Du gehst zu weit, Isabelle“, flüsterte er, nur für ihre Ohren bestimmt.

Sie sah ihn an, achtete nicht auf den Maat und den Steuermann, die ihre Auseinandersetzung mit Interesse verfolgten, sondern sah nur ihn. Seine eisblauen Augen, deren Kälte ihr Herz zum Splittern brachte; seinen Mund, der sie liebkosen und doch so grausam verletzten konnte, seine Stimme, seinen warmen Körper …

Sie schluckte den Kloß in ihrem Hals herunter. „Warum ausgerechnet ich?“, murmelte sie.

Er zuckte mit den Achseln, blickte durch sie hindurch. „Warum nicht?“, antwortete er laut. „Du bist genauso gut wie jede andere. Zwei Möpse und ein offener Laderaum. Mehr braucht es für einen Piraten nicht.“

Hicks brach in gackerndes Lachen aus, und in Isabelle brach etwas. Voller Hass spuckte sie Roy ins Gesicht.

Und die Welt um sie herum erstarrte.

Alle Blicke waren auf sie gerichtet.

„Es … tut … mir … leid“, stammelte sie, als ihr bewusst wurde, was sie angerichtet hatte. „Roy, bitte …“

Doch der beachtete sie nicht. Langsam, fast bedächtig wischte er sich die Spucke aus dem Gesicht, seine Züge waren wie versteinert. Ausdruckslos.

„Hassan!“, rief er fest und bestimmt, so dass es alle auf dem Schiff hören konnten. „Bring die Hure zurück in die Kajüte. Ich werde sie lehren, einem Piraten Respekt zu zollen!“

Nachdem Isabelle eine gefühlte Ewigkeit in der Kajüte eingesperrt gewesen war, quietschte es unheilvoll an der Tür. Der Schlüssel wurde umgedreht, die Tür aufgerissen. Einer der Männer stürzte herein, ein hässlicher Kerl mit entstelltem Gesicht, dessen Namen sie nicht kannte, und riss ihr ohne Vorwarnung Mieder und Rock vom Leib. Dann zerrte er sie an den Haaren heraus. Isabelle schluchzte. Würde Roy seine Drohung wahrmachen und sie seinen Männern überlassen? Sie trug nichts außer ihrem Unterhemd, und obwohl die Sonne immer noch hoch am Himmel schien, wurde ihr Körper von Eiseskälte überzogen, als sie oben ankamen. Der Mast und Hassan, der mit Säbel und unglücklichem Gesicht daneben stand, erzeugten ein klammes Gefühl in ihrer Magengrube. Die versammelte Mannschaft war angetreten und starrte ihr mit hungrigen Gesichtern entgegen.

„Hassan!“, flehte sie den Hünen an. „Hilf mir.“

Doch dieser blickte an ihr vorbei nach oben zu Roy, der neben dem Steuerrad stand. Ein kurzes Nicken, schon hatte der schwarze Hüne ihre Arme gepackt und sie über ihrem Kopf am Mast festgebunden. Dabei rutschte das Unterhemd nach oben und entblößte ihre nackte Scham. Feuchte Augenpaare saugten sich daran fest, und auf dem Deck wurde es plötzlich totenstill.

„Heute teile ich meine Beute mit euch, Männer!“, verkündete Roy mit harter Stimme. „Ihr dürft sie anfassen, lecken, wonach es euch auch immer gelüstet. Nur ficken dürft ihr sie nicht. Das ist das Vorrecht des Captains. Sobald einer von euch seinen Schwanz rausholt, hackt Hassan ihn ab."

Zwar brandete unwilliges Gemurmel auf, dennoch wagte keiner der Piraten, offen zu protestieren. Zu groß war die Versuchung und so greifbar. Schnell beulten sich die Hosen der Männer, einige begannen sich selbst zu befriedigen. Indessen wand sich Isabelle in ihren Fesseln, suchte Roys Blick, während ihre Augen um Gnade flehten, doch seine Miene war unnachgiebig. Sie wollte schreien, ihn verfluchen, aber Hassan verhinderte es, indem er sie knebelte.

Als Jones auf sie zukam, erstarrte sie für einen Moment, wurde von blanker Furcht überschwemmt. Mit einem dreckigen Grinsen schob der Maat seinen dicken, schweißigen Daumen in ihren Schlitz und kreiste auf ihrem Kitzler. Obwohl Isabelle den glatzköpfigen Mann abstoßend fand, spürte sie, wie sie feucht wurde. Sie war verdorben, durch und durch. Ihre Panik wuchs, sie wollte nur noch im Erdboden versinken. Einer der Männer, den Isabelle insgeheim den Galgenvogel getauft hatte, weil er so lang und dürr war, zwickte ihren Kitzler, bevor er mehrere Finger in sie hineinschob. Sie schluchzte, als noch mehr Finger in sie eindrangen. Die Männer kamen von allen Seiten, drückten sich gegenseitig weg, um an sie heranzukommen. Der Koch machte sich den Spaß, mit einem Holzlöffel gegen ihre Schamlippen zu klopfen, und sie spürte, wie sich dort das Blut sammelte.

Ihren Brüsten wurde dieselbe Aufmerksamkeit zuteil. Hände und Zungen schoben sich unter ihr Hemd, um sie zu quälen. Ihre Nippel wurden gekniffen, gelutscht, einer biss in das weiche Fleisch, was ihr einen Schmerzenslaut entlockte und den Männern ein raues Lachen. Ein anderer griff zwischen ihre Pobacken, drückte mit dem Finger gegen die enge Pforte. Alle glotzten sie an, betatschten sie mit ihren dreckigen Fingern. Sie war ihnen hilflos ausgeliefert, erlebte die Hölle auf Erden … und doch pochte ihr Unterleib verräterisch. Ein scharfer Fingernagel rieb ihren geschwollenen Kitzler, was sie noch mehr erregte. Sie erzitterte und schämte sich. Wahrscheinlich konnten jetzt alle ihre nass glänzenden Schamlippen sehen. Auch Roy, der die Szene überragte. Sie drückte ihren Kopf zur Seite, schloss die Augen, um ihre Erregung zu verbergen. Und Roys Blicken zu entgehen.

Ihre Qualen schienen kein Ende nehmen zu wollen, als es sie plötzlich wie ein Blitz durchzuckte. Geschockt riss sie die Augen auf. Tom, der Schiffsjunge mit dem Engelsgesicht, kniete vor ihr, sein Gesicht war in ihrem Schoß vergraben. Geschickt biss er in ihren Kitzler, zog ihn in seinen Mund, um daran zu lutschen, bevor er seine Zunge in ihren Spalt gleiten ließ. Isabelle lief über, spürte, wie ihr Gesicht vor Erregung rot anlief, ihre Nippel steinhart wurden. Hilflos öffnete sie den Mund, und die Spitze ihrer kleinen Zunge ragte heraus. Wie bei einer läufigen Hündin! Gerade, als sie kurz darauf war, zu kommen, peitschte Roys Stimme durch die Luft.

„Genug!“

Tom zog sich augenblicklich zurück, und Isabelle hätte beinahe vor Enttäuschung aufgeheult. Mit einem Zwinkern richtete sich der Schiffsjunge auf, bevor er sich entfernte. Isabelle zitterte wie Espenlaub und bekam nur am Rande mit, wie Roy die Holzstufen hinunterstieg.

„Genug!“, brüllte er noch einmal. „Ihr hattet euren Spaß! Zurück auf eure Posten, ihr faules Pack!“

Dann stellte er sich vor sie, sein durchdringender Blick traf sie bis ins Innerste. Er sagte kein Wort, sah sie nur an. Sie erwartete, dass er sie anschrie, beleidigte. Nichts von alldem geschah.

„Mach sie los und bring sie in meine Kajüte“, wies er Hassan stattdessen an.

Anschließend kehrte er zum Achterdeck zurück.

Die Buße des Captains

Isabelle lag zusammengerollt auf dem Boden. Sie ertrug es nicht, in seinem Bett zu liegen. Die Tränen, die wie Sturzbäche über ihr Gesicht gelaufen waren, hatten feuchte Bahnen auf ihren Wangen hinterlassen. Ihr Kopf tat weh, und sie war heiser vom Weinen. In ihr waren keine Tränen mehr, nur noch nackte Wut.

Als er die Kajüte betrat, sah sie ihn wie durch einen roten Nebel hindurch. Plötzlich wollte sie ihm Schmerzen bereiten, ihn verletzen, ihm alles antun, was er ihr antat! Wie eine Furie stürzte sie sich auf ihn, schlug ihn mit ihren Fäusten, und er ließ es zu. Sie schlug ihn, wieder und wieder, bis sie keine Kraft mehr hatte. Hinterher packte er sanft ihre Hände, drehte sie herum und schloss seine Arme um sie. Halbherzig versuchte sie, sich aus seiner Umklammerung zu befreien. Sie spürte seinen warmen Atem in ihrem Nacken, und ihr Herz überschlug sich. Wieder stand sie davor, von ihm verschlungen zu werden. Doch seine Arme waren unbarmherzig, ließen sie nicht los.

„Ich hasse Euch", schluchzte sie. „Aus tiefstem Herzen."

Er schwieg lange, hielt sie einfach nur fest. „Es tut mir leid", flüsterte er schließlich.

Wieder schossen Tränen in ihre Augen. Sie schluckte schwer, versuchte sie zurückzuhalten, doch es gelang ihr nicht. Sanft drehte er sie zu sich herum, hob ihr Kinn an und strich über ihre Augen, wischte die Tränen weg.

„Wie konntet Ihr nur?", fragte sie mit kleiner Stimme.

„Du hast meine Autorität in Frage gestellt, Isabelle. Werde ich von den Männern abgewählt, ist niemand mehr da, der dich beschützen kann."

„Das verstehe ich nicht. Ihr seid doch de…"

Er verschloss ihren Mund mit seinen Lippen, um sie zum Schweigen zu bringen. Sein Kuss war leidenschaftlich und bittersüß, während seine Hände ihr Haarband lösten. Sie ließ es geschehen, als er ihr das Unterhemd abstreifte. Ohne sie aus den Augen zu lassen, zog er sich sein eigenes Hemd über den Kopf und schleuderte es von sich, dann streifte er sich die Hose ab. Sein Geschlecht stand nahezu senkrecht vor seinem harten Bauch. Sanft nahm er sie bei der Hand und bugsierte sie zum Waschzuber.

„Bleib stehen", sagte er so zärtlich, wie sie es noch nie von ihm gehört hatte, dann nahm er ein sauberes Tuch aus der Truhe, tauchte es in das Wasser und fuhr damit vorsichtig über ihren Hals, ihre Brüste und ihr Gesäß. Wieder benetzte er das Tuch und rieb sanft über ihr Geschlecht. Sie betrachtete seine wilden Haarsträhnen, die ihm in die Augen fielen, und konnte nur mit Mühe weitere Tränen zurückhalten. Dann trocknete er sie mit einem Leinentuch ab und ergriff ihre Hand. Nachdem er sie hochgehoben und aufs Lager gebettet hatte, legte er sich mit seinem ganzen Gewicht auf sie. Leise wimmerte sie, versuchte ihre wachsende Erregung zu unterdrücken. Eine Hand legte er ihr auf den Mund, die andere zwischen ihre Beine.

Dann hob er den Kopf, und ihre Blicke verschränkten sich ineinander. Seine blauen Augen waren dunkel vor Leidenschaft, aber da war noch etwas anderes. Verwundbarkeit. Ohne seinen Blick von ihr abzuwenden, tastete er nach dem Tuch, mit dem er sie abgetrocknet hatte, und verband ihr damit die Augen.

Ihre Hände krallten sich am Laken fest.

„Ich werde dich lehren, mich zu lieben", flüsterte er in ihr Ohr.

Sie spürte seine Zunge in ihrem Mund und auf ihrem Hals. Ihr Gesicht glühte, als seine Lippen zu ihren Brüsten hinabstießen und an ihren Nippeln saugten, während er sie weiter zwischen den Schenkeln streichelte. Behutsam nahm er eine ihrer harten Nippel in den Mund, rollte sie zwischen den Zähnen, was ihr ein leises Stöhnen entlockte. Dann ließ er seine Lippen über ihren Bauch wandern, eine feuchte Spur der Lust hinterlassend. Als er seinen Kopf zwischen ihren Beinen vergrub, hielt sie die Luft an. Wie gern hätte sie seine schwarzen Haare durchwühlt! Sie spürte seinen heißen Atem in ihrem Schoß, und ihr schwindelte.

Dann begann er, ihre schmerzende verlangende Scham zu küssen und daran zu saugen. Isabelle zuckte, vermochte die Lustschauer nicht zu kontrollieren. Sie drängte sich seinem Mund entgegen, ihr Körper war ihm hoffnungslos erlegen. Seine hervorschnellende Zunge, die die verborgenen Stellen ihres Körpers erkundete, brachte ihr Blut zum Kochen. Als seine kräftigen Finger ihren harten, geschwollenen Kitzler kneteten, überschwemmte sie die Lust. Sie erschauerte und stöhnte laut. Ihr Bewusstsein schaltete sich aus, sie vergaß den Brief, ihre Verzweiflung, die Angst, alles zu verlieren, und gab sich ganz der Lust hin. Schließlich vermochte sie nicht länger, sich zu beherrschen.

„Roy!“, entfuhr es ihr, als sie zuckend kam.

Doch dieser war noch nicht mit ihr fertig. Er zog ihre Beine weiter auseinander, leckte sie sanft und unerbittlich, und sie kam immer wieder, bis sie ihn anflehte, damit aufzuhören. Während ihre Krämpfe langsam verebbten, entfernte er die Augenbinde. Ihr Gesicht fühlte sich heiß an, ihr Atem ging laut und abgehackt. Sie blinzelte. Sah seine harten Gesichtszüge, den triumphierenden Blick und den sinnlichen Mund. Unbewusst spreizte sie die Beine, um ihn in sich aufzunehmen, doch er schüttelte den Kopf. Nahm ihr Gesicht zwischen die Hände und küsste sie. Seine Bartstoppeln kratzten, seine Lippen schmeckten salzig. Als er lächelte, machte ihr Herz einen Sprung. Dann schloss er sie in seine Arme, drückte sie an seinen warmen, festen Körper. Seufzend schmiegte sie sich an ihn. Sein Herz schlug kräftig und gleichmäßig. Der vollkommene Moment.

Nachdem er eingeschlafen war, betrachtete sie ihn. Seine Wimpern lagen wie Schmetterlingsflügel auf seinen Wangen, sein Mund stand leicht offen, er hatte einen Bartschatten. Nur mit Mühe widerstand sie der Versuchung, über die verkrustete Wunde zu streichen, die sie ihm am linken Oberarm zugefügt hatte. Ob er jemals Kind gewesen war? Sie versuchte, ihn sich als kleinen Jungen vorzustellen – und vermochte es nicht.

Roy träumte. Von einem grüngrauen See, in dessen Tiefe er sich hoffnungslos verlor, von schimmerndem Seegras, das seinen Unterbauch neckte, sich um sein Geschlecht schloss … Obwohl er Furcht verspürte, wurde er hart, fühlte die warme Nässe auf der Eichel. Er stöhnte laut auf. Und wurde davon wach. Schlaftrunken blickte er an sich herunter. Der Anblick, der sich ihm bot, machte ihn schlagartig munter.

Isabelle kniete zwischen seinen Beinen, ihr Kopf mit dem wallenden Haar lag in seinem Schoß. Ihre Lippen waren um seinen Schwanz gestülpt. Er spürte, wie sie zaghaft ihre Zunge über die Spitze fahren ließ, ihn kostete. Offenbar waren einige Stunden vergangen, denn die Sonne fiel flacher durch die Fenster als zuvor.

„Was tust du da?“, krächzte er.

Sie hob ihre wunderschönen Augen, ohne von ihm abzulassen, ein schüchterner Ausdruck lag darin, der ihn noch härter werden ließ. Ihre Pfirsichhaut glänzte rosa, ihre Lippen waren feucht. Sie hatte noch nie bezaubernder ausgesehen, außer vielleicht, als sie zum ersten Mal unter ihm gekommen war.

Ihre Zunge, die mit gleitenden Bewegungen begonnen hatte, ihn von oben bis unten abzulecken, nahm ihm jede Fähigkeit zu denken. Als sie seinen Schwanz wieder in den Mund nahm, tiefer diesmal, stieß er ein wollüstiges Knurren aus.

Er erinnerte sich an ein Erlebnis, das er einige Monate zuvor mit einer Hure in London gehabt hatte. Wie er sich über sie gehockt und ihr seinen Schwanz in den Rachen gerammt hatte. Ihre billige Schminke war verschmiert gewesen, ihr Gesicht verzerrt, es hatte ihn erregt. Schließlich hatte er sich in ihrem Mund entladen, und sie hatte seinen Samen geschluckt. Dafür hatte er sie gut entlohnt.

Er spürte, wie sein Schwanz heiß pulsierte, sein Hodensack drohte zu platzen. Obwohl dunkle Sehnsüchte durch sein Blut jagten, befreite er sich fast gewaltsam von Isabelle und richtete sich etwas auf. Sie war unerfahren, unschuldig. Es war noch zu früh, seinen Hunger auf diese Weise zu stillen.

Etwas benommen blickte sie ihn an. Sie wirkte, als sei sie gerade aus einem Traum erwacht.

„Gefällt es Euch nicht?“, fragte sie mit unsicherer Stimme.

Er lachte, es klang brüchig. „Es gefällt mir sogar sehr, Liebes.“ Dann griff er mit beiden Händen nach ihrer Taille. „Komm her.“

Vorsichtig setzte er sie auf seinen Schoß. Ihre Augen wurden groß, als sie ihn vollständig in sich aufnahm, und er ihre Beckenbewegungen mit seinen Händen dirigierte. Schnell begriff sie, was er von ihr wollte, und schon nach kurzer Zeit ritt sie auf ihm. Sie stützte sich mit den Händen hinten auf seinen Oberschenkeln ab, den Kopf hatte sie in den Nacken gelegt.

„Du bist ein Naturtalent“, krächzte er und spürte, wie es ihm kam.

Er zwang sich, den Moment der Entladung hinauszuzögern, was nicht einfach war, zumal ihre prallen Brüste vor seinem Gesicht wippten, von der feuchten Wärme und der Reibung ihres Fleischs an seinem Schwanz ganz zu schweigen. Ihre Augenlider flatterten, er sah die rosa Spitze ihrer kleinen Zunge. Seine Lenden schmerzten vor ungestilltem Verlangen. Mit einem leisen Lächeln setzte er sich ganz auf, wölbte seine Hände und presste ihre Brüste zusammen. In seinem Schwanz zuckte es.

Dann vergrub er sein Gesicht in das süße Fleisch, um sie zu küssen und ihren Duft einzuatmen.

„Greif dir zwischen die Beine“, forderte er rau.

Erschrocken riss sie die Augen auf, hielt in der Bewegung inne.

Er keuchte. „Nicht aufhören. Ich will nur sehen, wie du durch deine eigene Hand kommst.“

Scheu blickte sie ihn an, nahm aber ihre rhythmischen Beckenbewegungen wieder auf. Als sie ihre Scham berührte und Roy ihre reibenden Fingerspitzen spürte, biss er sich fest auf die Lippen. Kurz bevor sie kam, schoss ihr die Hitze ins Gesicht, und ihre Wangen färbten sich rot. Ihre Beine zitterten. Sie vergaß darüber, ihr Becken zu bewegen, also packte er ihre Hüften, um sie hart von unten zu stoßen. Ihr Unterleib zog sich zusammen, sie bäumte sich auf und gab kleine keuchende Laute von sich. Als die Wellen der Lust über sie zusammenschlugen, bebte sie am ganzen Körper. In diesem Moment verlor er die Beherrschung und ergoss sich mit einem langen Stöhnen.

Erschöpft ließen sich beide aufs Bett zurückfallen. Lächelnd lag sie auf ihm, warm und verschwitzt. Als er eine feuchte Strähne aus ihrem Gesicht strich, zog sich sein Herz unwillkürlich zusammen. Er packte sie und presste seine Lippen auf ihren Mund.

Der Haremssklave

Gedankenverloren blickte Isabelle aus dem Fenster. Morgen kämen sie in Faro an. Ihre beste Chance zur Flucht, wenn da nicht Roy wäre ... In der vergangenen Nacht war es ihr schlagartig klar geworden. Er hatte sich in ihrem Herzen festgesetzt. Doch für sie beide gab es keine Zukunft. Zwar begehrte er sie, dessen war sie sich sicher, aber wie lange noch? Sobald er ihrer überdrüssig würde, würde er sie der See oder noch schlimmer seinen Männern überlassen. Ihr Herz sagte ihr, dass er so etwas niemals tun würde, während die gehässige Stimme in ihrem Kopf sie daran erinnerte, dass sie für ihn nur eine Hure war, die man sich notfalls auch mit anderen teilen konnte. Der Aufruhr in ihrem Inneren besaß die zerstörerische Kraft einer Naturgewalt, ihr Nacken verhärtete sich, und schon nach kurzer Zeit wurde sie von unerträglichen Kopfschmerzen geplagt.

Als Hassan ihren Zustand bemerkte, wies er sie an, ihr Kleid ausziehen und sich hinzulegen. Inzwischen pochte Isabelles Schädel so heftig, dass sie alles getan hätte, um dem Schmerz zu entrinnen. Mit zusammengekniffenen Augen kam sie der Aufforderung nach. Sie hörte, wie Hassan in ihrem Rücken mit verschiedenen Gegenständen hantierte, dann berührte er sanft ihre Wade. Kurz zuckte sie, doch er ließ sich davon nicht beirren und begann, ihre Füße mit warmem Öl zu massieren. Geschickt drückte er ihre Fußsohlen, was Isabelle ein Seufzen entlockte. Nachdem er ihr das Unterhemd über den Kopf gezogen hatte, massierte er ihre Beine, danach ihre Arme und schließlich den Rücken. Als seine Fingerspitzen wie zufällig ihre Brüste berührten, kribbelte es in ihren

Fußzehen. Sie wehrte sich nicht, vielmehr genoss sie das entspannende Gefühl. Schon nach kurzer Zeit spürte sie, wie der Kopfschmerz zurückging. Als aus Hassans Mund ein leises Summen erklang, eine zarte Melodie, beruhigend und rührend zugleich, geriet Isabelle in einen wohligen Dämmerzustand. Bis seine Finger über die Innenseiten ihrer Schenkel streichelten. Sie hielt die Luft an, drückte das Gesicht tiefer ins Kissen. Zielsicher fand er den Spalt zwischen ihren Schamlippen, und sie ließ es geschehen. Aus Erregung, und auch weil sie neugierig war, wo Hassan sie als nächstes berühren würde.

Sie genoss das Spiel seiner geschickten Hände und musste ein Stöhnen unterdrücken, als er sanft ihren Kitzler rieb. Dann drang er mit zwei Fingern in sie ein, und Hitze schoss ihr ins Gesicht. Gekonnt knetete er ihren Po und berührte erneut ihre Schamlippen. Immer wieder tauchte er seine Finger in sie, sanft und doch fordernd, und sie spürte ihre harten Nippel, die sich gegen das Laken drückten. Ihr Becken geriet in Bewegung, kam seiner Hand entgegen, während er sie immer schneller stieß und schließlich seine summenden Lippen gegen ihre Scham drückte. Isabelle bebte, und sie fühlte einen heftigen Orgasmus, der sich unaufhaltsam näherte. Da verlangsamte Hassan seine Stöße, vermutlich um ihre süße Qual in die Länge zu ziehen. Schamlos hob sie das Becken, warf sich ihm wieder entgegen, bis sie in seinem Mund kam. Laut stöhnend und sich unter seinen Küssen windend.

Nachdem er von ihr abgelassen hatte, blieb sie ermattet liegen. Sie genoss den Moment, wagte es aber nicht, sich umzudrehen und Hassan ins Gesicht zu blicken. Irgendwann legte er seine große Hand auf ihre Schulter, eine freundschaftliche, beruhigende Geste, und sie musste lächeln. Kurz darauf war sie eingeschlafen. Sie bekam nur noch am Rande mit, wie er sie zudeckte.

Zu ihrer Erleichterung war Hassan schon weg, als sie

Stunden später aufwachte. Die Sonne war bereits dabei unterzugehen, und die Pracht am Himmel erfüllte sie mit Traurigkeit. Heute Abend war ihre und Roys letzte gemeinsame Nacht. Sie beschloss, sich hübsch zu machen und zog das grüne Seidenkleid an. Ihr Haar steckte sie hoch, ließ aber eine einzelne Strähne baumeln, weil sie wusste, dass er es mochte. Nachdem Tom das Essen hereingebracht hatte, deckte sie den Tisch. Es gab frischen Fisch mit Kartoffeln und eine Schale mit Obst, außerdem stand noch Wein bereit. Es war perfekt.

Als die Kajütentür aufschwang, klopfte ihr das Herz bis zum Hals. Roy sah müde aus, seine Bewegungen wirkten schwerfällig.

„Ist alles in Ordnung?", fragte sie besorgt.

Er seufzte. „Es war ein harter Tag. Wir haben die Laderäume klargemacht und Listen aufgestellt, was wir die nächsten Tage an Fracht laden wollen. Morgen früh werden wir mit den Beibooten rübersetzen." Genau dann würde sie ihren Fluchtversuch wagen. Der Gedanke schnürte ihr die Kehle zu. „Und wie hast du deinen Tag verbracht?", wollte er wissen.

Sie errötete und senkte den Kopf über ihren Teller. „Wie immer."

„Und Hassan?"

Erschrocken blickte sie auf. „Was soll mit ihm sein?"

Sie spürte, wie ihre Wangen glühten.

Roys Lippen verzogen sich zu einem amüsierten Lächeln. „Ich kann in deinem Gesicht lesen wie in einem offenen Buch, Liebes." Er lehnte sich in seinem Stuhl zurück. „Nun, ich schätze, es war eine befriedigende Erfahrung."

Sie japste. „Ihr wisst davon?"

„Natürlich. Glaubst du wirklich, er würde so etwas ohne meine Erlaubnis tun? Es gehört zu den Aufgaben eines Haremssklaven, die Frauen auf ihren Gebieter vorzubereiten. Ich habe ihn angewiesen, dir die Zeit zu versüßen. Die Tage auf See können lang werden, und Hassan ist sehr geschickt mit den Händen."

„Ihr seid ein herzloses Monster!“, keuchte Isabelle.

„Was für eine Heuchlerin du doch bist! Bist du etwa enttäuscht, weil es nicht dein kleines schmutziges Geheimnis ist?“ Ein harter Glanz war unerwartet in seine Augen getreten. „Auf diesem Schiff geschieht nichts ohne mein Wissen. Gewöhn dich daran!“, schloss er, bevor er ein Stück Fisch auf seinen Teller packte.

Sie starrte ihn an, unfähig zu sprechen.

„Morgen bleibt Hassan bei dir auf dem Schiff und passt auf, dass dir nichts geschieht“, fügte er mit einem schmutzigen Lächeln hinzu.

Danach verfiel er in Schweigen. Es störte Isabelle nicht, denn ihr Herz war voller widersprüchlicher Gefühle, und sie befürchtete, jeden Moment die Beherrschung zu verlieren.

„Übrigens, Liebes …“ Sie blickte ihn wortlos an. Sein Gesicht lag im Halbschatten, dennoch glaubte sie, seine hellen Augen blitzen zu sehen. „Wer ist der Duc de Coligny?“

Ihr blieb vor Schreck das Herz stehen. Hatte er im Laderaum den Brief gefunden?

Sie blinzelte. „Ich verstehe nicht.“

„Du redest im Schlaf. Letzte Nacht hast du seinen Namen genannt. Mehrmals.“

Sie seufzte erleichtert, was ihm keineswegs entging. „Ich weiß nicht, wovon Ihr sprecht“, sagte sie.

„Wer ist er? Dein einstiger Dienstherr? Dein Geliebter?“ Er hatte die Stimme nicht erhoben, dennoch klang er plötzlich hart und bestimmend.

„Wie kann er mein Geliebter sein?“ Sie spürte, wie ihre Lippen bebten. „Ihr wart es doch, der mich entehrt hat.“

„Du lügst mich an, ich weiß es“, sagte er leise und griff nach einer Weintraube. „Schau dir deine Hände an, sie sind weich, keine Schwielen. Bis vor zwei Wochen hast du noch nie körperlich gearbeitet. Du drückst dich gewählt aus.“ Er lachte freudlos. „Wenn du eine Zofe bist, bin ich ein Baron.“

Sie versuchte, seinem prüfenden Blick auszuweichen. „Ihr irrt Euch, Monsieur."

Er spannte die Kinnmuskeln an. „Hältst du mich wirklich für einen solchen Idioten?"

„Warum stellt Ihr mir plötzlich so viele Fragen?", warf sie ihm entgegen. „Reicht es nicht, dass ich für Euch die Beine breitmache?" Sie war selbst über die Bitterkeit in ihren Worten überrascht. „Was interessiert Euch, wer oder was ich bin?"

Seine Faust krachte auf dem Tisch nieder, und sie zuckte erschrocken zusammen. „Ich mag es nicht, wenn du vorlaut bist, Weib!"

„Euer Pech", murmelte sie mehr zu sich selbst.

„Komm her!", befahl er.

„Nein."

„Komm her zu mir", wiederholte er sanft.

Sie war es müde, gegen ihn zu kämpfen. Heute war ihr letzter gemeinsamer Abend, also kam sie seiner Aufforderung nach. Er nahm sie in seine Arme. Sein Körper glühte, und sie sog gierig seinen Duft ein. Plötzlich wollte sie ihn so sehr, dass ihr Herz schneller schlug und ihr Hals eng wurde.

„Wer ist der Duc de Coligny?", flüsterte er in ihrem Mund.

„Er ist ein Gönner der Familie", hauchte sie.

„Erklär mir das."

„Mein Onkel und er kennen sich aus dem Krieg", erzählte sie. „Mein Onkel ist letzten Monat verstorben, und ich war auf dem Weg zu ihm, um ihm die Nachricht zu überbringen, als Ihr unser Schiff gekapert habt", plapperte sie weiter, in der Hoffnung, er würde ihr die Lüge abnehmen. „Er lebt in Cádiz."

Roys Augenbrauen zogen sich zusammen. „Ist das alles?"

„Ja."

„Kennst du ihn?"

Sie ertrug seinen Blick nicht länger und senkte die Lider. „Nein."

Er packte sie am Kinn. „Ich glaube dir nicht."
Sie musste schlucken. „Es ist die Wahrheit. Bitte, glaubt mir."
Sein Blick gab nichts preis, als er ihr einen hauchzarten Kuss auf die Lippen drückte. „Du bleibst in der Kajüte", flüsterte er. Sein Tonfall erlaubte keinen Widerspruch. „Wenn ich morgen Abend zurückkomme, will ich wissen, warum du im Schlaf nach einem Fremden rufst, den du noch nie im Leben gesehen hast."
Daraufhin verließ er sie, nicht ohne den Schlüssel zweimal umgedreht zu haben. Verzweifelt blickte sie auf die geschlossene Tür. Ihnen war keine gemeinsame Liebesnacht mehr vergönnt. Sie hatte ihn eben zum letzten Mal gesehen.

Flucht nach Cádiz

Nach einer unruhigen Nacht wurde Isabelle vom geschäftigen Treiben auf dem Schiff geweckt. Die Sonne stand schon am Himmel. Befehle wurden gebrüllt, Männer stampften hin und her, Fässer wurden über die Planken gerollt. Vielleicht befand sich Roy noch an Bord! Isabelle schwang sich aus dem Bett und blickte kurz aus dem Fenster. Das kristallklare Wasser leuchtete türkisfarben, in der Ferne war eine schmale Bucht mit gelben, vorgelagerten Felsen zu sehen. Offenbar hatten sie den Anker rund eine Viertelseemeile von der Küste entfernt ausgeworfen. Sie war eine verliebte Närrin, dennoch drängte es sie, Roy ein letztes Mal zu sehen, ein letztes Mal zu berühren. Hastig zog sie ihr Kleid über, schlüpfte in Schuhe und Umhang und stürzte zur Tür. Hektisch rüttelte sie an der Klinke. Der Schlüssel wurde umgedreht, die Tür aufgerissen und Hassan stand vor ihr.

„Ich muss den Captain sprechen“, sagte sie, wobei sie etwas beschämt seinen Blick mied. „Es ist dringend!“

Sie wusste nicht, was sie Roy sagen wollte, vielleicht wie viel er ihr bedeutete, oder dass er auf sich aufpassen müsste, oder … Ihr würde bestimmt etwas einfallen.

Doch der schwarze Hüne schüttelte den Kopf.

„Bitte, Hassan! Ich habe eine Botschaft für ihn.“

Er blickte skeptisch, und sie ließ ein kokettes Lachen hören, das in ihren Ohren falsch klang.

„Ich verspreche, dass ich ihn nicht anspucken werde“, versuchte sie zu scherzen. „Bitte …“

Als er seufzte, wusste sie, dass sie gewonnen hatte. Gemeinsam begaben sie sich nach oben. An Deck war die Hölle los, alle liefen durcheinander, also gingen sie dicht an der Reling entlang, um niemandem im Weg zu stehen. Isabelle sah zum Achterdeck hoch, doch Roy war nicht dort. Suchend ließ sie ihren Blick schweifen, da packte Hassan ihren Arm und zeigte auf zwei Männer, die am Bug standen und sich unterhielten. Roy und der Maat.

Isabelle, die so wenig Aufmerksamkeit wie möglich erregen wollte, machte sich hinter Hassans Rücken ganz klein, was ihr nicht wirklich schwerfiel, bis sie in Hörweite der beiden standen.

„Die Frau sorgt für Unruhe, Captain. Sie muss weg!“, sagte der Maat in diesem Moment, und Isabelle bedeutete Hassan stehenzubleiben, indem sie hektisch an seiner Weste zupfte.

„Ich bin noch nicht fertig mit ihr, Jones!“ Roy klang gereizt. „Sie ist wie ein starkes Jucken zwischen den Beinen, und ich habe immer noch das Bedürfnis, mich zu kratzen.“

„Dann müsst Ihr den Männern mehr erlauben, als sie nur zu betatschen, Captain! Seit die Frau an Bord ist, laufen sie mit einem Dauerständer durch die Gegend. Das schadet der Moral.“

„Keine Sorge.“ Isabelle konnte das Grinsen in Roys Stimme hören, und ein Schauer lief ihr über den Rücken. „Die Hure fängt bereits an, mir auf den Nerv zu gehen. In ein paar Tagen können die Männer sie haben.“

„Aye, Captain, das sind gute Nachrichten. Ich glaube nämlich nicht, dass die sich noch länger hinhalten lassen.“

„Dann sind wir uns einig“, knurrte Roy. „Aber sie sollen sie nicht zu Schande reiten. Auf dem Sklavenmarkt von Barbados bringt sie sicher noch was ein.“

Die grausamen Worte ihres Geliebten – oder sollte sie lieber sagen ihres Peinigers –, trafen Isabelle wie eine Kanonenkugel. Etwas in ihr zerriss, das Schiff verschwamm vor ihren Augen. Hätte Hassan sie nicht aufgefangen, sie wäre auf dem Deck aufgeschlagen. Geschwind nahm er sie in den Arm und brachte sie in die Kajüte zurück. In dem Durcheinander achtete niemand auf sie. Dort setzte er sie auf einen Stuhl und reichte ihr einen Becher Wein. Mit eiskalten Händen nahm sie ihn entgegen, während sie mit leerem Blick auf den Boden starrte. Hassans Gesicht war von Traurigkeit gezeichnet, Mitleid lag in seinen Augen, als er über ihre Haare strich. Lange saß sie da, hielt sich an ihrem Becher fest.

„Hassan", sagte sie schließlich, nachdem sie sich gefasst hatte. „Sobald die Männer das Schiff verlassen haben, werde ich fliehen." Dann blickte sie zu ihm hoch. „Hilfst du mir dabei?"

Es war schon spät, als Roy auf das Schiff zurückkehrte. Er war müde, aber zufrieden. Sie hatten erbeutetes Silber und Gewürz in klingende Münzen verwandelt und dafür frisches Obst, Trinkwasser, gesalzenes Fleisch und spanischen Wein gekauft. Morgen würden sie Schießpulver besorgen und aufs Schiff verfrachten. Danach würden sich die Männer etwas Landurlaub gönnen, während er den Tag mit Isabelle verbringen würde. Er würde sie lang und ausgiebig lieben, sich alle Zeit der Welt nehmen und sich während der kleinen Verschnaufpausen am Spiel der Sonnenstrahlen auf ihrem nackten Körper erfreuen. Bei dem Gedanken, was er alles mit ihr anstellen würde, zuckte sein Schwanz verheißungsvoll. Zumal niemand sie dabei stören würde.

Als er die Tür zur Kajüte öffnete, verblasste das Lächeln auf seinem Gesicht. Etwas stimmte nicht. Die Öllampen waren fast vollständig heruntergebrannt, der Raum wirkte schattiger, die Ecken dunkler. Ihn erwarteten kein reichgedeckter Tisch und keine Isabelle. Die Stirn in Falten gelegt blickte er sich um. Ihre Kleider lagen säuberlich auf dem Bett, alle bis auf das grüne Seidenkleid. Vielleicht hielt sie sich unerlaubterweise an Deck auf. Wieder einmal. Er grinste, als er an die süße Bestrafung dachte, die zwangsläufig auf ihren Ungehorsam folgen würde. Gerade als er auf den Absatz kehrtmachte, um sie zu suchen, tauchte Jones auf der Schwelle auf. Sein Gesichtsausdruck verhieß nichts Gutes.

„Was ist los?“, fragte Roy ohne Umschweife.

„Die Frau …“, begann er und blickte auf seine Fußspitzen.

Eine eisige Faust griff nach Roys Herzen. „Was ist mit ihr?“, presste er hervor.

„Sie ist weg“, antwortete Jones. „Hassan auch. Ein Beiboot fehlt.“

Roys Gedanken rotierten. „Soll das heißen, dass sie gemeinsam geflohen sind?“

„Sieht so aus, Captain.“ Die Schadenfreude war ihm deutlich anzusehen.

„Nun“, gab sich Roy gelassen, obwohl er glaubte, innerlich zu verglühen. „Schade um das Boot und um Hassan. Er war ein guter Mann.“

„Das war er.“

„Es gibt noch ein paar Dinge, die ich erledigen muss, Jones. Ich komme gleich nach.“

„Aye, Captain.“

Nachdem er die Tür hinter sich geschlossen hatte, füllte Roy die Öllampen auf, und die Kajüte wurde von einem warmen, gelben Licht durchflutet. In diesem Licht haben ihre Haare einen leicht rötlichen Schimmer, fuhr es ihm durch den Kopf. Aus einer der Truhen nahm er die Flasche Rum heraus und goss sich einen Becher voll. Und dann noch einen. Anschließend setzte er sich aufs Bett, nahm eines der Kleider, die dort lagen, und drückte den zarten Stoff gegen sein Gesicht. Gierig atmete er ihren Duft ein, bis ihm der Schmerz die Luft abschnürte. Wütend presste er die Lippen zusammen, seine Kinnmuskeln arbeiteten. Sie war mit Hassan geflohen! Einem halben Mann, der aber sehr wohl wusste, wie man Frauen befriedigte. Offenbar war es ein Fehler gewesen, die beiden tagelang allein zu lassen. Wahrscheinlich hatten sie hinter seinem Rücken Pläne geschmiedet und ihn verhöhnt.

Ob Isabelle ihn liebte?

Der zarte Stoff zerriss unter seinen Händen. Mit einem Schrei warf er das zerfetzte Kleid quer durch die Kajüte. Dann waren die anderen Kleider dran, jedes Mal, wenn eines unter seinen Händen riss, belegte er Isabelle mit einem anderen Fluch. Schon als sie den Namen des Duc de Coligny im Schlaf genannt hatte, hatte die Eifersucht ihn gepackt, doch das war nichts im Vergleich zu dem Dämon, der nun in ihm wütete. Sein Herz klopfte so laut, dass es aus seiner Brust zu springen drohte. Er begann heftig zu schwitzen, bis er irgendwann wie betäubt auf den Boden starrte. Traurige Fetzen, wohin man sah. Bis zu diesem Augenblick war ihm nicht bewusst gewesen, wie viel Isabelle ihm wirklich bedeutete. Sie gehörte ihm, er hatte ihr seinen Stempel aufgedrückt. Ihm schwindelte vor Wut. Wenn er sie oder Hassan in die Finger bekäme …

Da klopfte es an der Tür.

„Was ist?“, brummte er. Sein Kopf schmerzte.

Die Tür wurde aufgerissen. Jones stand auf der Schwelle. „Hassan ist zurück.“

Roy sank das Herz in die Hose. Die Wut wurde von Angst verdrängt, Angst um Isabelle.

„Bring ihn sofort her!“, brüllte er.

Kurz danach wurde Hassan hereingebracht. Seine Hände waren gefesselt, und wie immer war sein Gesicht vollkommen ausdruckslos. Roy juckte es in den Fingern, ihm seine Beherrschtheit aus dem Gesicht zu prügeln.

„Ihr solltet ihn die neunschwänzige Katze spüren lassen“, sagte Jones, der Hassan eskortiert hatte.

„Ich entscheide, was mit ihm passiert.“ Mit einer abwinkenden Geste seiner Hand entließ er seinen Maat. „Und jetzt raus hier.“

Jones zögerte.

„Raus!“

„Aye, aye, Captain.“

Nachdem der Maat die Kajüte verlassen hatte, wandte sich Roy Hassan zu, der wie eine schwarze Statue neben dem Schreibtisch stand und ihm furchtlos entgegenblickte.

Seine Hände zitterten leicht, als er sich erneut Rum einschenkte.

„Also gut, Hassan“, begann er. „Wo ist sie?“

Der Duc de Coligny

Das Zimmer war hübsch eingerichtet, mit gelben Gardinen und gefliesten Mosaikwänden. Auf der Kommode stand die Büste von Artemis, der Göttin der Jagd, über dem Bett hing das Gemälde eines Stiers, der von einem berittenen Mann mit einer Lanze durchbohrt wurde. Ein schönes Bild, wären da nicht die panisch geweiteten Augen des Stiers gewesen. Nachdem sich Isabelle ihrer Kleidung entledigt hatte, löschte sie das Licht und begab sich zu Bett. Sie war vor gut einer Stunde im Haus des Duc de Coligny angekommen, und obwohl sie die Dringlichkeit ihrer Nachricht hervorgehoben hatte, hatte sich der Diener geweigert, seinen Herrn aufzuwecken. Im Gegenzug hatte er ihr ein Obdach für die Nacht angeboten und zugesichert, dass sie am nächsten Morgen bei Monsieur le Duc vorsprechen könnte. Ihr war nichts anderes übriggeblieben, als sich zu beugen.

Die Laken rochen frisch, und als sie hineinkroch, streckte sie sich ausgiebig. Obwohl sie an Land war, schwankte der Boden unter ihr, und sie meinte, immer noch auf der *Southern Star* zu sein. In wenigen Augenblicken würde Roy mit seinem unergründlichen Blick hereinkommen, sie packen und küssen ...

Um auf andere Gedanken zu kommen, ließ sie den Tag Revue passieren. Nachdem sie Hassan angebettelt hatte, ihr zu helfen, hatte er schweren Herzens zugesagt. Auf dem Schiff war nicht mehr als eine Handvoll Männer gewesen, die ihre Aufmerksamkeit auf den Horizont gerichtet hatten. Es war für sie einfach gewesen, ihr Bündel aus dem Laderaum zu holen und mit Hassans Hilfe das übriggebliebene Beiboot zu Wasser zu lassen. Auf

Hassans Anweisung hin hatte sie sich für die kurze Fahrt zum Ufer in einem leeren Wasserfass versteckt. Als sie an Land angekommen waren, hatte er darauf bestanden, sie zu einer Schaluppe zu begleiten, die sie nach Cádiz bringen würde. Er hatte am Kai gestanden und gewartet, bis das Schiff abgelegt hatte. Isabelles Herz zog sich ängstlich zusammen, als sie an Hassan dachte. Er hatte auf die *Southern Star* zurückkehren wollen, und sie betete inbrünstig, dass ihr Captain Milde zeigen würde.

Auf dem Sklavenmarkt von Barbados bringt sie sicher noch was ein.

Isabelle versuchte, die Tränen zurückzuhalten. Eigentlich sollte sie Roy dafür dankbar sein, dass er ihr die Entscheidung so leicht gemacht hatte.

Als sie am nächsten Morgen den kleinen Innenhof vor ihrem Zimmer betrat, wurde sie von einem jungen, blonden Mann mit Schnurrbart erwartet, der in Schwarz gekleidet war.

Sie vollführte einen Knicks. „Monsieur …“, begann sie etwas unsicher.

Er schenkte ihr ein charmantes Lächeln, er war ein gut aussehender Mann. „Mademoiselle, Ihr habt hoffentlich wohl geruht“, sagte er und gab ihr einen Handkuss. „Mein Name ist Matthieu Fournier. Ich bin der Privatsekretär des Duc de Coligny. Er bat mich, ihn zu entschuldigen, aber noch ist er nicht bereit, Euch zu empfangen. Wir frühstücken erst einmal, dann bringe ich Euch zu ihm.“

„Ihr habt ihm doch meinen Namen genannt?“

Ein kleines Lächeln huschte übers Gesicht des Privatsekretärs. „Selbstverständlich. Der Duc schätzt Euren Onkel sehr und ließ mich Euch ausrichten, dass er sich freut, die Nichte eines so guten Freundes kennen zu lernen.“

„Ich habe eine wichtige Nachricht für ihn.“

„Auch das weiß er. Auf die eine Stunde kommt es nicht an“, schloss der Privatsekretär energisch und bot Isabelle seinen Arm an.

Voller Zuversicht ließ sie sich von ihm in ein prächtig ausgestattetes Speisezimmer mit Terrakotta-Wänden und gepolsterten Möbeln in Rot und Gelb führen, wo ein Tisch von Silber und Porzellan funkelte. Kaum hatten sie sich dort niedergelassen, kam ein Diener herein, um ihnen Kaffee, Spritzgebäck mit Honig sowie Orangen und Mandeln zu bringen. Hungrig griff Isabelle nach einer der länglichen Leckereien und biss hinein. Es schmeckte köstlich, süß wie die Sünde. Eine Weile aßen sie schweigend, zu hören waren nur Kau- und Schluckgeräusche sowie das Klappern des Bestecks, bis der Privatsekretär die Stille brach.

„Der Diener erzählte, Euer Schiff sei von Piraten gekapert worden?"

„Das ist richtig."

„Nun, das muss schrecklich gewesen sein", sagte er, während er sich eine Orange auf seinen Teller schaufelte.

Isabelle, die an Roy dachte, schluckte hart. „Ja, das war es in der Tat."

„Vergebt mir meine Indiskretion, Mademoiselle, aber für Euch als Frau muss es doch recht kompromittierend gewesen sein."

Ihr brach der kalte Schweiß aus. Niemand durfte erfahren, dass sie ihre Unschuld verloren hatte. Das hätte ihre gesellschaftliche Ächtung bedeutet.

„Das war es auch", stammelte sie. „Aber ich schätze, ich hatte Glück."

„Wirklich? Nun, Mademoiselle, ich denke …"

Doch er kam nicht weit, denn in diesem Moment betrat der Diener das Esszimmer und machte ein Zeichen.

Der Privatsekretär lächelte. „Ah, wie es aussieht, ist Monsieur le Duc jetzt bereit, Euch zu empfangen. Wenn Ihr mir bitte folgen würdet, Mademoiselle."

Nachdem sie das Speisezimmer verlassen hatten, durchquerten sie eine Halle mit weißen Säulen und Mosaikboden. An einer der Wände hing das Porträt eines stattlich aussehenden Mannes mittleren Alters mit intelligenten Augen, einer gebogenen Nase und schmalen Lippen.

„Der Duc?“, fragte Isabelle.

„Ja“, antwortete der Privatsekretär, bevor er sie sanft am Arm nahm und durch eine Arkade lotste, die in einem orientalisch anmutenden Raum mündete.

Mittelpunkt bildete ein Bett mit Kissen und Baldachin in Aubergine und Rot. An den Wänden hingen Teppiche, schwere Samtvorhänge trennten den Raum von einem weiteren Zimmer, das sich dahinter befand. Schalen aus Messing zierten eine Kommode aus duftendem Zedernholz. Der Duc selbst lag, höchst unschicklich, auf einem Kanapee gefläzt, nur mit einer Brokatrobe bekleidet. Das Erste, was Isabelle auffiel, war, dass das Porträt in der Halle überaus schmeichelhaft war. Das Gesicht des Ducs war fahl, seine Augen lagen tief in ihren Höhlen, und der wabbelige Bauch wirkte ungleich voluminöser als auf dem Bild. Das Zweite war der Geruch. Sie kannte diese Note von ihren Liebesspielen mit Roy. Erschrocken trat sie einen Schritt zurück, doch der Privatsekretär in ihrem Rücken versperrte ihr den Weg.

„Der Brief“, forderte dieser mit harter Stimme.

Das Blut rauschte in ihren Ohren, als sie ihm das Dokument übergab, das er sogleich an den Duc weiterreichte. Dieser überflog den Brief, dann zerknüllte er ihn und warf ihn weg. Bevor Isabelle protestieren konnte, packte der Privatsekretär sie und hielt ihr den Mund zu. Seine Hand roch nach Orange.

„Mademoiselle“, sagte der Duc mit einer etwas atemlosen Stimme. „Ihr werdet euch noch etwas gedulden müssen, bis ich bereit bin, Euch meine volle Aufmerksamkeit zu schenken.“

Er schnippte mit den Fingern, und vier junge Mädchen traten hinter dem Vorhang hervor. Sie waren sehr schön und vollkommen nackt. Mit gesenkten Häuptern gingen sie zu ihm und zogen ihm seine Robe über den Kopf, während er sich genüsslich zurücklehnte. Dann schlüpfte eines der Mädchen zwischen seine runden Oberschenkel und nahm seinen Schwanz in den Mund. Ein weiteres Mädchen gesellte sich dazu, und die Zungen der beiden jungen Frauen verknoteten sich kurz ineinander, bevor sie sich wieder dem Geschlecht des Ducs zuwandten. Schnell wuchs dieses zu einer stolzen Größe heran, dessen Festigkeit in verblüffendem Gegensatz zum schwammigen Körper stand.

Während sein Schwanz zu einer harten Waffe anschwoll, ließ der Duc Isabelle keine Sekunde aus den Augen.

„Ich hoffte, du wärst hübscher“, sagte er.

Wie versteinert starrte Isabelle auf die beiden Mädchen, die ihr ihre Pobacken entgegenstreckten, während sie den Phallus des Ducs lutschten. Die beiden anderen massierten mit ihren Brüsten seine Schultern und seinen Rücken.

Der Duc lachte, als er Isabelles geschocktes Gesicht sah. Es klang ehrlich amüsiert. „Was dachtest du, steht in dem Brief? Es ist ein Verkaufsvertrag. Dein Onkel hat beim Spiel ein hübsches Sümmchen verloren und schuldet mir eine Menge Gold.“ Er stöhnte kurz auf. „Du gehörst jetzt mir.“ Kurz schloss er die Augen, strich einem Mädchen übers Haar. „Eine jungfräuliche Adelige … wie ich das vermisst habe.“

„Ich muss Euch enttäuschen, Monsieur.“ Isabelle wand sich aus dem Griff des Privatsekretärs. „Ich bin keine Jungfrau mehr!“, stieß sie hasserfüllt hervor. „Unser Schiff wurde von Piraten gekapert … und …“

Roy. Ihr Herz stolperte.

„Keine Jungfrau mehr?“ Der Duc war offensichtlich zu entspannt, um sich aufzuregen. „Das ist bedauerlich, aber nicht mehr zu ändern.“

Er schnippte erneut mit den Fingern. Die Mädchen standen auf, die Augen auf den Boden gerichtet, bevor sie wieder hinter dem Vorhang verschwanden.

„Bitte, Monsieur, lasst mich gehen“, bettelte Isabelle.

„Ich will deine Möpse sehen.“

„Mach dein Mieder auf", hauchte ihr Matthieu ins Ohr. Als sie in ihrem Nacken die Spitze einer Messerklinge spürte, schluchzte sie. „Sofort!"

Mit zitternden Fingern befreite Isabelle ihre Brüste aus ihrer stofflichen Hülle. Die gierigen Augen des Ducs richteten sich auf die baumelnden Prachtexemplare mit den dunklen Spitzen.

„Hugo hat nicht zu viel versprochen, wie ich sehe." Er fuhr sich mit der Zunge über die Lippen. „Ich kann es kaum abwarten, dich auf dem Bock im Stall die Peitsche schmecken zu lassen. Matthieu!"

Bevor Isabelle reagieren konnte, wurde sie von hinten gepackt und nach vorn geschubst. Sie fiel auf die Knie. Dann spürte sie eine Hand in ihrem Haar, die sie unbarmherzig vorwärtsdrängte.

„Mach es ihm mit dem Mund", befahl Matthieu.

Als sie sich weigerte, presste er ihren Kopf auf den Schwanz des Ducs. Sie ekelte sich, versuchte sich zu befreien, doch der Griff war unnachgiebig. Der Druck durch die Messerklinge wurde fester.

Der Duc stöhnte laut auf. „Schnell, sonst brauche ich die Schlampe gleich nicht mehr."

Wieder drückte Matthieu ihren Kopf nach unten, und ihr blieb nichts anderes übrig, als mit den Lippen den fremden Schwanz zu berühren. Der säuerliche Geruch von Unreinheit und Pisse drang ihr in die Nase, und sie musste würgen.

„Tiefer!", forderte Matthieu mit vor Erregung rauer Stimme.

Als Isabelle ihren Mund noch weiter öffnete, spürte sie, wie die Tränen ihre Wangen hinunterliefen. Da packte der Duc sie bei den Haaren und stieß seinen Schwanz tief in ihren Rachen.

Roy!, schrie Isabelle still.

Sie versuchte, sich vorzustellen, dass er es war, den sie mit dem Mund befriedigte, doch die Laute und üblen Gerüche des Ducs machten es ihr unmöglich.

„So ist es gut, Mädchen“, stöhnte dieser.

Sie spürte, wie er in ihrem Mund pulsierte, und ahnte, dass er kurz darauf stand, sie für alle Zeiten zu besudeln. Inzwischen weinte sie lautlos

„Matthieu“, krächzte der Duc. „Sag mir, ob ihr Dienstboteneingang geentert wurde.“

Isabelles Kleid wurde hochgeschoben, dann grub sich ein Finger zwischen ihre Pobacken und machte sich brutal an ihrer Hinterpforte zu schaffen.

Sie wimmerte leise.

„Ich glaube nicht, Monsieur le Duc“, antwortete der Privatsekretär nach einer gefühlten Ewigkeit.

„Gut. Das ist das Schöne an Weibern, Matthieu. Man kann sie auf jedwede Art ficken.“

Da vernahm Isabelle in ihrem Rücken plötzlich ein Gurgeln, die Klinge rutschte von ihrem Nacken und fiel mit einem leisen Scheppern zu Boden. Schnell hob sie den Kopf, während der Schwanz des Ducs langsam in sich zusammenfiel. Im selben Moment wurde sie grob zurückgerissen, dann schob sich ein Schatten in ihr Blickfeld. In der Hand hielt er einen Säbel mit blutgetränkter Klinge.

„Wer seid Ihr?“, stammelte der Duc und wurde leichenblass.

„Der einzige, der diese Frau auf *jedwede Art* ficken darf“, antwortete Roy mit kalter Stimme, bevor er ihm den Säbel quer übers Gesicht zog.

Unfähig sich zu bewegen, verharrte Isabelle in der knienden Position und stierte auf den Duc, der röchelnd zusammenbrach. In einer einzigen Bewegung steckte Roy seinen Säbel weg und riss sie in seine Arme.

„Ist er tot?“, flüsterte sie in sein Hemd.

„Ja.“ Seine Stimme war samtweich und doch voller Zorn.

Da brach es aus ihr heraus. Der Kloß in ihrem Hals barst auseinander, und das Schluchzen durchschüttelte ihren Körper. Roy hielt sie fest umklammert, bis ihre Tränen versiegt waren, streichelte immer wieder ihr Gesicht und murmelte ihr kleine Koseworte ins Ohr.

„Hier trink“, sagte er und reichte ihr eine Pulle Rum. Der Alkohol brannte wie Feuer, dennoch war sie dafür dankbar. „Noch einen Schluck“, wies er sie an. „Gut so.“

Nachdem er ihr aufgeholfen hatte, nahm er ihren Kopf zwischen seine Hände, um sie zu küssen.

„Nein!“, wehrte sie ihn ab und drehte den Kopf weg. „Er hatte sein … sein … Geschlecht in meinem Mund.“

„Dann ist es an mir, den Geschmack dieser Ratte für immer aus deinem Gedächtnis zu tilgen“, murmelte er und drückte ihr einen sanften Kuss auf die Lippen. „Du hast eine Rumfahne, Liebes. Piraten mögen das“, fügte er lächelnd hinzu. „Jetzt komm, wir müssen hier weg.“

Sie nickte, ließ sich wie in Trance von ihm zum Ausgang führen. Der Anblick des Privatsekretärs, der in seinem Blut am Boden lag, berührte sie nicht. Genauso wenig wie der bewusstlose Diener in der Vorhalle. Trotz der Hitze fröstelte sie, als sie auf die Gasse hinaustraten.

„Wohin gehen wir?“, stammelte sie, doch Roy antwortete nicht, sondern zerrte sie fast gewaltsam durch das Gassengewirr der weißen Stadt.

Irgendwann gelangten sie zu einem menschenleeren Platz, wo er sie ohne Vorwarnung gegen die raue Wand drückte.

„Warum?“, flüsterte er.

Verständnislos starrte sie ihn an.

„Warum hast du mich verlassen?“

„Ich habe Euch belauscht“, antwortete sie.

Er hob spöttisch eine Augenbraue, dennoch war keine Freude in seinem Gesicht. „Ich komme zwar aus der Gosse, aber soviel ich weiß, tun feine Damen so etwas nicht.“

Sie mied seinen durchdringenden Blick. „Gestern Morgen …“ War wirklich erst ein Tag vergangen? Ihr kam es wie ein halbes Leben vor. „Gestern Morgen, als Ihr mit Jones über mich gesprochen habt.“

Seine Stirn legte sich in Falten, als er nachdachte, dann

begriff er, und sein Blick wurde dunkel. „Ich wollte Zeit gewinnen“, sagte er mit heiserer Stimme. „Ich wusste, in Faro würden die Männer Druck ablassen. Mit ein wenig Glück hätte Jones das Thema fallen lassen, bis wir in Barbados angekommen wären.“

„Was ist in Barbados?“, fragte Isabelle.

Doch er antwortete nicht, starrte sie nur an. „Du warst also bereit, auf das hier zu verzichten“, sagte er und ließ seine Zunge über ihren Nacken wandern. Sie keuchte. Ihr verräterischer Körper begehrte ihn so sehr, dass es schmerzte.

„Und darauf.“

Seine Finger schoben sich in ihr Dekolletee und umfingen eine ihrer Brüste, sein Daumen neckte ihren Nippel. „Sag mir die Wahrheit! Wolltest du das wirklich?“ Er schluckte hart, und zum ersten Mal entdeckte sie in seinen Augen einen Anflug von Hilflosigkeit.

„Nein“, hauchte sie, dann küsste sie ihn mit einer Wildheit, die sie erschreckte.

Roy erstarrte kurz vor Überraschung, dann packte er ihren Kopf. Seine Lippen waren fest und fordernd und ließen ihr keine Chance, ihm den Einlass zu verwehren. Er drängte sich an sie. Ihre Knie gaben nach, und sie krallte sich verzweifelt an ihm fest. Es war nicht nur ihr Körper, der ihn wollte. Ihr ganzes Wesen verzehrte sich nach ihm.

Ich liebe dich, Roy Flannigan.

„Roy, bitte“, keuchte sie zwischen zwei Küssen. „Nicht hier … wir sind im katholischen Spanien … das … das hier ist nicht … Frankreich.“

Er beendete den Kuss, ließ sie jedoch nicht los. „Ich halte eine frivole, nimmersatte Französin in den Armen, die es kaum erwarten kann, mir die Kleider vom Leib zu reißen.“ Sie hörte das Lachen in seiner Stimme. „Wie könnte ich da widerstehen?“ Dann wurde er schlagartig ernst. „Aber du hast Recht. Mit denen ist nicht zu spaßen. Lass uns das hier in passenderer Umgebung fortsetzen.“

Wie sich herausstellte, hatte er ein einfaches, aber sauberes Zimmer in einer Taverne nicht weit vom Hafen entfernt bezogen. Dort angekommen, machten sie da weiter, wo sie zuvor aufgehört hatten. Und Isabelle hatte nicht das Geringste dagegen einzuwenden. Nicht das Geringste.

Die Liebe des Piraten

Nachdem sie wieder zu Atem gekommen waren und Isabelle erschöpft und zufrieden in seinen Armen lag, erzählte sie ihm von dem Brief und der Täuschung durch ihren Onkel. Er wurde wütend, so wütend, dass er sich nur von ihren Küssen beschwichtigen ließ.

„Was ist mit Hassan?“, sagte sie irgendwann, beschämt darüber, nicht früher danach gefragt zu haben.

Roy ließ einen seltsamen Laut hören, der wie ein Brummen klang, und Isabelle blieb das Herz stehen. „Unerlaubtes Entfernen vom Schiff zieht normalerweise den Tod nach sich, und am Anfang habe ich darüber nachgedacht, ihm die Haut bei lebendigem Leib abzuziehen. Aber dann …“

„Aber dann was?“, fragte sie ängstlich nach.

„… habe ich verstanden, dass er für mich keine Gefahr darstellt. Er hat die neunschwänzige Katze zu spüren bekommen.“

Ihre Hand flog an ihre Brust. „Oh, nein!“

„Keine Bange, er hat es überlebt. Das Leben auf einem Schiff erfordert Disziplin. Ich musste ihn bestrafen. Aber sei unbesorgt, Liebes. Er hat in seinem Leben Schlimmeres überstanden.“

„Werde ich ihn wiedersehen?“

Roy warf ihr einen scheelen Blick zu. Lag darin etwa Eifersucht? „Ich fürchte, daraus wird erst mal nichts“, brummte er.

Ihr wurde schwindelig. Wollte Roy sie hier zurücklassen? Sie nur alle paar Monate besuchen, um seine Lust zu befriedigen?

Als er ihre Miene sah, grinste er schelmisch. Einen

solchen Ausdruck hatte sie bei ihm noch nie gesehen. „Die *Southern Star* segelt nicht mehr unter meinem Kommando. Ich war fünf Jahre lang ihr Captain, das reicht. Die Männer werden einen neuen Captain wählen. Ich schätze, Jones hat ganz gute Chancen."

„Aber … warum?"

Statt einer Antwort hauchte er ihr einen Kuss in den Nacken.

„Und was passiert jetzt?", fragte sie, als ihr klar wurde, dass sie von ihm keine Antwort erhalten würde.

„Wir segeln mit einem Handelsschiff nach Barbados. Ich besitze dort ein Haus."

Was hast du mit mir vor? Doch sie verkniff sich die Frage, schloss die Augen und schmiegte sich an ihn. Ihr Zuhause in Buchy, ihr hinterhältiger Onkel … das alles war nicht mehr wichtig. Wichtig war nur das Hier und Jetzt. Sie wusste nicht, wie lang sie Roy halten konnte. Vielleicht trug sie sogar sein Kind unter dem Herzen, doch darüber wollte sie jetzt nicht nachdenken.

„Roy?"

„Hm?"

„Können wir noch etwas hier bleiben?", fragte sie. „Ich habe wenig von der Welt gesehen, aber so viel darüber gelesen."

Sein Lächeln war sanft. „Es wäre dumm, sich in Cádiz länger aufzuhalten als nötig, Liebes."

„Bitte, nur einen oder zwei Tage"

„Also gut, wenn du es dir so sehr wünschst." Dann einer kleinen Weile. „Ich weiß eigentlich fast nichts über dich." Er klang nachdenklich. „Ist dein Name wirklich Isabelle?"

„Ja. Isabelle du Plessis."

„Bist du wohlhabend?"

„Nein."

„Ein Jammer. Das hätte deine mangelnde Attraktivität wieder wettgemacht."

Wütend warf sie sich auf ihn, traktierte seine Brust mit ihren Fäusten. Er packte sie mit Leichtigkeit, warf sie herum und legte sich auf sie. Seine Finger fanden ihre Handgelenke, nagelten sie am Bett fest, und er drang mühelos in sie ein. Sie biss sich auf die Lippen, versuchte die wachsende Erregung zu unterdrücken, als er sich ein Stück weit zurückzog, um wieder fest in sie hineinzustoßen. Er nahm sie mit einer verzweifelten Hingabe, spießte sie in einem intensiven Rhythmus immer wieder auf, während er mit seiner freien Hand ihre Scham immer härter und schneller rieb.

„Warum … warum quälst du mich immer so, Roy?“ Sie wusste nicht, ob sie weinen oder vor Lust schreien sollte oder beides.

Er umschloss ihren Mund mit einem leidenschaftlichen Kuss. „Weil ich es liebe, die Sturmwolken in deinem Blick zu vertreiben“, flüsterte er. Zärtlich fuhr er mit dem Daumen über ihre Augenbrauen. „Ich bin verrückt nach dir, Isabelle. Ich weiß nicht, ob es Liebe ist. Darüber weiß ich zu wenig. Ich weiß nur, dass ich dich nie wieder loslassen will.“

Als sie kam, küsste er ihre Tränen fort.

Einen Tag, bevor sie in See stechen sollten, unternahmen sie einen letzten Spaziergang, stürzten sich in den Strom der Schaulustigen, die den Bau der großen Kathedrale beobachteten, und ließen sich durch das geschäftige Herz der Altstadt von Cádiz treiben. Am Ende des Tages tranken sie sündhaft teure Schokolade aus Porzellantassen. Als sie das Kaffeehaus verließen und in eine Seitengasse einbogen, schälten sich zwei Gestalten aus dem Schatten und stellten sich ihnen in den Weg. Zwei Edelmänner in silbernen Röcken, doch Roy ließ sich nicht täuschen. Beide trugen Degen, und sein Instinkt sagte ihm, dass sie nicht nur zur Dekoration da waren. Sanft, aber bestimmt schob er Isabelle hinter sich, während einer der beiden Männer eine elegante Verbeugung vollführte.

„Der Duc de Coligny will sein Eigentum zurück“, begann er ohne Umschweife auf Französisch.

Roy schnaubte. „So viel ich gehört habe, ist der Duc de Coligny tot“

„Der Alte, ja. Möge er in Frieden ruhen. Sein Sohn hat den Titel geerbt und ist Euch für diese unerwartete Wendung dankbar. Aber jetzt beansprucht er das, was ihm gehört, Monsieur.“

„Ich weiß nicht, wovon Ihr sprecht“, antwortete Roy mit ruhiger Stimme und straffte sich unmerklich.

„Es heißt, die Hure wurde auf einem Piratenschiff zugeritten“, mischte sich der zweite Edelmann ein. „Der Duc will, dass sie ihm die Trauerzeit versüßt. Wir sind hier, um ihm diesen Wunsch zu erfüllen.“

„Ach wirklich?“ Über Roys Gesicht glitt das diabolische Lächeln, das für ihn so typisch war. „Das könnt Ihr gern versuchen!“

In einer blitzschnellen Bewegung zog er den Säbel blank und stürzte sich mit bleckenden Zähnen auf seine Gegner.

SÜSSE QUAL

Silver Sands

Obwohl Roy den Einspänner mit sicherer Hand durch die staubigen Straßen von Bridgetown lenkte, kämpfte Isabelle mit einer leichten Übelkeit, verursacht durch die feuchte, nektargeschwängerte Luft. Mit dem Sonnenhut, den Roy ihr am Hafen gekauft hatte, fächelte sie sich etwas Luft zu.

„Zieh ihn lieber wieder auf“, ermahnte Roy sie. „Hier kannst du dir schnell einen Sonnenstich holen.“ Ein zärtliches Lächeln huschte über sein Gesicht. „Mit der Zeit gewöhnst du dich daran.“

Nur widerwillig kam Isabelle seiner Aufforderung nach und blickte sich um. Bunt gekleidete Menschen aus allen Herren Ländern hasteten durch die belebten Straßen, vorbei an windschiefen Hütten und imposanten Stadthäusern aus weißem Kalkstein. Auch wenn die Bewohner von Bridgetown sich alle Mühe gaben, Ordnung in das Chaos zu bringen, die Stadt hätte genauso gut in Südengland stehen können, eroberte sich die Natur vielerorts ihr Terrain zurück. Allgegenwärtig war das türkisfarbene Meer, das sich bis zum Horizont erstreckte, wo es – so schien es – von einem Streifen dunkelblauer Tinte verschluckt wurde. Isabelle war untröstlich, die

Schönheit der Umgebung nicht genießen zu können, aber seit sie von Bord gegangen waren, hatte sie das unangenehme Gefühl, in einem warmen, klebrigen Kokon zu stecken.

Drei Wochen war es her, dass sie Cádiz verlassen hatten; dass der neue Duc de Coligny auf sein Besitzrecht gepocht hatte. In einem kurzen, aber hitzigen Gefecht war es Roy gelungen, einen der beiden Schergen des Ducs am Arm zu verwunden. Als sich immer mehr Schaulustige dazu gesellt hatten und ein Kampf unmöglich geworden war, hatten Roy und Isabelle die Chance genutzt, um durch die Menge zu verschwinden. Kurz darauf waren sie in See gestochen, und Isabelle hoffte von Herzen, dass sie den Namen De Coligny nie wieder hören würde.

Die Schiffsreise nach Barbados war ohne Zwischenfälle verlaufen. Isabelle und Roy waren in einer kleinen Kabine eingepfercht gewesen, die sie sich mit zwei weiteren Passagieren hatten teilen müssen. Das und ihre einsetzende monatliche Blutung hatten jegliche Form von Intimität unmöglich gemacht. Auch wenn Roys dunkler Blick und heimliche Berührungen ihren Schoß mehr als einmal in Brand gesetzt hatten; eine Glut, die bis heute nicht gelöscht worden war. Ein Schauder durchlief ihren Körper, wenn sie daran dachte, wie viel Roy und sie nachzuholen hatten.

Ihre Zeit an Bord hatten sie genutzt, um mehr übereinander zu erfahren. Sie hatte ihm von ihren Eltern erzählt, von den Familienausflügen ans Meer, vom verwilderten Garten des Nachbarn: ihrem persönlichen Königreich, durch das sie voller Stolz geschritten war, in ihrem selbstgemachten Reifrock aus grünem Farn und mit einer Krone aus Wiesenblumen auf dem Kopf. Obwohl es ein kleines, langweiliges Leben gewesen war, hatte er interessiert zugehört. Von ihm erfuhr sie, dass er in Bristol geboren war, wo er viele Jahre auf der Straße gelebt hatte, bevor er im Alter von 14 Jahren aufgegriffen und für die Königliche Marine zwangsrekrutiert wurde. Dort hatte er über zehn Jahre gedient, zunächst als Schiffsjunge, danach als Matrose und schließlich als Steuermann, bis er beschlossen hatte, der englischen Krone den Rücken zu kehren und sich als freischaffender Pirat zu verdingen.

Während sie gemeinsam in den südlichen Nachthimmel geblickt hatten, hatte er Seemannsgarn gesponnen, so dick wie ihr kleiner Finger, sie mit Geschichten über Geisterschiffe und Seeungeheuer erschreckt, nur um sie Sekunden später zum Lachen zu bringen. Er hatte auf die Sternenbilder gedeutet, auf das *Segel*, den *Schiffskiel*, den *Zirkel*, die *Fliege* und natürlich auch auf den *Stern des Südens*, diese vier hell funkelnden Sterne auf schwarzem Fond. Seine Augen hatten dabei gestrahlt, und er war von einer Heiterkeit erfüllt gewesen, unter der ihr Herz getaumelt war.

Doch dann, kurz vor ihrer Ankunft auf Barbados, hatte sich ein Schatten auf sein Gemüt gelegt. Er war griesgrämiger geworden, ungeduldiger, hatte immer wieder in die Ferne geblickt, als würde er einer Geliebten nachtrauern. In Isabelles Magengrube hatte sich ein flaues Gefühl breitgemacht, und nicht zum ersten Mal hatte sie sich gefragt, aus welchem Grund er seinen Posten als Captain der *Southern Star* aufgegeben hatte.

Als sie in den Hafen von Bridgetown eingelaufen waren, war ein Ruck durch Roys Körper gegangen. Auf beinahe grobe Weise hatte er sie in seine Arme gerissen. „Willkommen in deinem neuen Zuhause, Liebes“, hatte er ihr zugeflüstert und sie ungeachtet der Menschen um sie herum leidenschaftlich geküsst. Seine Lippen hatten nach Verzweiflung geschmeckt.

Nachdem er einen Einspänner gemietet und ihr bescheidenes Gepäck hinten verstaut hatte, waren sie losgefahren.

Nun ließen sie das geschäftige Zentrum von Bridgetown hinter sich, durchquerten einen märchenhaft anmutenden Wald aus zottelig aussehenden Bäumen, deren buschige Wurzeln in die Höhe wuchsen. Mit offenem Mund starrte

Isabelle die seltsamen Bäume an, denen lange weiße Bärte zu wachsen schienen.

„Das sind seltene Feigenbäume“, erklärte Roy. „Sie wachsen nur hier auf Barbados.“

Anschließend verließen sie den Wald, um in einen festgetretenen Feldweg einzubiegen. Rechts von ihnen schimmerte in der Ferne das Meer hinter einem Wall aus Palmen. Linker Hand erstreckten sich grüne Felder bis zum Horizont. Roy hatte ihr während der Reise erzählt, dass auf der Insel vorwiegend Zuckerrohr angebaut wurde und Barbados zu den wichtigsten Zuckerlieferanten der Welt gehörte. Der Feldweg war der Mittagssonne ausgesetzt, wodurch es noch heißer und feuchter wurde. Isabelle spürte, wie Bäche von Schweiß ihren Rücken hinunter rannen, ihr Gesicht glühte, und ihre Achselhöhlen klebten. Gepeinigt schloss sie die Augen.

„Es ist nicht mehr weit“, sagte Roy mit sanfter Stimme.

Ermattet lächelte sie ihm zu, als dunkle, wabernde Punkte vor ihnen auf dem Weg sie aus ihrer Apathie rissen. Sie blinzelte. Die wallende Hitze verhinderte einen klaren Blick, vielleicht lag es aber auch daran, dass ihr schwindelig war. Hätte Roy in diesem Moment nicht leise geflucht, hätte sie das Ganze für eine Fata Morgana gehalten. Doch je näher sie kamen, desto deutlicher wurden die Punkte. Nach und nach nahmen sie menschliche Formen an, und Isabelles Atem stockte. Eine Gruppe Negersklaven. Sie waren barfuß, in Lumpen gehüllt und in Halsfesseln aneinander gekettet. Ein berittener Aufseher mit breitkrempigem Hut trieb sie mit Peitschenhieben vorwärts.

Als der Einspänner vorbeifuhr, wies er die Gruppe mit einem scharfen Befehl an, stehenzubleiben und grüßte, indem er kurz an seinen Hut tippte. Nur mit Mühe gelang es Isabelle, eine würdevolle Haltung zu bewahren. Dennoch konnte sie nicht umhin, beim Vorbeifahren einen Blick auf die bemitleidenswerten Kreaturen zu werfen. Diese sahen so ganz anders aus als Hassan. Wie geprügelte Hunde hielten sie den Kopf gesenkt, ihre eiternden Wunden und blutigen Striemen waren ihren Blicken und den Mücken schutzlos ausgeliefert. Die Luft war von Angstschweiß erfüllt, und nur mit Mühe rang Isabelle die Tränen nieder.

Lange Zeit sprach sie kein Wort. Aus dem Augenwinkel sah sie, dass Roy den Blick nach vorne gerichtet hielt, seine Lippen waren fest zusammengepresst.

„Wo werden sie hingebracht?“, flüsterte sie irgendwann, während neue Tränen unter der Oberfläche lauerten.

Natürlich hatte sie schon von der gängigen Praxis der Sklavenhaltung gehört, doch bis zu diesem Moment war es nicht mehr gewesen als leere Worthülsen, etwas, was man sich zwischen dem Hors d'oeuvre und der Hauptspeise erzählte. Nun war es für sie Realität geworden.

„Zu den Zuckerrohrfeldern.“

Isabelle schluckte. „Aber da sind Kinder darunter.“

„Ja“, antwortete er knapp.

Sein Tonfall war unmissverständlich. Es war offenkundig, dass er nicht weiter darüber reden wollte, also schwieg sie, auch wenn sich die Bilder in ihrem Kopf festgesetzt hatten. Indessen durchquerten sie ein nie enden wollendes Feld, in dem der Zuckerrohr meterhoch wuchs und wo die Luft zum Schneiden war. Insekten schwirrten umher, setzten sich auf ihre klebrige Haut, und Isabelle japste inzwischen nach Luft wie ein Fisch auf dem Trockenen. In der Ferne hörte sie eine Peitsche knallen.

Nach einer gefühlten Ewigkeit ließen sie endlich das schreckliche Feld hinter sich und fuhren um eine Ansammlung von baufälligen Hütten herum. Direkt vor ihnen erhoben sich wie aus dem Nichts großblättrige Riesenfarne, die sich voreinander zu verbeugen schienen. Als die Kühle des grünen Baldachins sie umfing, atmete Isabelle befreit auf. Da hielt Roy den Einspänner an und drehte sich zu ihr um. Obwohl er seine schwarzen Haare offen trug, schien ihm die Hitze nichts anzuhaben. Seine Haut schimmerte bronzefarben, seine eisblauen Augen blickten ernst, und während sich ihre Lippen spröde und trocken anfühlten, wirkte sein Mund weich und einladend, auch wenn in diesem Moment ein verkniffener Zug darum lag.

„Wir kommen gleich in *Silver Sands* an.“ Er klang seltsam reserviert, als würde er mit einer Fremden sprechen. „Ich hoffe, du wirst dich in deinem neuen Zuhause wohlfühlen.“

Dann schnalzte er mit der Zunge, und das Pferd trottete gemütlich weiter. Nervös verschränkte Isabelle die Hände ineinander. Was würde sie in *ihrem neuen Zuhause* vorfinden? Und was erwartete Roy von ihr? Sie hatte das unbestimmte Gefühl, dass er sie auf die Probe stellte. Der Schweiß in ihren Augen brannte, und sie wischte sich übers Gesicht. Was gäbe sie jetzt für ein frisches Bad!

Nachdem sie die Riesenfarne passiert hatten, flog etwas Schnelles, Smaragdgrünes auf sie zu, verharrte kurz in der Luft, bevor es ruckartig weiterflog.

„Wunderschön!“, rief Isabelle verzückt und blickte dem winzigen Vogel hinterher.

„Ein Kolibri“, brummte Roy. „Zänkische kleine Viecher!“

„Wunderschön“, widersprach Isabelle.

„Zänkisch.“

„Wunderschön!“

Roy ließ seinen Blick langsam über ihr Gesicht wandern. „Zänkisch *und* wunderschön“, flüsterte er. Zum ersten Mal, seit sie Bridgetown verlassen hatten, umspielte ein Lächeln seine Lippen.

„Wir sind da“, erklärte er, als kurz danach hinter den Farnen eine weiße Mauer auftauchte, die offensichtlich ein weitläufiges Grundstück umfasste.

Das schmiedeeiserne Tor war geschlossen, also stieg er ab, um es zu öffnen, danach sprang er wieder auf den Einspänner und lenkte das Gefährt auf das parkähnliche Grundstück. Das Erste, was Isabelle auffiel, war die angenehme Brise, die vom Meer herüberwehte. Das

Zweite war der betörende Duft von Hibiskus. Ihr Blick glitt über den sorgfältig gepflegten Rasen, wanderte weiter zu den farbenprächtigen Bougainvilleas und Oleandern, die sie nur deshalb als solche erkannte, weil sie schon einmal Illustrationen in einer botanischen Enzyklopädie gesehen hatte. Es knirschte leise unter den Rädern, als der Einspänner den Kiesweg hinauf zum weißen zweistöckigen Herrenhaus fuhr, das sich am Ende des Anwesens erhob. Der imposante Bau im klassischen Kolonialstil bestach durch seine vielen Fenster und eine große Veranda mit Vordach. Weitläufige Stufen führten zu einem Eingang, der von weißen Säulen flankiert wurde.

Bis auf einen weißhaarigen Sklaven in schlichter Arbeitskleidung, der die Rosen unter der Veranda beschnitt, war niemand zu sehen. Als dieser den Einspänner hörte, richtete er sich auf und beschattete seine Augen mit der Hand, um besser sehen zu können. Ein strahlendes Lächeln breitete sich langsam auf seinem Gesicht aus.

„Master Roy!“, rief er, während er sein Werkzeug achtlos auf den Boden fallen ließ und auf den Einspänner zueilte. Isabelle fiel auf, dass er stark hinkte. „Ihr seid zurück. Was für eine Freude!“

Schon war Roy vom Bock gesprungen und ergriff die Hände des alten Mannes. „George!“, sagte er. „Schön, dich heil und gesund wiederzusehen.“

„Warum habt Ihr nicht eine Nachricht geschickt, Master Roy? Ich hätte Euch und …“ Er zögerte kaum merklich. „…die Lady vom Hafen abgeholt.“

Roy grinste. „Wir sind recht spontan abgereist, George. Dazu war keine Zeit mehr.“

Gerade wollte er noch etwas hinzufügen, als zwei schwarze Frauen aus dem Haus traten. Eine von ihnen war älter, rundlich und hatte ein strenges Gesicht aufgesetzt, doch Isabelle konnte die Güte in ihren Augen erkennen. Was die junge Frau betraf, die neben ihr stand: Sie war das schönste Wesen, das Isabelle je in ihrem Leben gesehen hatte, was ihr unwillkürlich einen Stich versetzte, zumal sie selbst verschwitzt, voller Staub und müde war. Die junge Frau war hochgewachsen und schlank und besaß trotz ihres einfachen, blauen Baumwollkleides die Haltung einer Königin. Ihre Haut war wie dunkle Schokolade, ihr Hals lang und anmutig, um den Kopf hatte sie ein blaues Tuch gebunden, das die Mandelaugen und eine Nase betonte, die einer griechischen Aphrodite alle Ehre gemacht hätte. Und ihr Mund … nun, ihr Mund war vollkommen.

Isabelle spürte ein leises Pochen hinter den Augen, dann rief sie sich innerlich zur Ordnung. Kein Grund zur Panik, nur weil auf Roys Anwesen eine Frau lebte, die nur zu lächeln brauchte, damit sich ihr jeder Mann im Umkreis von zehn Meilen zu Füßen warf.

„Rachel, Epiphania", unterbrach Roy ihre düsteren Gedankengänge und half ihr beim Absteigen. „Ich möchte euch Miss Isabelle du Plessis vorstellen. Sie wird für unbestimmte Zeit mein Gast sein. Behandelt sie mit dem gleichen Respekt, mit dem ihr mich behandelt."

„Natürlich, Master Roy!", ereiferte sich die ältere Frau, bevor sie ihre Röcke raffte und die Stufen hinunterkam. Wenn sie überrascht war, so ließ sie es sich nicht anmerken. „Ich bin Rachel", sagte sie und machte einen kleinen Knicks. „Meine Tochter und ich kümmern uns ums Haus. Wir kochen, putzen, und ab jetzt helfen wir Euch beim Ankleiden und Frisieren, wenn Ihr es wünscht, Miss du Plessis. „Epiphania!", winkte sie ihre Tochter mit einer ungeduldigen Geste heran. „Komm her!"

Ohne die Miene zu verziehen, gesellte sich diese zu ihnen – sie überragte Isabelle um gut einen Kopf – und vollführte eine elegante Verbeugung. Lag darin etwa ein Hauch von Verachtung? Isabelle hätte es nicht sagen können. Vermutlich bildete sie sich das ein. Wie alt Epiphania wohl war? Siebzehn oder achtzehn Jahre?

„Master Roy", hauchte sie mit einem koketten Augenaufschlag.

Gütiger Himmel!, fuhr es Isabelle durch den Kopf, sie

zieht ihn mit ihren Blick aus! Das Leben war ungerecht. *Ungerecht?* Sie versetzte sich innerlich eine kräftige Ohrfeige. Diese Menschen waren Sklaven, die gewaltsam aus ihrer Heimat entführt und unter schlimmsten Bedingungen hierher gebracht worden waren. Es gab keinen Grund, eifersüchtig zu sein. Vermutlich war sie einfach nur abgespannt von der Reise.

In diesem Moment fiel ihr die unangenehme Stille auf, die sie umgab. Offenbar warteten alle darauf, dass sie etwas sagte. Sie spürte, wie sie rot wurde und räusperte sich, dann setzte sie ein, wie sie hoffte, herzliches Lächeln auf.

„Ich danke dir, Rachel. Auch dir, Epiphania. Und bitte, nennt mich Isabelle."

Das Lächeln auf Rachels Gesicht zog sich von einem Ohr zum anderen. „Natürlich, Miss Isabelle. Und das hier ist George, mein Mann", fügte sie hinzu, während sie ihn zu sich zerrte. „George", sagte sie an ihn gewandt. „Das hier ist Miss Isabelle."

„Ich bin nicht blöd, Frau. Das habe ich schon mitgekriegt", knurrte dieser und rieb sich verärgert die Nase.

Daraufhin klopfte ihm Roy freundschaftlich auf die Schulter. „Reg dich nicht auf, George! Du weißt doch, wie sie ist."

Statt einer Antwort rollte der leidgeplagte Ehemann mit den Augen, während sich Isabelle fest auf die Lippen biss, um nicht laut aufzulachen. Als ihr Roy dann auch noch zuzwinkerte, fühlte sie sich zum ersten Mal wohl an diesem Tag. Plötzlich freute sie sich darauf, diese neue exotische Welt zu entdecken.

„Bringt unser Gepäck nach oben in mein Schlafzimmer", sagte Roy. „Miss Isabelle und ich machen einen kleinen Spaziergang."

„Aber Master Roy", warf Rachel ein. „Wollt Ihr Euch nicht vorher etwas ausruhen? Miss Isabelle wirkt etwas müde. Und danach koche ich eine schöne Tasse Tee für

Euch und Eure Lady.“

Isabelle wurde warm ums Herz, als sie das hörte. Seit dem Tod ihrer Eltern hatte sich niemand mehr um ihr Wohl gesorgt.

„Keine Bange, Rachel. Hinterher wird immer noch Zeit sein, sich auszuruhen“, antwortete Roy mit einem hintergründigen Lächeln, das Isabelles Herz höher schlagen ließ.

Obwohl ihr bis zu diesem Moment nichts verlockender erschienen war als ein kühles Plätzchen, an dem sie sich hätte ausruhen können, fegte das samtweiche Timbre seiner Stimme diesen Gedanken beiseite. Voller Vorfreude hakte sie sich bei ihm unter. Zunächst führte Roy sie an den Rosenstöcken vorbei, die George zuvor beschnitten hatte, danach gingen sie um das Haus herum, das an einem Palmenhain angrenzte. Zwischen den schlanken Stämmen konnte Isabelle das türkisfarbene Meer sehen.

„Ich denke, eine kleine Abkühlung täte dir gut“, sagte Roy und lächelte sie an.

Sie lächelte zurück. Jetzt die Füße ins kühle Nass tauchen und mit den Zehen den Sand aufwirbeln. Eine herrliche Vorstellung!

In der Lagune

Ohne ihre Hand loszulassen, führte Roy sie durch die Palmen hindurch, bis sie den Strand erreicht hatten. Fasziniert stierte Isabelle auf das kristallklare Wasser. Es leuchtete in einem Blau, das sie bisher nur in Roys Augen gesehen hatte. Wie hatte sie nur jemals annehmen können, es strahlte Kälte aus? Der weiße Sand, so fein wie das Puder einer Pariser Kokotte, war verführerisch, doch als sie Anstalten machte, die Schuhe auszuziehen, schüttelte Roy den Kopf.

„Nicht hier", sagte er. „Der Sand ist zu heiß."

Er wies rechts von ihnen auf eine zerklüftete, halbrunde Felsformation im Meer. „Wir gehen dorthin, zu der kleinen Lagune. Die Palmen bieten Schatten. Dort können wir uns ausziehen."

Isabelle blieb abrupt stehen. „Ausziehen?"

Schalk trat in seine Augen. „Was hast du gedacht, was wir hier machen?"

Sie wurde rot. „Mit nackten Füßen durchs Wasser laufen, das Gesicht benetzen, solche Dinge eben ..."

Er warf den Kopf in den Nacken, lachte schallend. „Liebes, wir beide sind von der Reise schmutzig und verschwitzt. Ich kann mir im Moment nichts Erquickenderes vorstellen, als mit dir in diesem eigens für uns gemachten Paradies zu baden."

„Aber am hellichten Tag?"

„Dieser Strand gehört zu *Silver Sands*. Außer uns ist hier niemand." Mit einem kleinen Lächeln strich er die Fülle ihrer Haare zur Seite und küsste ihren Nacken. „Wir sind allein."

Bei seinen Worten zog sich Isabelles Unterleib lustvoll

zusammen, ihre Beine hatten plötzlich die Festigkeit von englischem Pudding. Roy entledigte sich seiner Kleider, kaum dass sie bei der Lagune angekommen waren, und im Nu lagen Hemd und Hose zusammengeknüllt auf dem Boden. Nackt wie Gott ihn schuf nahm er sie in seine Arme. In Erwartung eines Kusses schloss sie die Augen, doch stattdessen bekam sie einen kräftigen Klaps auf den Po.

„Los, Mädchen! Zieh dich aus und komm ins Wasser!"

Nach diesen Worten drehte er sich um und sprang mit einem lauten Jauchzen in die Lagune. Isabelle durchströmte ein warmes Gefühl. Nun vermochte sie doch, ihn sich als kleinen Jungen vorzustellen. Schnell zog sie Schuhe und Strümpfe aus und tauchte ihre nackten Füße ganz tief in den warmen Sand, genoss das kitzelnde Gefühl, als dieser durch ihre Zehen rieselte. Sie blickte zu Roy, der rücklings mit geschlossenen Augen und ausgebreiteten Armen im Wasser lag. Sein Geschlecht ruhte entspannt auf seinem Oberschenkel, ein Anblick, der sie seltsamerweise rührte. Weil sie sich unbeobachtet fühlte, zog sie ihr Kleid mit dem engen Mieder aus, behielt aber das Unterhemd an. Kurz genoss sie die leichte Brise auf ihrem verschwitzten Körper, lauschte auf das Rauschen der Wellen und auf das Piepen und Zwitschern irgendwelcher Vögel. Für einen Augenblick vergaß sie die schrecklichen Bilder von der Zuckerrohrplantage, genoss die Unschuld und Vollkommenheit der Natur.

„Kommst du?"

Sie riss die Augen auf. Und konnte förmlich spüren, wie Roys Blick langsam über ihre verschwitzten Haare wanderten, ihr Gesicht abtasteten, kurz auf ihren Brüsten verharrten, um nur einen Wimpernschlag später ihren Schoß und ihre Beine zu liebkosen. Nichts in seinem Gesicht verriet ihn, doch es war unübersehbar, dass sein Geschlecht aus seinem Schlummer erwacht war, um einen Blick zu riskieren. Plötzlich hatte es Isabelle sehr eilig ins Wasser zu kommen. Ob sie ihren Körper vor Roy Blicken verbergen oder ihm im Gegenteil ganz nah sein wollte, hätte sie nicht sagen können. Vermutlich beides. Als sie ins Wasser stieg, umspülten schaumgekrönte kleine Wellen erst ihre Knöchel, dann ihre Waden. Das Wasser war angenehm kühl, und mit einem wohligen Seufzen sank sie bis zu den Schultern in die Fluten. Als das Wasser ihren offenen Schoß umspülte, zuckte sie leicht zusammen. Es war fast so, als würde sie ein Bad nehmen, nur dass es sich irgendwie anders anfühlte. Sinnlicher. Prickelnder.

Während Roy langsam auf sie zukam, betrachtete sie neugierig seinen festen, muskulösen Körper. Im kristallklaren Wasser blieb ihrem Blick nichts verborgen, stattdessen wirkte alles noch größer, und sie unterdrückte ein nervöses Kichern. Da streckte er die Hand aus und streichelte sanft ihre Wange.

„Kannst du schwimmen?“, fragte er.

Sie nickte. „Ja, aber nicht sehr gut.“

„Das macht nichts. Dafür wird es reichen.“

„Wofür wird es reichen?“, fragte sie nach.

„Lass dich überraschen.“

Gemeinsam schwammen sie zu der halbförmigen Felsformation, die die Lagune wie eine niedrige Festungsmauer umschloss. „Das ist ein Korallenriff“, erklärte Roy. „Ein Wunder der Natur. Leg dich aufs Wasser, breite die Arme aus und schau es dir an.“ Er lächelte. „Aber Luftanhalten nicht vergessen.“

Sie tat wie ihr geheißen, und eine faszinierende Welt aus Licht und Farben entfaltete sich vor ihren Augen. Unter ihr tummelten sich hunderte von bunten Fischen. Zitronengelb mit weißen Streifen die einen, blutrot mit bannerartigen Schwanzflossen die anderen. Große Schwärme von königsblauen Sprenkeln drehten ihre Runden, andere schwirrten einem unbekannten Ziel entgegen. Dazwischen schwangen gekräuselte Korallen hin und her, wie Bäume im Wind. Eine rote Languste glitt vorbei, um sich unter einem Fels zu verkriechen, auf dem unzählige weiße Seeigel klebten. Die Augen weit aufgerissen, verfolgte Isabelle das muntere Treiben, schenkte Roy, der neben ihr schwamm, ein Lächeln. Mit seiner ungebändigten Mähne und seinem leuchtenden Blick erinnerte er sie an Poseidon, den Gott des Meeres. Plötzlich hatte sie das zwingende Bedürfnis, ebenfalls ihr Haar zu lösen. Sie tauchte auf, befreite ihre langen Strähnen aus dem Band und genoss das Gefühl der Leichtigkeit um ihren Kopf. Seufzend legte sie sich auf den Rücken, ließ sich auf den Wellen treiben, wie Roy es zuvor getan hatte, und genoss das kühle Nass auf der Kopfhaut. Ihr Haar umwehte sie wie Algen. Das gelbe Band, das sie um ihr Handgelenk gebunden hatte, sah aus wie eine exotische Wasserschlange, und für einen kurzen Moment fühlte sie sich selbst wie eine Wassergöttin.

Plötzlich geriet der azurblaue Himmel in Bewegung, als starke Hände nach ihr griffen, um sie ins seichte Wasser zu ziehen.

„Verdammt, Isabelle“, stieß Roy mit rauer Stimme hervor. „Du hast zwar das Gesicht eines Engels, aber in Wahrheit bist du ein kleiner hinterhältiger Teufel!“

Schon lag sie rücklings im nassen Sand, während die Wellen an ihren Füßen leckten. Roy beugte sich über sie, sein hungriger Blick fiel auf ihre Nippel, die sich durch den nassen Stoff ihres Unterhemds drückten; eines Unterhemds, das wie eine zweite Haut an ihr klebte. Isabelle spürte den Sand in ihrem nassen Haar und fühlte sich auf einmal sehr mächtig. Mit einem Lächeln, von dem sie hoffte, dass es verführerisch war, bewegte sie die Hüfte langsam hin und her, grub ihren Po tiefer in den Sand, ohne Roy aus den Augen zu lassen. Als sie sah, wie er die Nasenflügel blähte, räkelte sie sich genüsslich, in dem Wissen, dass sie ihm auf diese Weise ihre Brüste darbot.

„Hmm …“, schnurrte sie. „Und was jetzt?“

Mit einem leisen Stöhnen zog er ihren Kopf zu sich, presste seinen Mund auf ihren und strich mit der Zungenspitze über ihre Lippen, dann umschlang er sie und drückte sie an seinen festen Körper. Auf seinen Druck hin öffnete sie den Mund, spürte wie seine Zunge sie neckte und immer tiefer eindrang. Die Spalte zwischen ihren Schenkeln wurde heiß und feucht.

„Das nennst du eine Abkühlung?“, keuchte sie in seinem Mund, und sie spürte, wie er die Lippen zu einem Lächeln verzog.

Dann krallte sich seine Hand am Ausschnitt ihres Unterhemds fest und zerriss es mit einem Ruck. Die frische Luft auf ihren Brüsten ließen ihre Nippel noch härter werden, sie erschauerte angesichts des lüsternen Ausdrucks auf seinem Gesicht. Sein dunkler Kopf senkte sich, und mit den Lippen umschloss er eine der empfindlichen Spitzen, saugte daran, während er die andere zwischen seinen Fingern zwirbelte. Seufzend bog sich Isabelle seinen Lippen entgegen. Als sich seine freie Hand zwischen ihre Beine schob, spreizte sie bereitwillig die Schenkel. Eine leichte Brise ließ sie erzittern. Es *in der freien Natur zu tun, ist frevlerisch und schamlos, aber … oh …*

Sie hörte auf zu denken, als er sich auf sie legte und seinen harten Schwanz in sie trieb. Gierig umschloss sie ihn mit ihrer nassen Enge, spürte, wie er weiter anschwoll. Sie stöhnte, und wieder packte er ihren Kopf, um sie zu küssen. Gleichzeitig stieß er sie wilder und härter. Sie liebte das Gefühl, ihn tief in sich zu spüren, eins mit ihm zu sein. Wieder und wieder versenkte er seinen Schwanz in ihr, und ihre Muskeln zogen sich zusammen, ihr Herz pochte rasend schnell, während sie mit dem Becken seine Bewegungen unterstützte. Er keuchte, sie spürte das Zittern seiner Schenkel, genoss die Macht, die sie über ihn hatte. Kurz bevor er kam, hielt er in seiner Bewegung inne, starrte mit lustverzerrtem Gesicht auf sie hinunter.

„So leicht kommst du mir nicht davon“, murmelte er.

Ohne von ihr abzulassen, befeuchtete er seinen Daumen und berührte damit ihren Kitzler, rieb ihn sacht kreisend, dann immer fester, bis sie kleine japsende Geräusche von sich gab. Gleichzeitig nahm er seine Stoßbewegungen wieder auf. Mit seiner freien Hand umfasste er ihre Kehle.

Der besitzergreifende Griff verbunden mit seinen harten Stößen und den Liebkosungen seiner Finger raubten ihr den Verstand. In ihrem Unterleib ballte sich die Lust zusammen, katapultierte sie höher und höher, bis sie schließlich mit einem Stöhnen explodierte. Nur einen Augenblick später ergoss er sich in ihr, den Kopf nach hinten geworfen, wie ein Raubtier, das seine Beute erlegt hatte. Der Gedanke ließ sie noch einmal kommen, und ihre Enge zog sich um seinen Schwanz zusammen. Er stöhnte laut, zuckte erneut und genoss die Nachwehen, bevor er kraftlos zusammensank.

„Du bringst mich noch um", hechelte er in ihrem Hals.

Mit ihren Armen und Beinen umschlang sie ihn und genoss das nasse Gefühl zwischen ihren Schenkeln.

Als sie sich übermütig an ihn rieb, lachte er leise. „Gib mir etwas Zeit durchzuatmen, Liebes."

Dann rollte er sich von ihr herunter. Eine Weile lagen sie reglos da, blickten in den Himmel und genossen die warme Liebkosung der Sonne auf ihren matten Gliedern. Bis Isabelle ihre rechte Hand nach unten wandern ließ und Roys Geschlecht umfasste.

Nachdem sie sich ein zweites Mal geliebt hatten, nahmen sie erneut ein Bad in der Lagune, zogen sich wieder an und kehrten zum Haus zurück. Als sie aus dem Palmenhain traten, zog er sie an sich und bannte ihren Blick mit seinen blauen Augen.

„Du wirst hier Dinge sehen, die dir befremdlich erscheinen werden, Isabelle. Sie werden dich wahrscheinlich schockieren, aber du musst wissen, dass hier andere Regeln herrschen als in Europa oder auf einem Schiff." Seine Stimme klang eindringlich, beinahe feierlich. „Aber ganz gleich, was passiert, ich werde dich immer beschützen. Das verspreche ich dir."

Unfähig zu antworten, starrte sie ihn an. Sie hatte am ganzen Körper Gänsehaut, so als ob sich ein eisiger Schatten vor die Sonne geschoben hätte. Und mit einem Mal waren die schrecklichen Bilder wieder da.

Der Bruder des Piraten

Isabelle verschlief den Fünf-Uhr-Tee. Als sie erwachte, war bereits die Nacht angebrochen, was sie nicht weiter wunderte, denn von Roy hatte sie erfahren, dass in den Tropen die Sonne recht früh unterging. Das Schlafzimmer lag im Dunkeln und wurde lediglich von den Fackeln erhellt, die draußen im Garten angezündet worden waren. Eine milde Brise bauschte die dünnen Vorhänge vor den Fenstern auf wie die Röcke einer Frau, fächelte das leise Wispern der Palmenblätter zu ihr herein, begleitet von Stimmen, die sich angeregt unterhielten. Isabelle räkelte sich. Es roch nach Hibiskus, Magie lag in der Luft. Als Roy sie vor Stunden hierhergebracht hatte, war sie zu müde gewesen, um sich einen Eindruck zu verschaffen. Nun blickte sie sich um. Sein Schlafzimmer war geräumig und dennoch heimelig, mit einem Bett, dessen Breite ihr die Röte ins Gesicht trieb, darüber hing ein kleinmaschiges Netz, vermutlich als Schutz vor Insekten. Auf den Dielenbrettern lag ein abgetretener Teppich, in der Ecke stand ein Stuhl, und daneben erkannte Isabelle die Umrisse eines großen Spiegels sowie eine Kommode mit einer Schüssel und einem Wasserkrug, um sich zu waschen. An der Rückwand stand ein zweitüriger Schrank.

Lachen drang an ihr Ohr, und sie seufzte. Zeit, sich anzukleiden und nach unten zu gehen. Epiphania und ihre Mutter hatten ihre spärliche Garderobe in den Schrank gehängt. Heute würde sie das blaue Kleid mit den kleinen weißen bestickten Blumen anziehen, die der Marquise de Montoire gehört hatte. Isabelle zündete die Öllampe an der Wand an. Zum Glück ließ sich das Kleid ohne Hilfe überziehen, doch als sie vorne ihr Mieder schnürte, spürte sie, wie sich unter der schweren Seide der Schweiß wieder zwischen ihren Brüsten sammelte. Obwohl die Garderobe der Marquise Isabelles Ansprüchen bis zu diesem Zeitpunkt immer genügt hatten, war sie froh, dass Roy angeboten hatte, mit ihr nach Bridgetown zu fahren, um Kleider aus luftiger Baumwolle zu kaufen.

Nachdem sie ihre Haare gebürstet hatte, flocht sie sie zu einem langen Zopf, den sie am Hinterkopf feststeckte. Ganz zum Schluss zog sie ihre Schuhe an. Sie warf noch einen schnellen Blick in den Spiegel, dann verließ sie das Zimmer und eilte die Treppe hinunter. Die Vorhalle mit dem aufwändigen Holzgebälk an der Decke war leer, eine einzelne Öllampe verbreitete warmes gelbes Licht. Kurz verhielt Isabelle im Schritt, strich ihr Kleid glatt und tastete über ihre Haare, dann ging sie zum hinteren Ausgang, den Stimmen entgegen, und gelangte auf eine überdachte Terrasse. Unschlüssig blieb sie auf der Schwelle stehen. Roy saß mit einem rotblonden Mann, der ihr den Rücken zukehrte, an einem runden Tisch. Beide trugen weit geschnittene, sandfarbene Hemden sowie Hosen in der gleichen Farbe, die im Schaft ihrer Stiefel endeten. Zwischen ihnen auf dem Tisch standen zwei Gläser und eine Flasche, von der Isabelle annahm, dass sie mit Rum gefüllt war.

Gerade, als sie sich räuspern wollte, entdeckte Roy sie.

„Komm her, Liebes“, sagte er und stand auf. „Ich möchte dir Matthew vorstellen, meinen jüngeren Bruder.“

Jüngerer Bruder?

Sie ließ sich ihre Überraschung nicht anmerken – Roy hatte nie einen Bruder erwähnt –, dann das wäre dem Fremden gegenüber unhöflich gewesen, der in diesem Moment aufstand und sich ihr zuwandte. Er war schlanker als Roy, hatte rotblonde Locken, warme braune Augen, und wenn er lächelte, nahm sein Gesicht einen spitzbübischen Ausdruck an, der durch die Sommersprossen auf seiner Nase noch verstärkt wurde. Bis auf die Größe hatte er nicht die geringste Ähnlichkeit mit seinem Bruder.

„Wir haben verschiedene Mütter“, warf Roy ein, und für einen kurzen Moment befürchtete sie, ihren Gedanken laut ausgesprochen zu haben.

„Sehr angenehm, Monsieur“, begann sie. „Roy hat mir schon viel von Ihnen erzählt.“

Als der junge Mann ein fröhliches Lachen hören ließ, konnte Isabelle nicht umhin zu schmunzeln.

„Mademoiselle du Plessis“, sagte er. „Ihr seid nicht nur eine Diebin, die das Herz meines Bruders gestohlen hat, sondern auch eine bezaubernde Lügnerin.“

Isabelle errötete. „Aber Monsieur ...“

„Nennt mich Matthew“, entgegnete er.

„Matthew“, wiederholte sie lächelnd und warf Roy, der sie beide wohlwollend betrachtete, einen schnellen Blick zu. „Bitte nennt mich Isabelle.“

Matthew verbeugte sich galant. „Mit dem größten Vergnügen.“

Roy beendete den Austausch von Nettigkeiten, indem er einen Schritt zur Seite trat und ihr seinen Platz anbot. Lächelnd setzte sie sich, während er an der Balustrade gelehnt neben ihr stehenblieb.

„Matt leitet *Silver Sands*, wenn ich unterwegs bin“, erklärte er. „Mit anderen Worten, elf Monate im Jahr.“ Sein Gesicht verzog sich zu einem schiefen Grinsen. „Tja, kleiner Bruder. Diesmal werde ich etwas länger bleiben, fürchte ich.“

Matthew zuckte mit den Achseln. „Umso besser. Ich spiele schon länger mit dem Gedanken, eine Reise nach Europa zu unternehmen. Jetzt kann ich diesen Plan endlich in die Tat umsetzen.“

„Ich hoffe, du wartest noch etwas damit“, erwiderte Roy. Ein warmer Glanz trat in seine Augen. „Ich bin gerade erst angekommen und möchte noch etwas von meinem Bruder haben.“

„Keine Angst.“ Matthew grinste. „So schnell wirst du mich nicht los. Irgendwie hänge ich an dieser alten

Plantage.“ Sein Blick wanderte zu Isabelle. „Ich führe Euch gern herum, wenn Ihr mögt.“

Isabelle spürte, wie sich Roy versteifte. „Lass ihr etwas Zeit, sich einzugewöhnen, Matt. Das eilt nicht.“

„Natürlich, wie du meinst.“ Unerwartet sprang Matthew auf, um seinen Bruder zu umarmen. „Mensch, wie ich mich freue, dich endlich wieder hier zu haben! Brüder wie wir sollten nicht so lange voneinander getrennt sein.“

Als Roy daraufhin durch die Locken seines Bruders wuschelte, trat ein schwermütiger Ausdruck in sein Gesicht, den Isabelle noch nie bei ihm gesehen hatte. „Ich weiß“, murmelte er.

Matthew löste sich aus der Umarmung und ergriff Isabelles Hand, um ihr einen Kuss darauf zu hauchen „Es wird Zeit, für mich zu gehen.“

„Ihr wohnt nicht hier?“

Er schüttelte den Kopf. „Nein. Ich wohne eine halbe Meile entfernt, in einem etwas kleineren Haus. Was völlig ausreicht. Ich bin nicht so größenwahnsinnig wie mein Bruder.“ Er zwinkerte, als Roy lautstark protestierte. „Das Haus liegt näher an der Plantage, was für mich praktischer ist. Ihr müsst mich einmal besuchen kommen, Isabelle.“

„Das wird sie“, warf Roy ein, ehe sie antworten konnte.

Matthew verbeugte sich noch einmal vor ihr, bevor er seinem Bruder zuwinkte, dann tänzelte er die drei Stufen hinunter zum Garten. „Wir sehen uns morgen, Bruderherz!“, rief er noch und war Sekunden später im Palmenhain verschwunden.

Schmunzelnd blickte ihm Isabelle hinterher. „Er ist nett“, sagte sie.

Roy nahm den Platz seines Bruders ein. „Das ist er.“ Ein warmes Lächeln zierte seine Lippen.

„Was meinte er damit, als er sagte, *Brüder wie wir*?“

„Nun …“ Roy griff nach seinem Glas. „Er meinte damit, dass wir allein auf der Welt sind und deshalb zusammenhalten müssen. Unser Vater ist tot. Wo unsere Mütter sind, weiß nur der Teufel.“ Er nahm einen großen

Schluck. „Die Frauen, die uns geboren haben, kamen aus dem gleichen Viertel. Sie gingen gemeinsam anschaffen, und als eines Abends ein irischer Matrose Lust verspürte, zwei Frauen gleichzeitig zu bespringen, waren die beiden zur Stelle. Wie sich später zeigte, traf der Matrose an dem Abend gleich zweimal ins Schwarze." Roy stieß ein lautes, freudloses Lachen aus. „Sachen gibt's, was? Unsere reizenden Mütter hatten uns schnell über, zumal wir nicht ihre einzigen Bastarde waren. Irgendwann gab es nur noch Matt und mich." Kurz schien er in Gedanken versunken, sein leerer Blick sah durch Isabelle hindurch, als wäre sie gar nicht da. Vermutlich rannte er gerade mit seinem kleinen Bruder durch die schmutzigen Straßen Bristols. „Matt war ein schmächtiges Kind, erst später machte er einen richtigen Sprung. Ich wurde sein Beschützer, bis uns die Marine auseinandergerissen hat. Danach habe ich ihn aus den Augen verloren. Dann kehrte ich eines Tages mit viel Geld in der Tasche nach England zurück. Kannst du dir meine Erleichterung vorstellen, als ich feststellen musste, dass der Schweinehund wie die Made im Speck lebte?" Sein Gesicht hellte sich auf. „Mit seinem Lausbubenlächeln hatte er doch tatsächlich die Gunst einer reichen Londoner Witwe erlangt! Ihre Moralvorstellungen entsprachen denen einer läufigen Hündin. Dafür, dass er es ihr ordentlich besorgte, mietete sie für ihn eine Wohnung und finanzierte seinen luxuriösen Lebensstil."

Mit großen Augen starrte Isabelle Roy an.

Dieser lächelte. „Als ich ihm erzählte, dass ich *Silver Sands* gekauft hatte, war er Feuer und Flamme. Ich schätze, er war froh, beweisen zu können, dass er über andere Talente verfügt als nur über Standhaftigkeit und Ausdauer." Sein Blick wurde nachdenklich. „Wir haben nie über seine Vergangenheit gesprochen. Ich war einfach nur froh, dass er überlebt hatte. Wie sich herausstellte, war es eine gute Entscheidung, ihn hierher zu bringen. Er hat ein Händchen fürs Geschäft und ist der beste Verwalter, den man sich vorstellen kann."

„Du liebst ihn wohl sehr“, flüsterte Isabelle.

Roy nickte. „Er war der wichtigste Mensch in meinem Leben … bis jetzt.“ Isabelles Herzschlag setzte kurz aus. „Komm her.“

Seiner verführerischen Stimme konnte sie nicht widerstehen, also stand sie auf, um sich auf seinen Schoß zu setzen.

„Ich möchte dir zeigen, wie wichtig du mir bist“, murmelte er, dann vergrub er sein Gesicht in ihr Dekolletee und fuhr mit der Zunge über die Mulde zwischen ihren Brüsten.

„Aber … aber wenn jemand kommt“, keuchte sie. „George … oder … Rachel … oder …“

Sie spürte seine Zähne auf ihrer Haut, als er lächelte. „Du hast Recht. Sie wohnen in einem der Nebengebäude, nur einen Steinwurf entfernt. Wir wollen sie nicht schockieren. Obwohl … vielleicht könnte ich nach Epiphania rufen lassen, sozusagen als kleine Anregung ...“

Empört schlug sie nach ihm. „Du bist unmöglich!“

Lachend hielt er ihre Hände fest. „Ich habe nur Spaß gemacht, Liebes.“ Und dann laut: „George, mach die Fackeln aus! Ich möchte Miss Isabelle unsere Meerjungfrauen zeigen.“

Isabelles Herz blieb vor Schreck fast stehen, als der alte Mann hinter dem Stamm einer Palme hervortrat, wo er offenbar die ganze Zeit über ausgeharrt hatte. „Ja, Master Roy“, erwiderte er lächelnd.

„Meerjungfrauen?“, fragte Isabelle mit einer etwas zittrigen Stimme.

„Schau zum Meer“, flüsterte Roy in ihr Ohr.

Sein heißer Atem in ihrem Nacken ließ sie erschauern.

„Ich sehe nichts“, sagte sie leise.

„Wart ab.“

Als sich Isabelles Augen an die Dunkelheit gewöhnt hatten, erhaschte sie zwischen den schlanken Palmen ein kaum wahrnehmbares grünes Leuchten, das mit den Wellen heranrollte, um kurz darauf vom Meer verschluckt zu werden. Je länger Isabelle darauf starrte, desto intensiver wurde das Leuchten.

„Was ist das?“, hauchte sie.

„Meerjungfrauen. Sie versuchen an Land zu schwimmen“, flüsterte Roy. „Doch jedes Mal, wenn sie glauben, den Strand zu erreichen, werden sie wieder hinaus aufs Meer getrieben. Das grüne Leuchten, das du siehst, sind ihre lockigen Haare …“

Verzückt stieß Isabelle ein leises Lachen aus. „Die armen Meerjungfrauen. Was treibt sie nur dazu, das Wasser verlassen zu wollen?“

Roy drückte sie fester an sich. „Nun, ich schätze, die Liebe zu einem Sterblichen. Was sonst?“

Von ihren Gefühlen überwältigt, schmiegte sie sich enger an ihn und vergrub ihr Gesicht in seinem Nacken. Er roch gut, derb und süß zugleich. Sie war versucht, ihm ihre Liebe zu gestehen. Jetzt war die passende Gelegenheit. Sie spürte es.

„Roy?“

„Ja, Liebes?“

In diesem Moment brach eine weibliche Stimme den Zauber. „Wollt Ihr und die Miss das Diner auf der Terrasse einnehmen, Master Roy?“

Epiphania hielt eine Öllampe hoch, deren grelles Licht in Isabelles Augen stach. Peinlich berührt versuchte sie, sich aus Roys Umarmung zu befreien, doch dieser hielt sie fest umschlungen, ohne sie aus den Augen zu lassen. „Nein“, sagte er gedehnt. „Ich denke, wir werden unser Mahl im Schlafzimmer einnehmen.“

„Wie Ihr wünscht, Master Roy“, antwortete Epiphania, es klang etwas schnippisch, dann entfernte sich die junge Sklavin, und die Dunkelheit senkte sich wieder über die Terrasse.

„Was wolltest du mir sagen, Liebes?“, fragte Roy ganz dicht an Isabelles Ohr.

Kurz zögerte sie, doch dann verließ sie der Mut. Der passende Moment war vorüber.

„Danke, dass du mir die Meerjungfrauen gezeigt hast“, sagte sie nur.

Die Straßen von Bridgetown

An den beiden darauffolgenden Tagen gaben sie sich dem süßen Nichtstun hin. Roy zeigte ihr das Haus und den Garten, sie verbrachten viel Zeit im Bett, wo sie sich liebten. Mal sanft, mal leidenschaftlich.

„Wenn du magst, kannst du heute mit Matt zu Madame Justine nach Bridgetown fahren“, verkündete Roy am Morgen des dritten Tages beim Frühstück.

Der Tisch auf der Terrasse bog sich fast unter den Köstlichkeiten, die Rachel für sie zubereitet hatte. Es gab Eieromelette, Hühnchenspieße, Hafergrütze und Obst, frischer Tee dampfte in einer silbernen Kanne.

„Madame Justine?“, fragte Isabelle verwundert, nachdem sie etwas Omelette auf ihren Teller aufgetragen hatte.

Roy nippte an seinem Tee und verzog das Gesicht, weil er offensichtlich zu heiß war. „Ich habe mir sagen lassen, dass sie die erste Modeadresse in Bridgetown ist. Du brauchst neue Kleider, dem Klima angepasst.“

Isabelle versuchte ihre Enttäuschung zu verbergen. Insgeheim hatte sie gehofft, Roy würde sie in die Stadt begleiten. Als könnte er ihre Gedanken lesen, lehnte er sich zu ihr herüber und streichelte ihre Hand.

„Barton holt mich gleich ab“, erklärte er. Barton war der Aufseher der Plantage. „Ich will mir die Felder ansehen und mich davon überzeugen, dass alles in Ordnung ist.“ Auf Roys Gesicht erschien ein schelmischer Ausdruck. „Außerdem ist Matt ein Kenner der weiblichen Mode. In London galt er als Stutzer, weißt du? Während ich … Nun ja, ich bin ein Mann der See. Zu Bändern, Schleifen und dem ganzen Zeug kann ich nicht viel beitragen. Ich wäre im höchsten Maße überfordert.“

Wie aufs Stichwort kam ein bulliger Mann um die Ecke, mit braunen Hundeaugen und einer Knollennase. Er trug ein weites Hemd über seiner Kniehose.

„Miss“, sagte er, als er Isabelle erspähte, und tippte höflich an seinen braunen Schlapphut.

Isabelle nickte verhalten. Er erinnerte sie an den berittenen Mann, der in den Zuckerrohrfeldern die Sklaven bewacht hatte. Ihre Augen fuhren über seine Gestalt. Er trug keine Peitsche am Gürtel.

„Barton“, rief Roy. „Möchtest du einen Tee, bevor wir gehen?“

„Gern, Sir.“ Der Aufseher lächelte. „Schön, dass Ihr wieder zurück seid, Sir.“

Er nahm seinen Hut vom Kopf, klopfte ihn an der Hose ab und betrat in nur wenigen Schritten die Terrasse. Kurzerhand griff er nach einem der Stühle, die an der Wand standen und rückte ihn an den Tisch. Daraufhin nahm Isabelle die saubere Tasse, die für Matthew vorgesehen gewesen war, hätte er mit ihnen gefrühstückt, und schenkte dem Aufseher Tee ein.

„Etwas Zitrone dazu, Mister Barton?“

„Nur Barton, Miss.“ Fältchen zeigten sich um seine Augenwinkel. „Ja, etwas Zitrone würde mir gefallen, danke.“

Roy lehnte sich in seinem Stuhl zurück und musterte seinen Aufseher, der mit halbgeschlossenen Augen seinen Tee schlürfte. „Was gibt es Neues, Barton?“

„Nun, Sir“, begann dieser, nachdem er seine Tasse vorsichtig auf der Untertasse abgestellt hatte. „Die Browns haben Zwillinge bekommen, Mädchen. Und Millie hat ihren dritten Jungen zur Welt gebracht.“

„Das freut mich zu hören“, sagte Roy. Sein Lächeln wirkte etwas gequält. „Wenn ich sie heute sehe, werde ich sie dazu beglückwünschen.“ Er stockte kurz, warf Isabelle einen kurzen Blick zu. „Irgendwelche Todesfälle?“

Ein Schatten legte sich auf Bartons Gesicht. „Elias ist letztes Jahr verstorben.“

„Das war zu erwarten“, bemerkte Roy. „Er war schon sehr alt.“

„Außerdem …“

„Ja?“

Barton rutschte unbehaglich auf seinem Stuhl hin und her. „Vielleicht hat Euer Bruder schon davon berichtet“, begann er mit einem Seitenblick auf Isabelle.

„Was soll er mir berichtet haben?“

Barton räusperte sich. „Fanny und die anderen Mädchen …“

„Nun lass dir nicht alles aus der Nase ziehen!“, erwiderte Roy ungeduldig. „Was ist mit denen?“

Der Aufseher straffte sich. „Sir, ich glaube nicht, dass es für die Ohren der jungen Lady bestimmt ist.“

Abrupt stand Isabelle auf, ihr Stuhl schrappte laut über den Boden, während die beiden Männer ebenfalls aufsprangen.

„Matthew kommt sicher gleich, um mich abzuholen. Ich sollte mich fertigmachen.“ Sie nickte Barton freundlich zu. „Es war mir ein Vergnügen.“

„Ganz meinerseits, Miss“, antwortete der Aufseher.

Beinahe fluchtartig kehrte Isabelle in die Vorhalle zurück. Was immer mit den Mädchen geschehen war, sie wollte nichts davon hören. Ihr Instinkt sagte ihr, dass es sie bis in den Schlaf verfolgen würde. Als sie nach oben ging, wäre sie beinahe mit Epiphania zusammengeprallt, die an der Treppe stand.

„Ich bin hier, um Euch zu helfen, sich stadtfertig zu machen“, sagte die junge Sklavin, ohne die Miene zu verziehen.

„Oh.“ Isabelle fuhr sich etwas verlegen durchs Haar. „Natürlich, gern.“

Etwas später saß sie umgezogen vor dem Spiegel, während Epiphania ihre dicken braunen Strähnen bürstete, um diese anschließend mit Nadeln zu einem kunstvollen Knoten aufzustecken. Die junge Sklavin war sehr geschickt, und als Isabelle am Ende ihr Spiegelbild betrachtete, lächelte sie unwillkürlich angesichts der eleganten Frau, die ihr mit großen Augen entgegenstarrte.

„Das sieht sehr hübsch aus, Epiphania“, sagte sie. „Ich danke dir.“

Da fiel ihr Blick durchs Fenster in den Garten, wo Roy mit großen Schritten auf das Haus zusteuerte. Versonnen sah sie ihm hinterher.

„Eine Frau vergisst niemals den Mann, der ihr die Unschuld genommen hat“, flüsterte ihr Epiphania ins Ohr.

Entgeistert starrte Isabelle in den Spiegel, wo ihre Blicke sich trafen. Das Lächeln auf Epiphanias Lippen barg nichts Freundliches. Meinte sie damit etwa Roy? Vor ihrem inneren Auge sah Isabelle deren schwitzenden Leiber, die sich herumwälzten, hörte ihr lautes Stöhnen … Die aufkeimende Eifersucht drückte ihr die Kehle zu, während das Lächeln auf dem Gesicht der jungen Sklavin immer breiter wurde.

„Ich bin fertig, Miss“, sagte sie, bevor sie sich hocherhobenen Hauptes umdrehte und das Zimmer verließ.

Blinzelnd blickte ihr Isabelle hinterher. Roy war ein attraktiver Mann und ein leidenschaftlicher Liebhaber. Epiphania lebte praktisch unter seinem Dach. Dass es zu einer Liebschaft gekommen sein musste, war beinahe Naturgesetz. Andererseits war Epiphania recht jung, und Roy war in den letzten Jahren so gut wie nie zu Hause gewesen. Oder vielleicht doch? Als Isabelle die Treppe nach unten nahm, hielt ihre rechte Hand das Holzgeländer so fest umklammert, dass ihre Knöchel weiß hervortraten. In diesem Moment gelangten aus dem Salon gegenüber der Treppe Roys und Matthews Stimmen an ihr Ohr.

„Warum hast du mir nichts davon erzählt?“, fragte Roy vorwurfsvoll.

„Was? Gleich am ersten Abend? In Anwesenheit von Isabelle? Ich hätte es dir schon noch gesagt.“

Roy seufzte, und Isabelle stellte sich vor, wie er sich bekümmert durch die Haare fuhr. Sie schluckte den Kloß in ihrem Hals hinunter. Jeden Tag, den sie mit ihm zusammen war, liebte sie ihn ein bisschen mehr. Gerade wollte sie den Salon betreten, als die nächsten Worte sie innehalten ließen.

„Hat man schon eine Ahnung, wer diese armen Mädchen so zugerichtet hat?", murmelte Roy.

„Nein. Aber die Opfer waren ausnahmslos Negerinnen. Es kann nur einer dieser Wilden gewesen sein."

„Matt, du weißt, dass ich solche Bezeichnungen in meiner Gegenwart nicht dulde", wies ihn Roy sanft zurecht.

„Aber Roy, den Mädchen wurde übel mitgespielt. Erst wurden sie geschändet, dann hat man ihnen das Herz herausgeschnitten. Zu solchen Gräueltaten wären weiße Männer nie fähig, schon gar keine Quäker."

Die Mehrheit der weißen Bewohner auf Barbados gehörte dieser Glaubensgemeinschaft an.

„Wenn du wüsstest, wozu weiße Männer imstande sind, kleiner Bruder", murmelte Roy.

Isabelle keuchte. Herz herausgeschnitten? Wie entsetzlich! Sie holte tief Luft, dann betrat sie den Salon. „Tut mir leid", hechelte sie, als ob sie gerannt wäre. „Ich habe mich verspätet."

„Mach dir deshalb keine Gedanken", antwortete Roy und sprang von seinem Sessel auf. „Matt und ich hatten eh noch etwas zu bereden." Dann an seinen Bruder gewandt. „Kümmere dich gut um sie! Ich muss weg, Barton wartet in den Stallungen auf mich. Du weißt noch, was ich dir zu dem Weg nach Bridgetown eingebläut habe?"

Matthew lächelte. „Klar, Bruderherz."

Anschließend trat Roy auf sie zu und hauchte ihr einen Kuss auf die Lippen. „Viel Spaß, Liebes. Und kauf dir alles, wie du brauchst."

Ihr Mund prickelte angenehm. „Ich brauche nicht viel."

„Natürlich nicht." Sein Blick war voller Wärme, als er sie ein letztes Mal küsste. Beim Hinausgehen drehte er sich noch einmal um, und zum wiederholten Male bewunderte sie seine breiten Schultern, den flachen Bauch, die muskulösen Schenkel ...

„Wollen wir?", riss Matthews amüsierte Stimme sie aus ihren Träumereien.

Sie nahmen den Einspänner.

„Was meinte Roy vorhin, als er vom Weg nach Bridgetown sprach?", fragte Isabelle und sah zu Matthew hinüber, der an diesem Morgen einen blassblauen Anzug und einen hellen Strohhut trug.

„Er hat mich gebeten, eine Route zu wählen, die nicht durch die Powell-Plantage führt." Rupert Powell war ihr direkter Nachbar, dessen Besitz fünf Mal so groß wie *Silver Sands* war. „Keine Ahnung warum, aber ich schätze, er wird seinen Grund haben."

Ein Gefühl der Dankbarkeit erfüllte Isabelle, als Matthew einen Weg einschlug, der zwar deutlich länger war als der Pfad durch die Felder, dafür aber an der Küste entlangführte, wo sie nur auf ein paar vorwitzige Eidechsen trafen. Nach einer knappen Stunde erreichten sie Madame Justines Laden. Er befand sich auf der Broad Street im Zentrum von Bridgetown und war in einem hübschen kleinen Haus mit Erkerfenstern untergebracht. In den winzigen Vitrinen konnte man feine Hüte und Hauben bewundern. Als Matthew und Isabelle den Laden betreten wollten, stellte sich ihnen eine schlanke, elegant gekleidete Frau in den Weg. Froh, mit einer Landsmännin in ihrer Muttersprache reden zu können, öffnete Isabelle den Mund, doch Madame Justine kam ihr zuvor.

„Es tut mir leid, meine Herrschaften", sagte sie mit starkem französischem Akzent. „Aber ich muss den Laden schließen. Meiner Schwester geht es nicht gut, ich muss sofort zu ihr."

„Es betrübt mich, zu hören, Madame", antwortete Matthew. „Wir kommen gern heute Nachmittag wieder."

Die Röte schoss Madame Justine ins Gesicht. „*Non, non.* Der Laden bleibt heute geschlossen und morgen auch", fügte sie hastig hinzu.

Ehe Matthew etwas erwidern konnte, knallte sie ihnen die Tür vor der Nase zu.

Stirnrunzelnd blickte Isabelle ihren Begleiter an. „Was hat es zu bedeuten?“

Ein Lächeln glitt über sein Gesicht. „Es bedeutet, dass wir einen anderen Laden aufsuchen.“ Galant bot er ihr seinen Arm an.

Etwas weiter unten auf der Straße wurden sie fündig. Auch wenn Agathe Daniels nicht Madames Justines Ruf genoss, so war sie doch ebenfalls eine ganz passable Schneiderin, versicherte Matthew.

Miss Daniels stellte sich als eine knochige, recht energische Frau heraus, die, nachdem Matthew ihr erklärt hatte, was sie benötigten, Isabelle in ein kleines Hinterzimmer zerrte. Indessen fläzte sich Matthew auf das brokatene Kanapee davor und holte seine Schnupftabakdose aus der Tasche. Die darauffolgende Stunde wurde Isabelle von einem Gewand ins andere gesteckt, während die beiden Mädchen von Miss Daniels sie drehten und wendeten, zu- und aufschnürten, sie dahin und dorthin schoben. Ein primelfarbenes Kleid mit tiefem Ausschnitt, das sich von der Taille über einen Reifrock ausbreitete, hatte es Isabelle besonders angetan, zumal es wie angegossen saß und keiner Änderung bedurfte. Auch Matthew, der einen Schritt zurücktrat und sie mit Kennerblick musterte, wirkte zufrieden, als sie sich ihm präsentierte.

„Ihr seht in diesem Kleid wunderschön aus, Isabelle. Mein Bruder wird hingerissen sein.“ Dann tippte er mit dem Finger nachdenklich auf seine Unterlippe. „Es bedarf allerdings noch eines Haarbands in der gleichen Farbe. Und eines passenden Sonnenschirmchens.“

„Ihr habt ein gutes Auge“, rief Miss Daniels anerkennend aus, bevor sie in die Hände klatschte. „Léonie, Marie. Ihr habt gehört, was der Gentleman gesagt hat. Sucht nach den entsprechenden Accessoires. Ein Haarband aus Seide, Sir?“, fragte sie an Matthew gewandt.

Dieser nahm eine Prise Schnupftabak, ließ die Dose zuschnappen und lächelte. „Nichts anderes als Seide kann der Schönheit meiner Begleiterin gerecht werden", antwortete er und brachte Isabelle damit zum Erröten.

Nachdem sie Miss Daniels kleinen Laden verlassen hatten, unternahmen Matthew und sie noch einen Spaziergang durch die Stadt. Später wollten sie die Pakete bei Miss Daniels holen und auf den Einspänner packen, der vor dem Laden stand. Obwohl sich Isabelle nicht für eine Schönheit hielt, fühlte es sich heute irgendwie anders an. Die neuen Kleider und Accessoires waren wie für sie gemacht, und sie konnte es kaum abwarten, sie Roy vorzuführen.

„Wollen wir noch eine Tasse Schokolade trinken?", fragte Matthew mit einem verschwörerischen Zwinkern.

Isabelle, die seit Cádiz dem dunklen Gold verfallen war, nickte begeistert, zumal Matthew ein charmanter Begleiter und vollkommener Gentleman war. Sie kehrten in ein Kaffeehaus ein, das direkt am Hafen lag. Es war sehr englisch eingerichtet, mit schweren dunklen Möbeln und Brokatvorhängen. Der Raum war voller Menschen, schwerer Tabakrauch lag in der Luft.

„Matthew, darf ich Euch etwas fragen?", begann Isabelle, nachdem man ihnen wohlduftende Schokolade in feinen Porzellantassen serviert hatte.

„Alles, was Ihr wollt, meine Liebe."

„Warum hat Roy *Silver Sands* gekauft? Irgendwie passt es nicht zu ihm, Pflanzer zu sein."

Ein belustigter Ausdruck trat in Matthews Augen. „Solltet Ihr das nicht lieber meinen Bruder fragen?"

Etwas verlegen blickte sie zurück, sagte aber nichts.

„Also gut, ich erzähle es Euch." Matthew lehnte sich vor. „Vor knapp achtzig Jahren wurde unser Großvater väterlicherseits mit anderen Iren von London aus hierher nach Barbados verschifft und für tausendfünfhundertfünfzig Pfund Zucker an einen englischen Plantagenbesitzer verkauft. Er hausierte mit den

Schweinen im Stall, musste auf den Feldern schuften und bekam nur Kartoffeln zu essen. Nachdem er wegen einer Lappalie ausgepeitscht worden war, floh er von der Plantage und trieb sich fortan als Vagabund auf der Insel herum", erzählte Matthew weiter. „Zum Glück für ihn wurden bald alle europäischen Sklaven durch Schwarze ersetzt, weil sie zäher waren. Sein Besitzer, der zwischenzeitlich das Interesse an ihm verloren hatte, gab die Suche auf. Unser Großvater baute sich als Tagelöhner eine neue, wenn auch sehr bescheidene Existenz auf, allerdings starb er sehr früh. Die Arbeit auf dem Feld hatte ihn zugrunde gerichtet. Er hinterließ einen Sohn, unseren Vater, der im Alter von fünfzehn Jahren auf einem Schiff anheuerte." Matthew machte eine kurze Pause, während Isabelle gebannt an seinen Lippen hing. „Nachdem er unsere Mütter geschwängert hatte, verschwand er. Viele Jahre später beschloss Roy nach ihm zu suchen. Es war einfacher, als Ihr Euch das vielleicht denkt. Unser Vater war bei der Handelsmarine, er fuhr viele Jahre immer die gleiche Route. Als Roy ihn schließlich ausfindig machte, lag unser Vater im Sterben. Keuchhusten. Bevor er verschied, erzählte er Roy von der Plantage auf Barbados, auf der unser Großvater als Sklave hatte schuften müssen. Daraufhin beschloss Roy, es zu kaufen."

„*Silver Sands*", flüsterte Isabelle.

„Korrekt."

„Ich verstehe", antwortete Isabelle, obwohl sie einiges nicht verstand. Roy war der Nachfahre eines Sklaven, der selbst Sklaven hielt. War das nicht ein Widerspruch in sich?

Nachdem sie eine Weile über dies und das geredet hatten, tranken sie ihre Schokolade aus und schlenderten zurück zu Miss Daniels Laden. Auf dem Vorplatz der St. Michael Kathedrale, eines Prachtbaus im Renaissancestil mit einem hohen Turm, der im Sonnenlicht hell glänzte, kreuzte ein schwarz gekleidetes Paar mit fahlen Gesichtern ihren Weg.

„Mister Powell, Missus Powell", grüßte Matthew höflich

und neigte den Kopf.

Ein verkniffenes Nicken war die Antwort. Als Isabelle Anstalten machte, ebenfalls zu grüßen, fuhr ihr Missus Powell über den Mund.

„Dreckige Hure!“, zischte sie so laut, dass es alle in ihrer unmittelbaren Nähe hören konnten.

Während sich Isabelle die Spucktropfen aus dem Gesicht wischte, blickte sie der Frau hinterher. Sie versuchte zu begreifen, was eben geschehen war. Dann schoss ihr die Röte ins Gesicht, und mit einem Mal kam es ihr so vor, als wäre alle Blicke auf sie gerichtet. Als brächte ihr die ganze Welt pure Verachtung entgegen.

Matthew nahm sie hastig beiseite. „Nehmt es Euch nicht zu Herzen, meine Liebe“, murmelte er und drückte ihren Arm. „Diese Leute sind dumm und borniert. Es darf Euch nicht kümmern, was sie denken.“

Tapfer versuchte Isabelle die Tränen zurückzuhalten. „Matthew?“, fragte sie mit belegter Stimme. „Madame Justine hat gar keine Schwester, richtig?“

Er senkte den Blick und schwieg.

„Richtig?“

„Nein“, flüsterte er.

Lange Zeit sagte sie nichts, dann: „Versprecht mir, dass Ihr Roy von alldem nichts erzählt.“

„Warum nicht?“

„Versprecht es mir.“

„Wie Ihr wünscht, Isabelle.“ Dann huschte ein mildes Lächeln über sein Gesicht. „Das bleibt unser Geheimnis.“

Hinter dem Zaun

„Roy“, murmelte Isabelle im Halbschlaf, als weiche Lippen ihre Brüste küssten und sich geschickte Finger zwischen ihre Schenkel schoben.

Eine feuchte Zunge schnellte vor und saugte an den empfindlichen Nippeln, die sich im süßen Schmerz zusammenzogen und hart wurden. Seufzend drückte Isabelle ihren Rücken durch, hielt die Augen geschlossen und genoss das verlangende Pochen in ihrem Schoß. Ihr Atem beschleunigte sich.

„Oh, Roy.“

Da legte sich eine Hand um ihren Nacken, liebkoste ihren Mund mit den Lippen, und Isabelle stutzte. Die Lippen waren voll, die Haut am Kinn zart und der Geruch … Jasmin. Erschrocken riss sie die Augen auf und blickte in eine dunkle Iris, umgeben von strahlendem Weiß. Epiphania! Mit einem Schrei stieß Isabelle sie von sich weg.

„Was tust du da?“, fuhr sie die junge Sklavin an, die nackt neben ihr lag. „Geh weg von mir!“

Isabelle musste schlucken. Es war das erste Mal, dass sie eine entblößte Frau sah, geschweige denn berührte.

„Aber Miss Isabelle“, schnurrte Epiphania, während sie in einer aufreizenden Bewegung die Beine spreizte, um ihr einen Blick auf ihre feuchten Locken zu gewähren. „Wenn Ihr wollt, sorge ich dafür, dass Euer Tag angenehm beginnt.“

Isabelle rückte von ihr weg. „Ich will das nicht! Zieh dich an und verlasse sofort mein Zimmer!“

Mit einem wollüstigen Glitzern in den Augen streichelte Epiphania Isabelles Oberschenkel.

„Sofort!“

Die schöne Sklavin zog zwar eine Schnute, glitt dennoch aus dem Bett, ohne zu murren. Ihre Bewegungen waren fließend, beinahe majestätisch. Isabelle konnte nicht umhin zu bemerken, dass sie einen perfekten Körper hatte, mit langen Gliedern, kleinen runden Brüsten mit tiefdunklen Knospen und einen aufreizend hochstehenden Po. Ob Roy sie jemals nackt gesehen hatte? Es war anzunehmen.

„Wie Ihr wollt, Miss.“ Im Nu hatte sich Epiphania ihr einfaches Baumwollkleid übergezogen. „Soll ich Euch Tee bringen?“

Isabelle schüttelte heftig den Kopf. „Ich werde unten frühstücken.“

„Wie Ihr wollt“, wiederholte Epiphania mit einem vieldeutigen Lächeln, dann verließ sie das Zimmer.

Entrüstet sprang Isabelle aus dem Bett, um sich zu waschen. Ihr Herz raste. Epiphanias Berührungen waren nicht unangenehm gewesen, was an sich schon recht beunruhigend war. Noch beunruhigender allerdings war die Frage, was die junge Sklavin damit bezweckt hatte. Seit Isabelle in *Silver Sands* angekommen war, war sie mit Epiphania nicht wirklich warm geworden. Etwas in ihrem Blick störte sie. Epiphanias Verhalten ihr gegenüber war bisher immer tadellos gewesen, wenn auch unterkühlt. Warum also dieser morgendliche Überfall?

Isabelle beschloss, Roy nichts von dem Vorfall zu erzählen. Zum einen wollte sie George nicht in Verlegenheit bringen, zum anderen hegte sie die Befürchtung, Roy könnte auf die wahnwitzige Idee kommen, Epiphania in ihr gemeinsames Bett zu holen. Zumal sie ihn in der vergangenen Nacht abgewiesen hatte, als er mit ihr hatte schlafen wollen. Missus Powells hasserfüllte Miene in Bridgetown ging ihr nicht mehr aus dem Kopf. Bis zum gestrigen Tag war ihre Liebe zu Roy etwas Schönes und Reines gewesen. Jetzt war sie mit Dreck besudelt.

Roy saß bereits am Frühstückstisch, als sie unten ankam.

Er war früher aufgestanden, um noch ein wenig Schreibkram zu tätigen, wie er es formuliert hatte. Heute wollte er ihr die Plantage zeigen.

„Liebes!“, begrüßte er sie. „Kannst du reiten?“

„Leider nein“, antwortete sie, während sie Platz nahm. „Wir besaßen keine Pferde.“

„Dann nehmen wir den Einspänner.“

„Muss ich mich umziehen?“

Sie trug ein einfach geschnittenes Baumwollkleid mit blauweißen Streifen.

Er schüttelte den Kopf. „Es ist perfekt.“

„Roy?“

„Ja?“

„Wegen heute Nacht …“

„Du musst nichts erklären. Wenn dir nicht danach ist, ist dir eben nicht danach“, sagte er leichthin. Nichts in seinem Gesicht deutete darauf hin, dass er enttäuscht oder verärgert war.

Nachdem sie ein schnelles Frühstück zu sich genommen hatten, begaben sie sich zu den Stallungen, wo Tom, der zwölfjährige Stalljunge, dabei war, das Pferd vor das Gefährt zu spannen. Kurze Zeit später verließen sie das Anwesen und nahmen einen schattigen Weg durch den Wald, passierten eine große Lichtung, bis sie schließlich bei einem Gatter ankamen. Barton, der dort auf sie wartete, öffnete das Tor.

„Die gesamte Plantage ist umzäunt“, erklärte Roy.

Wie ein Gefängnis.

„Nein, nicht wie ein Gefängnis“, widersprach er etwas unwirsch. Eine tiefe Falte hatte sich zwischen seinen Augenbrauen gegraben, und sie begriff, dass sie ihren Gedanken laut ausgesprochen hatte. „Der Zaun ist da, um unsere Leute zu schützen.“

„Auf der Plantage leben und arbeiten sechs Familien“, warf Barton ein, der sich auf sein Pferd geschwungen hatte und nun neben dem Einspänner ritt. „Die Haussklaven nicht mitgezählt.“

„Es sind zweiunddreißig Menschen, die 640 Acres Land bearbeiten“, fügte Roy hinzu.

„Acres?“, fragte Isabelle nach.

„Ein Acre entspricht rund 0,4 Hektar“, erklärte Barton.

„640 Acres sind aber sehr viel“, antwortete Isabelle widerwillig beeindruckt.

Die beiden Männer brachen in Lachen aus.

„Eigentlich nicht, Miss“, erklärte Barton und tätschelte den Hals seines Pferdes. „Die Pflanzer hier besitzen im Schnitt dreitausend Acres Land. Auf der Insel leben mehr als achtzigtausend Sklaven.“

„Achtzigtausend?“, wiederholte Isabelle entsetzt.

„Ja“, nahm Roy den Faden wieder auf. „Die Weißen sind in der Unterzahl, deshalb leben die meisten von ihnen in Bridgetown und nicht wie wir neben ihren Plantagen. Aus Angst vor Aufständen.“

„Gab es denn schon solche Aufstände?“

„Oh ja, einige, Miss. Aber sie wurden niedergeschlagen“, erklärte Barton. „Die entlaufenen Sklaven können von der Insel nicht weg, versteht Ihr? Über kurz oder lang werden sie wieder eingefangen und hart bestraft.“

Fröstelnd schlang Isabelle die Arme um ihren Oberkörper.

„Ich denke, wir sollten vielleicht lieber das Thema wechseln, Barton“, sagte Roy mit einem Seitenblick auf sie.

„Natürlich, Sir“, beeilte sich Barton zu sagen. „Entschuldigt, Miss.“

Isabelle nickte dem Aufseher kurz zu, dann drehte sie sich zu Roy.

„Ich muss dich etwas fragen.“

Roy, der den ernsten Tonfall in ihrer Stimme hörte, hielt den Einspänner an.

„Ich muss zurück an die Arbeit, Sir!“, warf Barton ein, als er die Situation erfasste.

„Was willst du mich fragen, Liebes?“, fragte Roy, nachdem der Aufseher davon geritten war. Dabei sah er ihr fest in die Augen.

„Warum?“

„Du meinst, all das hier?“, sagte er und zeigte auf die meterhohen Zuckerrohrpflanzen, die sie umgaben.

Sie nickte. „Matthew hat mir von deinem Großvater und von *Silver Sands* erzählt. Deshalb begreife ich nicht, warum du Sklaven hast.“

Roy räusperte sich, blickte in die Ferne, während er sprach. „Ich wollte Matt ein Zuhause bieten, fern von dem Schmutz in London, und eine sinnvolle Aufgabe. *Silver Sands* ist die einzige Verbindung zu unserer Vergangenheit. Wir haben sonst nichts. Aber ohne Sklaven kann ich die Plantage nicht halten. Sie könnte nicht mit den anderen konkurrieren. Es ist auch so schon schwierig, alle Mäuler zu stopfen. Vor allem, wenn man sie nicht zu Tode schinden will und ihnen mehr zu essen anbietet als nur Kartoffelwasser.“ Sein Profil war fest und verschlossen. „Und ich habe eine Verantwortung den Familien gegenüber.“

„Wie meinst du das?“

„Ich möchte sie nicht eines Tages verkaufen müssen. Auf der Powell Plantage, wie auf den meisten Plantagen hier, erleben die wenigsten Sklaven ihren dreißigsten Geburtstag“, erklärte Roy dumpf.

„Oh.“ Isabelle schluckte hart. „In Bridgetown habe ich die Powells gesehen.“

Sein Kopf ruckte zu ihr herum. „Hast du mit ihnen gesprochen?“

„Nein“, log sie.

„Gut. Es sind widerwärtige Leute, Heuchler der schlimmsten Sorte. Halte dich von ihnen fern. Sie predigen die christliche Nächstenliebe, behandeln ihre Sklaven aber wie Tiere.“ Roy ballte wütend die Fäuste zusammen. „Sogar noch schlimmer als Tiere!“

„Barton trägt keine Peitsche“, murmelte Isabelle.

„Nein. Wenn jemand Ärger macht, drohen wir ihm mit Verkauf. In der Regel reicht das schon aus, um ihn ruhig zu stellen. Sklaven auszupeitschen halte ich für falsch.“

„Aber …“

„Ich weiß.“ Roy lächelte. „Auf einem Piratenschiff herrschen andere Regeln. Du darfst nicht vergessen, dass sich Piraten aus freiem Willen für dieses Leben entscheiden. Sie wissen, was ihnen blüht, wenn sie über die Stränge schlagen.“

Danach schnalzte er mit der Zunge, und der Einspänner setzte sich wieder in Bewegung. Während sie die Zuckerrohrfelder durchquerten, ließ Isabelle ihren Blick schweifen. Zwischen den Pflanzen erhaschte sie Sklaven, die mit Macheten die oberen Blätter des Zuckerrohrs entfernten und hinterher den Stamm am Boden abschnitten. Sie wirkten körperlich unversehrt und trugen breitkrempige Hüte, die sie vor der Hitze schützten.

Irgendwann drehte sich Roy zu ihr herum, um ihre Hand zu ergreifen und einen Kuss darauf zu hauchen. „Ich werde dich der Familie Johnson vorstellen. Du wirst sehen, den Menschen geht es hier gut.“

Nach einer kleine Weile gelangten sie zu einer steinernen Mühle, wo das Zuckerrohr gemahlen wurde, nachdem es in kleine Stücke geschnitten und gebündelt worden war. Davor spielten Kinder, eine alte Frau saß auf einem Baumstumpf und starrte dem Einspänner ungerührt entgegen. Im Mund hatte sie Kautabak.

„Guten Tag, Grandma Margot“, begrüßte Roy sie.

Sie nickte, ohne das Kauen zu unterbrechen.

„Ich möchte dir Isabelle vorstellen“, sagte Roy und sprang hinunter. „Sie ist meine Frau.“

Isabelles Herz strauchelte kurz. *Meine Frau?*

Galant half er ihr hinunter. „In ihrer Kultur müssen Mann und Frau nicht verheiratet sein, um zusammenzugehören“, flüsterte er ihr ins Ohr.

„Oh“, war das einzige, was ihr als Antwort einfiel.

„Guten Tag, Missus“, nuschelte die alte Frau. Ihre Zähne waren schwarz vom Tabak.

„Guten Tag“, antwortete Isabelle etwas steif. Sie wusste nicht recht, wie sie sich verhalten sollte. Dann blickte sie sich um. „So viele Kinder."

„Ja", antwortete Roy. „Noch brauchen sie nicht auf dem Feld zu arbeiten."

„Gehen sie auf eine Schule?"

Ungläubig starrte er sie an. „Schule?"

Plötzlich kam ihr ein wunderbarer Gedanke. „Vielleicht könnte ich ihnen lesen und schreiben beibringen", sagte sie enthusiastisch. „Ich habe den ganzen Tag eh wenig zu tun."

„Du willst Sklaven unterrichten?", rief Roy und schüttelte missbilligend den Kopf. „Bist du von Sinnen? Man würde uns sofort vor Gericht stellen. Dass ich mit Piraterie ein kleines Vermögen angehäuft habe, können sie noch akzeptieren, schließlich bin ich nicht der einzige auf Barbados, aber so etwas würden sie niemals tolerieren."

„Aber …

„Nichts aber!", erwiderte er mit harter Stimme. Sie hatte ihn offensichtlich verärgert. „Was sollten die Kinder mit diesem Wissen anfangen? Für sie gibt es nur dieses eine Leben hier. Ich will nicht mehr darüber reden!"

Isabelle presste die Lippen fest zusammen. Fürs erste würde sie das Thema fallen lassen, doch sie nahm sich vor, es später erneut anzusprechen. Als sie zurück auf den Einspänner stiegen und losfahren wollten, kam ein großer, bulliger Mann auf sie zu. In der Hand hielt er eine weiße, intensiv duftende Blume, die er Isabelle mit einem kindlichen Lächeln überreichte. Fragend blickte sie zu Roy hinüber.

„Eine Tiaré-Blume", erklärte er. „Sie stammt ursprünglich aus Tahiti."

Mit einem warmen Lächeln wandte sich Isabelle an den Mann. „Dankeschön."

„Joshua", flüsterte ihr Roy zu.

„Joshua", fügte sie hinzu, und das Lächeln des Mannes wurde noch breiter, falls das überhaupt möglich war.

Nachdem sich der Einspänner in Bewegung gesetzt hatte, blickte sie über die Schulter und sah, dass Joshua ihr hinterherwinkte.

„Warum arbeitet er nicht auf den Feldern?“, fragte sie.

Roy räusperte sich. „Joshua ist krank.“

„Wirklich? Den Eindruck macht er gar nicht.“

„Ich meine, im Kopf.“ Er legte eine kleine Pause ein. „Es ist eine traurige Geschichte. Ich glaube nicht, dass du sie hören willst.“

„Behandle mich nicht, als wäre ich aus Porzellan, Roy!“, antwortete Isabelle unwirsch, obwohl ihr Schlimmes schwante. „Erzähl es mir einfach.“

„Also gut.“ Er seufzte laut. „Joshua war ein gesunder Junge, als er zur Welt kam. Später entwickelte er sich zu einem kräftigen, hart arbeitenden Burschen. Sein Pech war, dass er sich widersetzte. Joshua besaß einen stark ausgeprägten Freiheitsdrang. Eines Tages …“ Roy räusperte sich. „… wurde er von seinem Besitzer so schlimm verprügelt, dass er einen Gehirnschaden davontrug. Seitdem hat er das Gemüt eines Kleinkindes. Er ist nicht einmal mehr in der Lage, auf dem Feld einfachste Arbeiten durchzuführen. Ich habe ihn gekauft, bevor sein Besitzer ihn … loswerden konnte.“

Isabelle schwieg lange, während sie das eben Gehörte zu verdauen versuchte, dann blickte sie Roy an. „Wie erträgst du das nur?“

„Die meiste Zeit war ich auf See“, antwortete Roy mit eigentümlicher Stimme.

Isabelle blickte auf ihre Hände. „Vermisst du es sehr, Roy?“

Er schlang seinen Arm um sie und drückte sie an seine Brust. „Nicht so sehr, wie ich deinen wohlduftenden, sündigen Körper vermissen würde.“

Die Hitze schoss Isabelle ins Gesicht, und sie entwand sich ihm.

„Alles in Ordnung?“, fragte er besorgt.

Sie nickte.

„Möchtest du, dass wir heimfahren?“

Wieder nickte sie.

Für immer und ewig

Fluchend massierte Roy seinen Nasenrücken und legte den Federkiel beiseite. Die Zahlenkolonnen auf dem Papier verschwammen vor seinen Augen, und er hatte Probleme, sich zu konzentrieren. Isabelles Verhalten bereitete ihm Kopfschmerzen. Obwohl sie seine Küsse erwiderte und in seinen Armen weich und nachgiebig war, verweigerte sie ihm seit einigen Nächten den Beischlaf. Immer fand sie eine fadenscheinige Ausrede, und er bedrängte sie nicht weiter, doch ihre Zurückweisungen machten ihn rasend.

Fröhliche Stimmen vor dem Fenster rissen ihn aus seinen Gedanken. Er stand auf, um nachzusehen und entdeckte Isabelle, die mit Matt durch den Garten schlenderte. Sie sah zum Anbeißen aus in ihrem neuen primelfarbenen Kleid und dem dazu passenden Sonnenschirmchen, das sie in der linken Hand trug. Matt und sie unterhielten sich angeregt, dann machte sein Bruder offensichtlich einen Scherz, denn sie stieß ein Lachen aus – das glockenhelle Lachen, das er so liebte. Dabei warf sie den Kopf zurück, und die Sonne verfing sich in ihren Haaren. Als sie Matt mit leuchtenden Augen anblickte, durchbohrte Roy ein scharfer Schmerz. Er hatte gehofft, dass sich die beiden gut verstanden, aber nicht auf *diese* Weise.

Wie um ihn zu verspotten, legte Matt seinen Arm um ihre Taille, woraufhin sich Isabelle mit einem Lächeln losmachte, aber in Roys Augen wirkte es eher nach Koketterie denn nach Zurückweisung. Sei kein Narr, schalt er sich innerlich, du kannst ihr vertrauen, und Matt würde dich niemals hintergehen. Das alles wusste er, dennoch konnte er nicht verhindern, dass ihn der giftige Dorn der Eifersucht ins Herz stach und ihm die Luft abschnürte.

Vielleicht war es kein Zufall, dass Isabelle sich ihm just seit jenem Tag verweigerte, an dem sie mit Matt in Georgetown gewesen war. Der Gedanke ließ ihn hart schlucken, und für einen winzigen Moment schloss er seine Augen, um die Fassung zu wahren. Dann straffte er sich.

„Isabelle!“, rief er durchs offene Fenster. Das Lächeln auf seinem Gesicht fühlte sich wie eingemeißelt an.

Sofort wirbelte sie herum. Einige ihrer Haarsträhnen hatten sich gelöst und tanzten um ihren Kopf. Wieder spürte er einen Stich, und ihm schwindelte angesichts der Stärke seiner Gefühle. Mit einem Mal hatte er panische Angst, sie zu verlieren.

„Ja?“

„Kannst du bitte ins Arbeitszimmer kommen? Ich brauche deine Hilfe.“

Sie lächelte. „Natürlich.“

„Entschuldige, Matt, aber ich muss sie kurz entführen.“

Sein Bruder hob die Hände und lachte. „Kein Problem.“ Und dann an Isabelle gewandt. „Wir sehen uns später, ja?“

In diesem Moment hätte Roy ihm am liebsten seine Faust ins Gesicht geschmettert. Isabelle nickte, dann raffte sie ihre Röcke und eilte zum Eingang. Roy schloss das Fenster, fuhr sich durch die Haare und atmete tief durch.

Als Isabelle das Arbeitszimmer im Erdgeschoss betrat, lehnte Roy an der Kante seines Schreibtischs. Die Arme hatte er vor der Brust verschränkt, sein Gesicht war reglos, nur in seinen Augen fackelte etwas, das sie beunruhigte. Die Spannung im Raum war spürbar.

„Schließ die Tür hinter dir“, sagte er.

Da war er wieder, dieser leise, gefährliche Tonfall, der sie innerlich beben ließ. Mit klopfendem Herzen kam sie seiner Aufforderung nach und machte Anstalten, auf ihn zuzugehen.

„Bleib, wo du bist!“

Ohne sie aus den Augen zu lassen, stieß er sich vom

Schreibtisch ab und kam langsam auf sie zu. Er blieb so dicht vor ihr stehen, dass sie die Wärme seines Körpers spüren konnte.

„Sag mir, Liebes“, flüsterte er. „Gehörst du zu mir?“

Verblüfft blinzelte sie. Die Frage überraschte sie derart, dass sie nicht sofort antwortete. Ein grimmiger Ausdruck legte sich um seine Mundwinkel.

„Gehörst du zu mir?“, wiederholte er eindringlich.

„Ja … natürlich“, stammelte sie. Obwohl sie es ernst meinte, klang es selbst in ihren Ohren wenig überzeugend. In seinen offenbar auch, denn er verengte seine Augen zu schmalen Schlitzen.

„Wirklich?“

Sie hörte den unterdrückten Zorn in seiner Stimme.

„Ja.“

Er lehnte sich vor, sein Gesicht war dicht vor ihrem. „Dreh dich um.“

„Wie bitte?“

„Du scheinst heute ziemlich begriffsstutzig zu sein, Liebes“, sagte er sanft. „Gesicht zur Tür. Sofort.“

Der heisere Ton in seiner Stimme sandte einen Schauer durch ihren Körper, und mit weichen Knien tat sie, was er verlangte.

„Stütz dich mit den Händen ab.“

Sie legte ihre Hände auf die Tür.

„Höher“, forderte er nahe an ihrem Ohr. „Über den Kopf.“

Dann machte er sich an den Ösen und Haken ihres Kleides zu schaffen. Kurz hielten seine Finger inne. Sie hörte, wie er keuchte.

„Du trägst kein Unterhemd?“ Seine Stimme klang erregt, und es schwang noch etwas mit, das sie nicht verstand.

Sie wollte ihm erklären, dass sich bei der Hitze die Baumwolle auf der Haut angenehmer anfühlte als das seidene Unterhemd, doch er kam ihr zuvor.

„Umso besser“, knurrte er leise und öffnete ihr Kleid, entblößte ihren nackten Rücken bis zum sanft geschwungenen Teil, der in ihren Po mündete.

Seine Finger legten sich auf ihre Haut, streichelten sie zärtlich, fuhren über ihre Schulterblätter, über die Rippen, die Wirbelsäule hinauf und hinunter.

„Bitte, Roy, nicht", protestierte sie, konnte jedoch nicht verhindern, dass sie keine Luft mehr bekam.

„Diesmal lasse ich keine Ausrede gelten, mein Engel."

Sie wurde von Lust und Vorfreude erfüllt, als sich seine Hände nach vorne schoben, um ihre Brüste zu umfassen. Sanft spielte er mit ihren Nippeln, rieb die harten Spitzen zwischen seinen Fingern, was ihr ein Stöhnen entlockte. Dann griff er in ihre Haare und zog ihren Kopf in den Nacken. Seine Zunge fuhr an ihrem Hals entlang, leckte über die Stelle unter der Haut, die wie wild schlug.

„Gehörst du zu mir?", fragte er leise, dicht an ihrem Ohr.

Feuer rann durch ihre Adern. „Ja!"

„Gut."

Seine Hand schob sich unter das Kleid zwischen ihre Beine. Als seine Finger sich in ihren triefenden Spalt schoben, schlug ihr Herz so hart, dass sie nicht sprechen konnte. Sie begann zu zittern.

„Nimm die Arme herunter", befahl er sanft, dann zog er ihr das Kleid aus und kickte es weg, nachdem sie einen Schritt zur Seite getreten war. „Arme wieder hoch und Beine auseinander."

Auf die Holztür starrend tat sie, was er verlangte. Sie glaubte, ohnmächtig zu werden, so stark war die Erregung in ihr, als er sie mit dem ganzen Gewicht seines Körpers gegen die Tür presste. Sein Schwanz war steinhart. Wieder fuhr er mit einer Hand zwischen ihre Beine, diesmal nahm er sich ihren Kitzler vor, rieb ihn mit Daumen und Zeigefinger, jagte hitzige Wellen durch ihren Körper. Vergessen war die Schmach in Bridgetown, vergessen das Gefühl der Schande, das sie in letzter Zeit gequält hatte. Hungrig reckte sie ihm ihr Becken entgegen, und er stieß ein kleines raues Lachen aus. Sie hörte, wie Stoff raschelte, dann packte er ihre Hüften und drang mit einem harten

Ruck in sie ein, der sie keuchen ließ. Sein Unterleib stieß gegen ihren Po, während er immer schneller aus ihr raus- und wieder hineinfuhr. Sein Atem klang abgehackt, als er sie mit jedem Stoß gegen die Tür drückte, und sie floss vor Lust über. Dann löste er eine Hand von ihrer Hüfte und steckte ihr seine Finger in den Mund. Isabelle, die den salzigen Geschmack ihres eigenen Schoßes schmeckte, war schockiert und erregt zugleich. Als sie jeden einzelnen Finger sorgfältig abzulecken begann, verlor Roy die Beherrschung. Er riss sie von der Tür weg und drückte ihren Oberkörper nach vorne, um noch tiefer in sie eindringen zu können.

Sein Höhepunkt war kurz, aber heftig. Stöhnend verströmte er seine Lust in ihr, hielt sie fest an sich gepresst, machte sie bewegungsunfähig, bis seine Zuckungen verebbt waren. Nachdem er sie losgelassen hatte, schwankte sie leicht und musste sich an der Tür abstützen. Die Wildheit des Geschlechtsaktes hatte sie erschüttert und gleichzeitig eine Begierde in ihr ausgelöst, die unbefriedigt geblieben war. Als sie Anstalten machte, sich wieder anzuziehen, ließ Roys Stimme sie innehalten.

„Nein“, sagte er. „Ich will, dass du es dir selbst machst.“

Entsetzt blickte sie ihn an. „Aber Roy! Das … das kannst du nicht von mir verlangen.“

„Doch, das kann ich.“

Panik durchflutete sie, und sie spürte, wie das warme Gefühl der Erregung zu schwinden begann. Ohne sie aus den Augen zu lassen, zog er seine Hose wieder hoch, dann ergriff er ihre Hand und führte sie sanft aber bestimmt zum Sessel, der neben dem Fenster stand. Als sie den rauen Stoff in ihrem Rücken spürte, keuchte sie leise auf. Währenddessen lehnte er sich an die Tür und verschränkte die Arme.

„Jetzt?“, fragte sie mit zittriger Stimme.

„Jetzt“, sagte er. „Und ich will, dass du mir die ganze Zeit über in die Augen blickst.“

„Aber Roy …“ Sie war fast den Tränen nahe.

„Jetzt", wiederholte er mit fester Stimme.

„Und wenn jemand reinkommt?"

Er schüttelte den Kopf. „Hier kommt niemand rein. Fang an."

Zögernd schob sie ihre rechte Hand zwischen ihre Beine, schloss die Augen …

„Sieh mich an, Isabelle."

Sie hob die Augenlider und glaubte, vor Scham im Boden zu versinken. „Bitte, Roy, zwing mich nicht dazu", schluchzte sie.

Da ging ein Ruck durch seinen Körper, und er eilte auf sie zu, um sie zu küssen.

„Hey, hey, schon gut, Liebes. Wenn du nicht willst, musst du es nicht tun, aber …" Das samtweiche Timbre seiner Stimme ließ ihren Unterleib zucken. „Ich schulde dir noch etwas. Lehn dich zurück."

„Roy …"

„Keine Widerrede."

Ein Lächeln umspielte seine Lippen, als er in die Knie ging. „Leg deine Beine auf die Armlehnen."

Sie tat, was er verlangte. So offen hatte sie sich ihm noch nie dargeboten, und das plötzliche Gefühl der Hilflosigkeit setzte ihren Schoß augenblicklich in Brand. Sie spürte, wie sie wieder feucht wurde. Mit einem wissenden Lächeln senkte er den Kopf und leckte über die Innenseite ihrer Schenkel, hauchte kleine Küsse auf ihrer Haut, immer höher hinauf, bis er die kleine empfindliche Knospe erreichte und darüber fuhr. Sie stöhnte. Seine warme Zunge schob sich in ihren Spalt, und sie krallte ihre Hände in sein Haar.

„Roy", hauchte sie, als er mit einem Finger an ihrem Kitzler rieb, zunächst langsam, dann immer schneller.

In ihren Zehenspitzen kribbelte es, und sie spürte den nahenden Orgasmus. Da nahm er ihre rechte Hand, ohne seinen Mund von ihren Schamlippen zu lösen, und schob sie zwischen ihre Beine.

„Wir machen es dir gemeinsam, Liebes", sagte er mit

kehliger Stimme.

Sie versuchte, ihm ihre Hand zu entwinden, doch sein Griff war unbarmherzig, und sie keuchte, als er ihre Finger tief in ihren feuchten Spalt drückte.

„So ist es brav“, sagte er, bevor er an ihrem Kitzler zu saugen begann.

Immer schneller stieß sie ihre Finger in sich hinein, während er ihre Hand dirigierte und sie gleichzeitig leckte. Eine Welle der Lust brandete mit der Wucht einer Naturgewalt durch ihren Leib. Ihre Finger und sein Mund wurden eins, ihr Schoß lief über, während seine Zunge immer gieriger wurde. Mit einer Hand befriedigte sie sich selbst, mit der anderen hielt sie sich an seinem Kopf fest. Sie spann sich an.

„Komm für mich, mein Engel“, forderte er rau. „Jetzt.“

Sein Befehl reichte aus, damit es in ihrem Innern explodierte. Als der Orgasmus sie mitriss, stöhnte sie enthemmt, zuckte in seinem Mund, während er sie leckte und auch ihre Finger nicht aussparte. Sie kam noch zweimal unter seinen Berührungen, schreiend, sich windend, ehe sie erschöpft zusammensank. Gänsehaut legte sich über ihren schweißbedeckten Körper, und er nahm sie in seine Arme, um sie mit seinem Körper zu wärmen.

„Gehörst du zu mir, Isabelle?“, flüsterte er in ihrem Nacken.

„Ja, Roy“, antwortete sie. „Für immer und ewig.“

Joshuas letzter Weg

Einige Tage später, es war noch früh am Morgen, fasste sich Isabelle ein Herz.

„Liebster?"

„Ja?", murmelte er. Sein Kopf lag auf ihrer Brust, und sie konnte seinen heißen Atem auf ihrer Haut spüren.

„Epiphania ist sehr schön, findest du nicht?"

Verblüfft hob er den Kopf, um ihr in die Augen zu sehen. „Sie ist recht ansehnlich, ja."

„Hast du sie schon mal ..?" Sie schluckte hart. „Du weißt schon."

Ein amüsierter Ausdruck huschte über sein Gesicht. „In mein Bett geholt?"

Isabelle errötete. „Ja."

Roy fasste sich nachdenklich ans Kinn. „Hmm… eine verlockende Vorstellung. Autsch!", rief er, als Isabelle ihm ihren Ellenbogen zwischen die Rippen stieß. Lachend rollte er sich auf sie und packte ihre Handgelenke. „Warum fragst du?" Seine Stimme nahm einen verführerischen Tonfall an. „Möchtest du, dass wir sie rufen? Dann könnte ich zuschauen, wie ihr euch gegenseitig leckt. Erst die Brüste, dann den Saft zwischen euren Schenkeln …" Während sie unter ihm zappelte und ihn als Unhold beschimpfte, hauchte er ihr einen Kuss auf die Nasenspitze. Sein Griff war unnachgiebig, sein Blick sanft. „Nein", sagte er ernst. „Ich würde Georges Tochter niemals anrühren." Mit seinem Mund streifte er zärtlich über ihre Lippen. „Abgesehen davon reichst du mir völlig, kleiner Kolibri."

Ein Stein, groß wie ein Haus, fiel ihr vom Herzen, und sie atmete erleichtert aus. Trotzdem hatte er eine kleine Strafe verdient, also rieb sie sich aufreizend an ihm und spürte, wie er wieder hart wurde. Sie flüsterte Unartigkeiten in sein Ohr und entwand sich ihm lachend, als er sie küssen wollte. Auf allen Vieren robbend versuchte sie, die andere Seite des Bettes zu erreichen. Was ihr auch beinahe gelungen wäre! Doch bevor sie die Füße auf den Boden setzen konnte, hatte er ihre rechte Wade gepackt und sie zu sich herangezogen. Im Nu hatte er sie mit seinem Becken ans Bett genagelt. Sein Schwanz pulsierte von hinten an ihrem nassen Spalt, was ihr ein kleines Seufzen entlockte. Wollüstig spreizte sie die Beine, um ihn in sich aufzunehmen, als jemand holpernd die Treppe hochkam. Kurz darauf klopfte es heftig an der Tür.

„Master Roy!“, rief George aufgeregt. „Master Roy! Es ist etwas Schreckliches passiert!“

Mit einem leisen Fluch löste sich Roy von Isabelle und sprang aus dem Bett. Etwas fahrig stieg er in seine Hose, verhedderte sich und hüpfte auf einem Bein bei dem Versuch, das Gleichgewicht zu halten. Was Isabelle ein Kichern entlockte, zumal er immer noch eine Erektion hatte.

„Ich komme sofort, George!“, rief Roy durch die geschlossene Tür, gleichzeitig warf er ihr einen bösen Blick zu.

Um ihr Lachen zu verbergen, bedeckte Isabelle ihren Mund mit dem Laken. Kaum hatte Roy das Zimmer verlassen, warf sie das Laken zur Seite und sprang ebenfalls aus dem Bett. Nachdem sie sich gewaschen und angezogen hatte, eilte sie nach unten in die Vorhalle, wo sie Roy, Matthew und Barton vorfand, die in einem lautstarken Gespräch verwickelt waren. George, Rachel und Epiphania standen etwas abseits und starrten sie mit bangen Gesichtern an.

„Wir müssen doch etwas tun!“, rief Matthew verzweifelt.

Barton schüttelte bedauernd den Kopf. „Ich fürchte, da gibt es nicht viel, Sir. Die Hinweise scheinen eindeutig zu sein.“

Roy, der die Hände in die Hüften gestemmt hatte, blickte von einem zum anderen. „Wir werden sofort nach Bridgetown aufbrechen. Vielleicht können wir das Schlimmste verhindern."

Verbittert starrte Matthew zurück. „Wie kommst du bloß auf die Idee, dass diese englischen Hurensöhne auf einen Piraten und seinen Bruder hören könnten?"

Im höchsten Maße beunruhigt trat Isabelle vor. „Was ist passiert?"

Ein unangenehmes Schweigen legte sich über die kleine Gruppe, bis Roy das Wort ergriff. „Joshua wurde verhaftet. Angeblich haben sie Kleidungsstücke in seiner Hütte gefunden, die den ermordeten Mädchen gehörten, sowie ein blutiges Messer. Er soll heute Nachmittag in Bridgetown gehängt werden."

„Unser Joshua?", keuchte Isabelle ungläubig.

Matthew nickte. „Unser Joshua."

„Aber ..." Isabelles Verstand sperrte sich dagegen, an Joshuas Schuld zu glauben. „Er wirkt so harmlos." Sie machte eine etwas hilflose Geste.

„Er *ist* harmlos", betonte Roy. „Da muss ein Missverständnis vorliegen. Wir reiten sofort los! Ich werde nicht zulassen, dass ein Mitglied der *Silver Sands* Plantage gehängt wird!"

Wie aufs Stichwort stürmten die drei Männer hinaus, bevor Isabelle ihnen Glück wünschen konnte. Die Hände ineinander verschränkt wandte sie sich George und seiner Familie zu.

„Es wird alles gut", sagte sie in einem Tonfall, von dem sie hoffte, dass er zuversichtlich klang.

Rachel löste sich aus den Armen ihres Mannes. „Das wird es in solchen Fällen nie, Miss!", entgegnete sie mit tränenerstickter Stimme, dann kehrte sie ihr den Rücken zu und hastete davon. Isabelle konnte sehen, dass ihre Schultern zuckten.

Während Epiphania ihrer Mutter in die Küche folgte, warf George Isabelle einen betrübten Blick zu und ging ebenfalls von dannen. Unschlüssig blieb Isabelle in der Vorhalle stehen, dann beschloss sie, in den Salon zu gehen. Um sich abzulenken, schmökerte sie in einigen der Bücher, die dort in einer Truhe verwahrt wurden. Doch sie war zu aufgewühlt, konnte sich nicht auf die Buchstaben konzentrieren, also beschloss sie, einen Spaziergang am Strand zu machen. Ohne dass sie es verhindern konnte, lenkten ihre Schritte sie zur Lagune, in der Roy sie am ersten Tag geliebt hatte. Sie setzte sich unter eine Palme, zog die Schuhe und Strümpfe aus und tauchte ihre Füße in den warmen Sand. Unentwegt musste sie an Joshua denken. An die Tiaré-Blume, die sie zwischen zwei Buchdeckel gelegt hatte, um sie für die Ewigkeit zu erhalten. An sein warmes, sorgloses Lächeln; das eines unschuldigen Kindes. Die Vorstellung, dass er in diesem Moment möglicherweise an einem Strick baumelte, erschütterte sie. Das sanfte Plätschern der Wellen, die säuselnden Palmen, all das vermochte nicht, die düsteren Gedanken zu vertreiben. Also machte sie sich bald wieder auf den Heimweg.

Die Stunden zogen sich quälend dahin. Im Haus flüsterten alle und gingen auf Zehenspitzen, als wäre jemand gestorben. Isabelle rührte beim Lunch ihren Teller kaum an und wies Rachel an, den Fünf-Uhr-Tee ausfallen zu lassen.

Gerade, als sie versuchte, aus John Lockes *Brief über die Toleranz* schlau zu werden, kehrte Roy zurück. Er war allein, wirkte erschöpft, ließ die Schultern hängen, und eine eisige Faust griff nach Isabelles Herzen. Sie wusste, was es bedeutete. Ohne ein Wort zu sagen, legte sie ihr Buch zur Seite, ging zu ihm und geleitete ihn zu dem kleinen Kanapee im Salon. Nachdem er sich hingesetzt hatte, bettete sie seinen Kopf in ihren Schoß. Sanft streichelte sie über seine Haare, während sie versuchte, die Tränen zurückzuhalten.

„Es tut mir so leid“, murmelte sie.

„Wir haben alles Menschenmögliche versucht. Es war

vergebens. Wir mussten hilflos zusehen, wie er starb", sagte Roy mit belegter Stimme. „Diese verfluchten Quäker haben von mir ein halbes Vermögen verlangt, nur weil wir seinen Körper mitnehmen wollten, damit seine Familie ihn ordentlich bestatten kann."

„Glaubst du, er hat gelitten?"

„Ich glaube nicht."

Mit geschlossenen Augen drückte Isabelle ihr Gesicht in seine Haare.

„Oh, Roy! Wie kann ein so wunderschöner Ort zugleich so schrecklich sein?"

„Ich weiß es nicht, Liebes." Roys Stimme war kaum zu hören. „Ich weiß es nicht."

La Grenade

Roy stand an der Reling und schloss die Augen. Wie er es vermisst hatte, an Deck eines Schiffes zu sein, und sei es nur für einen Tag! Es hatte ihm mehr gefehlt, als er es Isabelle gegenüber zugegeben hatte. Während die Gischt ihm ins Gesicht peitschte, das schwankende Schiff unter seinen Füßen vibrierte und die lauten Befehle an die Männer in der Takelage an sein Ohr drangen, wurde er so euphorisch wie seit Wochen nicht mehr. Er hatte geschäftlich auf La Grenade zu tun und war froh, Barbados einige Zeit entfliehen zu können. Auch wenn er Isabelles Lachen jetzt schon vermisste. Allerdings war ihr Lachen in den letzten Tagen immer mehr verstummt, und inzwischen fragte er sich, ob es nicht ein Fehler gewesen war, sie nach *Silver Sands* zu bringen. Die Isolation, die Sklaven, Joshuas Tod … Und dann war da noch Matt.

Als beide am Kai zum Abschied gewinkt hatten, hatte sein Bruder den Arm um Isabelles Schulter gelegt. Eine trostspendende Geste, die sein Blut zum Kochen gebracht hatte. Vor seiner Abreise hatte sie gebettelt, ihn begleiten zu dürfen. Er hatte vehement abgelehnt.

„Auf keinen Fall! Das ist kein Ort für eine anständige Frau."

Ein eigenartiger Ausdruck hatte in ihren Augen geflackert. „Bin ich denn eine anständige Frau, Roy?", hatte sie mit kleiner Stimme gefragt.

„Die Anständigste von allen", hatte er geantwortet und es auch so gemeint.

La Grenade war in der Tat kein Ort für Isabelle. Als er in Fort Royal an Land ging, kam ihm ein bunt gewürfelter Haufen entgegen. Piraten, Sklavenhändler, Huren,

Gassenjungen. Auch wenn er nicht gewollt hätte, dass diese Leute mit Isabelle verkehrten, waren sie ihm lieber als die bigotte Gesellschaft auf Barbados. Die Straßen waren voll, überall lagen alte Fässer, Seilrollen und Uferschutt, und es gelang ihm nur mit Mühe und ausgefahrenen Ellenbogen, sich einen Weg durch die Menge zu bahnen. Seine Gedanken trieben dahin, während er einen Fuß vor den anderen setzte. Bis sich ihm eine hübsche, wenn auch zu stark gepuderte Hure in den Weg stellte. Ihr üppiger Busen sprengte ihr Dekolletee, als sie sich vorbeugte, um ihm einen ungehinderten Blick zu gewähren.

„Lust auf einen kleinen Ritt, Chéri?“, säuselte sie und schaute ihn unter dichten Wimpern an.

Er schüttelte den Kopf. „Heute nicht, tut mir leid.“

Sie rieb ihren Busen an seinen Arm. „Für einen so hübschen Burschen wie dich, mache ich es zum halben Preis“, fügte sie hinzu und griff ihm unverhohlen zwischen die Beine.

Lachend trat er einen Schritt zur Seite. „Keine Chance, Süße. Such dir einen anderen.“

Ihren Fluch ignorierend ging er weiter, bekam am Rande mit, wie sich oben auf der Straße ein paar Männer prügelten, und die Dirne ihre gerüschten Röcke raffte, um sich den Kampf anzusehen. Als er einen Schuppen passierte, der nach altem Fisch roch, erklang plötzlich hinter ihm eine wohlbekannte Stimme.

„Captain Flannigan!“

Roy wirbelte um und sah seinen ehemaligen Steuermann, der mit einem breiten Grinsen auf ihn zustürzte.

„Ich bin kein Captain mehr, Hicks.“

Der rothaarige Mann zuckte mit den Achseln. „Alte Gewohnheiten legt man schwer ab.“ Die beiden Männer klopften sich herzlich auf die Schulter. „Habt Ihr Lust, mit mir einen zu heben?“

„Na und ob!“ Roy grinste breit. „Die erste Runde geht auf mich.“

Beide kehrten in einer Schänke ein mit dem wohlklingenden Namen *Soleil Levant*, was Sonnenaufgang bedeutete. Nicht mehr als eine Spelunke, doch den beiden Männern war es gleich. Klirrende Münzen wechselten den Besitzer, schon drängten sie sich mit einer Flasche Rum und zwei Bechern an den angetrunkenen Gästen vorbei, um sich an dem einzigen noch freien Tisch zu setzen.

„Was macht das Pflanzerleben?“, begann Hicks, nachdem er Roys Glas bis zum Rand gefüllt hatte.

Dieser zuckte mit den Achseln. „Zu viel Land, zu wenig Wind in den Segeln“, sagte er, während Hicks verständnisvoll nickte.

Sie prosteten sich zu und leerten ihre Becher in einem Zug. Grinsend wischten sie sich über den Mund.

„Liegt die *Southern Star* hier vor Anker?“, wollte Roy wissen, während er die beiden Becher nachfüllte.

„Ja, in der Flamingo-Bucht. Wir sind gestern angekommen. Wir bleiben eine Woche, dann segeln wir weiter zum Golf von Honduras.“

Roy versuchte, das sehnsüchtige Ziehen in seiner Brust zu ignorieren. „Warum ausgerechnet dorthin?“ Er senkte die Stimme. „Piraten leben heutzutage gefährlich, und gerade im Golf räumen die Franzosen sehr gründlich auf.“

„Wohin sollten wir Eurer Meinung nach segeln?“

„Die Küste von Virginia ist vielsprechend. Viele Handelsschiffe, gute Rückzugsmöglichkeiten.“

Hicks nickte eifrig. „Das sehe ich genauso, aber der Captain ist leider anderer Meinung.“

Roy entging der säuerliche Tonfall in Hicks Stimme nicht. „Und wie macht sich Jones so? Ihr habt ihn doch zu eurem Captain gewählt?“

„Ja.“ Hicks kaute auf seiner Unterlippe herum. „Um ehrlich zu sein, er ist ein guter Maat, aber kein so guter Captain wie Ihr. Er trifft falsche Entscheidungen, und seine Strafen sind überzogen. Bei dem kleinsten Fehler lässt er die neunschwänzige Katze sprechen. Da hätten die meisten von uns gleich bei der Königlichen Marine bleiben können!“ Hicks kratzte sich etwas verlegen am Kopf. „Die Mannschaft hasst ihn jetzt schon.“

„Dann wählt ihn doch ab“, entgegnete Roy.

„Es ist niemand da, der seinen Platz einnehmen könnte.“

Roy zog es vor zu schweigen.

„Captain“, begann Hicks, diesmal unterließ es Roy, ihn zu verbessern. „Die Männer würden Euch sofort wieder wählen. Wir liegen noch eine Woche hier vor Anker. Bitte überlegt es Euch. Die *Southern Star* könnte Euch gut gebrauchen.“

Als er das Flehen in den Augen seines ehemaligen Steuermanns sah, nickte Roy. „Ich überlege es mir“, antwortete er wider besseres Wissen.

Der Gedanke, wieder das Kommando über die *Southern Star* zu übernehmen, war äußerst reizvoll, und bei der Vorstellung schlug sein Herz schneller. Doch dann sah er Isabelles Gesicht vor sich und wusste, dass er einen Tod sterben musste. So wie es aussah, würde das Meer diesmal den Kürzeren ziehen.

Hicks, der seinen inneren Konflikt zu spüren schien, hob seinen Becher. „Trinken wir auf die Freiheit! Egal, wie Ihr Euch entscheidet.“

„Auf die Freiheit!“, echote Roy und leerte seinen Becher.

Sie blieben noch eine Weile in der Schänke, bestellten eine weitere Flasche Rum und tauschten Erinnerungen aus, bis der Augenblick der Trennung gekommen war.

Nachdem sie sich herzlich voneinander verabschiedet hatten, begab sich Roy zu seiner Unterkunft, einer Herberge am Rand von Fort Royal. Am nächsten Tag wollte er sich mit einem englischen Großgrundbesitzer namens Winston treffen, der Land auf Barbados besaß und sich bereit erklärt hatte, zu verkaufen. Roy spielte mit dem Gedanken, Rinder auf dem zusätzlichen Land zu züchten, um die Menschen von *Silver Sands* ernähren zu können, ohne zusätzlichen Zuckerrohr anbauen zu müssen.

Auf dem Weg zur Herberge kam er an einem kleinen

Verkaufsstand vorbei, der einem Araber gehörte. Dieser begrüßte ihn mit dem Lächeln eines Händlers, der auf ein gutes Geschäft hoffte. Auf der Auslage, die nur aus ein paar zusammengenagelten Brettern bestand, häuften sich jede Menge Schmuck, silberne Kelche und Besteck. Offenbar die Ausbeute eines Raubzuges. Hätte nicht eine kleine, goldene Brosche seine Aufmerksamkeit erregt, wäre Roy daran vorbeigelaufen. Interessiert blieb er stehen, um sie genau in Augenschein zu nehmen.

„Wie viel wollt Ihr dafür haben?", fragte er den Händler schließlich.

Das breite Grinsen des Arabers offenbarte einen Trümmerhaufen, der den Ruinen von Karthago alle Ehre gemacht hätte.

Der Ruf der Trommeln

Während Roy auf La Grenade weilte, verbrachte Isabelle ihre Tage mit Lesen und Gartenarbeit. Einmal schaute sie Rachel beim Kochen über die Schulter, wurde von ihr aber nach kurzer Zeit wieder hinausgescheucht. Dafür war George nachsichtiger und zeigte ihr, wie man Rosen zurückschnitt, den Oleander stutzte und die Bougainvillea vor Ungeziefer schützte. Er legte ein Beet für sie an, wo sie ihre neu gewonnenen Kenntnisse anwenden konnte. Sie liebte es, mit bloßen Händen in der Erde zu wühlen, und ihre Begeisterung für diese Arbeit wuchs von Tag zu Tag.

Eines Abends saß Isabelle auf der Terrasse und lauschte angespannt. Aus der Ferne erklang ein rhythmisches Geräusch. Dumpf und unheimlich. Die Finsternis schien zu vibrieren, was ihr einen Schauer über den Rücken jagte.

„Es sind die Trommeln“, kam es plötzlich aus der Dunkelheit.

Ihre Hand flog an ihre Brust. „Matthew!“, keuchte sie. „Ihr habt mich zu Tode erschreckt.“

„Vergebt mir“, sagte er und trat ins Licht der Fackeln. Er trug einen grünen Rock, der gut zu seinen rotblonden Locken passte. „Das lag nicht in meiner Absicht. Ihr habt eben so hinreißend ausgesehen, ich wollte den Zauber des Moments nicht stören.“

Isabelle lächelte geschmeichelt, während sie versuchte, ihr Herzrasen unter Kontrolle zu bekommen.

„Ihr seid wahrhaftig ein Charmeur“, murmelte sie. „Trommeln, sagt Ihr?“

„Ja.“

„Was bedeuten sie?“

„Möchtet Ihr es herausfinden?“, fragte er mit einem

kleinen Lächeln.

Die Aussicht barg einen gewissen Reiz. Zwar erfüllten die Trommeln sie mit Furcht, dennoch war sie neugierig. Außerdem wäre Matthew bei ihr, ihr konnte also nichts passieren. Bevor sie antworten konnte, fasste er über die Balustrade und griff nach ihrer Hand.

„Kommt mit mir. Ich zeige es Euch“, sagte er sanft.

„Aber in einer Stunde wird das Diner serviert“, versuchte sie zu protestieren.

Es klang halbherzig.

„Es dauert nicht lange, und es wird Euch gefallen. Das verspreche ich.“

„Also gut.“ Lachend riss sie sich von ihm los und stand auf, um sich zu ihm zu gesellen. „Aber wir sollten uns zum Essen nicht verspäten. Sonst wird uns Rachel die Hölle heiß machen.“

„Gott steh uns bei, wenn das passiert!“, antwortete Matthew und fiel in ihr Lachen ein.

Gemeinsam begaben sie sich zu den Stallungen, wo der Einspänner stand.

„Keine Sorge“, warf er schnell ein, als er ihren fragenden Blick sah. „Es ist nicht weit, aber zu Fuß bräuchten wir zu lange.“ Er zwinkerte. „Wir wollen ja rechtzeitig zurück sein.“

Galant half er ihr auf, dann sprang er auf den Bock und schnalzte mit der Zunge, woraufhin sich das Pferd in Bewegung setzte. Die Nacht war mild, der melodische Gesang eines Vogels begleitete sie, bis sie das Anwesen verlassen hatten. Es duftete herrlich nach dem süßen Nektar der Magnolien. Verträumt legte Isabelle den Kopf in den Nacken und betrachtete den Sternenhimmel. Sie ließ ihren Blick darüber wandern, bis sie schließlich mit einem frustrierten Seufzen aufgab.

„Ist alles in Ordnung?“, fragte Matthew.

„Ich suche den *Stern des Südens.*“

Matthew hielt den Einspänner an und suchte den Himmel ab. Er wurde schnell fündig. „Dort!“, sagte er und wies auf einen Punkt in der Unendlichkeit. „Seht Ihr?“

Isabelles Blick folgte seinem Finger. „Ja“, murmelte sie. „Da ist er.“ Freudestrahlend wandte sie sich ihm zu. „Danke!“

Lächelnd griff er nach den Zügeln. „Gern geschehen, meine Liebe.“

Der Einspänner setzte sich wieder in Bewegung, und bald passierten sie das Gatter zur Plantage. Dort nahmen sie den Weg durch die Zuckerrohrfelder. In der Dunkelheit wirkten die meterhohen Pflanzen wie Spukgestalten, und während das dumpfe Trommeln immer lauter wurde, rückte Isabelle näher an Matthew heran. Als die strohgedeckten Dächer baufälliger Hütten auftauchten, verließ Matthew den Weg und lenkte den Einspänner zwischen zwei Hütten, dann blieb er stehen. Das aufgeregte Kribbeln in Isabelles Magengegend verstärkte sich. Bevor sie etwas sagen konnte, legte Matthew einen Finger auf die Lippen, und ihr Mund schnappte wieder zu.

Nachdem sie abgestiegen waren, ergriff er ihre Hand und führte sie durch dichtes Buschwerk hindurch, bis sie zu einer Hecke gelangten. Dort hielt er sie an, niederzuknien und still zu sein. Die Trommeln, die inzwischen ohrenbetäubend waren, verursachten ein anregendes Vibrieren in Isabelles Bauch, und die Härchen auf ihren Armen stellten sich auf. Ein prickelndes und zugleich beängstigendes Gefühl. Matthew zeigte mit dem Finger auf eine Lücke in der Hecke. Sie nickte und robbte vorwärts, um besser sehen zu können.

Auf einem kleinen Platz aus festgetretener Erde, eine Art Dorfplatz, standen Männer im Lendenschurz mit Fackeln in den Händen. Ihre dunkle Haut loderte im Glanz des Feuers, auf ihren Gesichtern flackerte das Licht, was ihnen ein dämonisches Aussehen verlieh. Im Hintergrund saßen weitere Männer und schlugen die Trommeln. Isabelle hielt den Atem an. Die Vernunft riet ihr, sich abzuwenden und zum Einspänner zurückzukehren, doch die Neugier war größer. Neben ihr hörte sie Matthew schneller atmen. Sie konnte seine Anspannung fast greifen.

In diesem Moment betrat eine Frau den Platz. Bis auf die perlmuttfarbenen Muschelketten um ihren Hals und um ihre Füße war sie nackt. Das Licht der Fackeln leckte über ihre dunkle Haut, sie hatte die Augen geschlossen und die Arme in die Luft gehoben. Ekstatisch stampfte sie mit den Füßen, warf sich im Rhythmus der Trommeln hin und her, ihr geschmeidiger Körper wand sich wie eine Flamme. Je wilder und schneller die Trommeln geschlagen wurden, desto schneller wurde auch sie. Jauchzend wirbelte sie herum, ihre Brüste wippten, der Schweiß rann ihren Körper hinab, während die Männer sie mit glühenden Augen anstarrten.

Da verstummten die Trommeln plötzlich, und sie erwachte aus ihrer Trance. Musterte die Männer, die im Halbkreis um sie herumstanden. Mit ihren großen Brüsten und ausladenden Hüften wirkte sie wie eine archaische Göttin. Lächelnd streckte sie zwei Männern ihre Arme entgegen, es waren die kräftigsten in der Gruppe, und zog sie mit sich, heraus aus dem Halbkreis. Einer der Männer schloss seine Arme um sie, und Isabelle bemerkte die Wölbung unter seinem Lendenschurz.

Peinlich berührt prallte sie zurück. „Matthew“, flüsterte sie. „Bitte, lasst uns zurückfahren. Wir sollten nicht hier sein.“

„Nur noch ein paar Minuten“, brachte er ebenso leise hervor. „Seht hin!“

Ohne es zu wollen, blickte Isabelle wieder durch die Lücke und sog die Luft ein. Inzwischen kniete die Frau vor den beiden Männern und massierte sie gleichzeitig mit den Händen, während die anderen näher gekommen waren und ihre Fackeln über sie hielten. Isabelle konnte nicht viel sehen, weil ihr die Frau den Rücken zuwandte, doch als deren Kopf begann, sich vor und zurück zu bewegen, wurde ihr klar, dass sie nun die Männer mit dem Mund bediente. Bei dem Anblick begann ihr verräterischer Schoß zu pochen, und sie biss sich auf die Lippen. Sie wagte es nicht, Matthew ins Gesicht zu sehen. Dann setzten die Trommeln erneut ein. Einer der beiden Männer packte die Frau, warf sie auf den Boden, wo sie auf allen Vieren landete, und stieß von hinten in sie hinein. Die Brüste der Frau baumelten im Rhythmus, als er sie hart rammte. Währenddessen stellte sich der andere Mann vor sie, riss ihren Kopf nach hinten und stopfte ihr seinen Schwanz in den Mund. Die Augen der Frau glänzten, als der Mann hinter ihr immer schneller zustieß, bis er sich schließlich aufbäumte und zuckend kam. Danach zog er seinen tropfenden Schwanz aus ihr und stand auf, um einem jungen Burschen Platz zu machen, der bisher nur Zuschauer gewesen war. Das alles ging relativ still vonstatten, nur das hastige Atmen der Beteiligten war zu hören.

Isabelles Herz schlug hart und schnell, gierige Nässe benetzte ihre Schenkel. Sie zuckte heftig zusammen, als Matthews Atem ihr Ohr streifte.

„Und?“, flüsterte er. „Habe ich zu viel versprochen?“

Entrüstet wandte sie sich ihm zu. Ihr Gesicht glühte. „Wieso zeigt Ihr mir diese Abscheulichkeit?“

Seine Mundwinkel verzogen sich zu einem zynischen Lächeln, das sie noch nie bei ihm gesehen hatte, und ein beklemmendes Gefühl machte sich in ihrer Magengrube breit. „Auf den Plantagen gibt es zu wenige Frauen für zu viele Männer. Ich dachte, es würde Euch interessieren zu sehen, wie diese Wilden das Problem lösen.“ Er fuhr mit seinem Daumen über ihre Knöchel. „Außerdem könnte ich wetten, dass Euch der Anblick gefallen hat. Die Vorstellung, von mehreren Männern gleichzeitig gepfählt zu werden, muss doch sehr reizvoll für Euch sein.“

„Wie könnt Ihr es wagen, Matthew?“, fauchte Isabelle und sprang auf die Füße. Ihr Herz raste wie verrückt. „Bringt mich sofort nach Hause!“

„Nach Hause? *Silver Sands* ist nicht dein Zuhause! Du bist nur eine Hure, die von uns ausgehalten wird.“ Ein bösartiger Glanz flammte in seinen Augen auf. „Es wird

Zeit, dir das endlich klar zu machen."
Ehe Isabelle sich versah, packte Matthew sie bei den Haaren und zerrte sie vom Buschwerk weg hinter eine der Hütten. Verzweifelt schlug sie um sich, versuchte ihn zu treten, doch er lachte nur. Als er mit der freien Hand an seiner Hose nestelte, gab sie ihm einen Stoß. Kurz war sie frei, doch dann wirbelte er sie herum und trieb ihr ohne Vorwarnung die Faust in den Magen. In ihrem Leib explodierte der Schmerz, und mit einem gepressten Keuchen krümmte sie sich zusammen. Sie wankte und fiel zu Boden. Dabei schlug sie sich den Kopf an einer Wurzel an. Um sie herum vernebelte sich alles, dennoch wurde ihr die Gnade der Bewusstlosigkeit nicht vergönnt. Benommen spürte sie, wie er ihr Kleid nach oben zerrte. Seine Hände zwängten grob ihre Beine auseinander, dann legte er sich auf sie und drang in sie ein.

„Wusste ich's doch!", keuchte er. „Schön feucht und allzeit bereit."

Seine Hände befummelten ihre Brüste, während sie hilflos unter ihm lag, unfähig sich zu wehren. Er stieß zu, und die Welt drehte sich, als ihr Kopf unkontrolliert hin und her rollte. Ihr Geist weigerte sich, zu begreifen, was gerade geschah. Die Trommeln hatten inzwischen zu schlagen aufgehört. Die einzigen Geräusche, die an ihr Ohr drangen, waren sein Stöhnen und der kräftige Flügelschlag eines Vogels, der sich seinen Weg durch die Bäume bahnte. Das Rauschen des Laubs klang verzweifelt, als hätte sich der Vogel verirrt. Mehrmals wechselte er die Richtung, bis sich der Flügelschlag irgendwann entfernte und schließlich gänzlich verstummte.

Bleib hier! Lass mich nicht allein!

Als sich Matthew mit einem Grunzen entlud, kullerte eine einzelne Träne ihre Schläfe hinunter. Kurz blieb er liegen, leckte ihr übers Gesicht, dann rollte er sich mit einem heiseren Lachen zur Seite und sprang auf die Füße. Zufrieden stopfte er sein halbschlaffes, feucht schimmerndes Geschlecht zurück in die Hose.

„Keine Ahnung, was mein Bruder an dir findet! Als würde man einen toten Fisch ficken.“ Er zerrte sie hoch. „Und hör auf zu heulen! Das ist der Lauf der Welt. Am besten, du gewöhnst dich daran.“

Kurz schwankte sie, sie spürte ihre Füße nicht mehr, dann rückte sie ihr Kleid zurecht und ließ sich widerstandslos von ihm zum Einspänner führen. Er half ihr sogar beim Aufsteigen, bevor er auf den Bock sprang. Als sich das Pferd in Bewegung setzte, sammelte sich die Gallensäure in ihrem Mund, und ihr Magen schlug Saltos.

„Bitte, haltet an“, flüsterte sie. „Mir ist schlecht.“

„Was?“

„Ich muss mich übergeben.“ Sie schluchzte. „Bitte.“

Mit einem Fluch hielt er den Einspänner an. Gerade noch rechtzeitig. Hastig lief sie hinter eine der Hütten. Als sie fertig war, lehnte sie sich an die Wand, das Holz war noch warm.

„Kommst du jetzt oder was?“, rief er ungeduldig von der anderen Seite.

Doch Isabelle war plötzlich wie versteinert, außerstande, einen Muskel zu bewegen. Die Augen gen Himmel gerichtet, klebte sie förmlich an der Wand fest.

„Verdammtes Weibswild!“

Sie hörte, wie Matthew fluchte und vom Einspänner sprang. Schon kam er um die Ecke gelaufen, warf sie über die Schulter und setzte sie aufs Fuhrwerk zurück. Das Pferd scharrte unruhig mit den Hufen.

„Wenn du jemandem erzählst, was heute passiert ist, steche ich dich ab“, sagte er ruhig, kaum dass sie wieder losgefahren waren. „Und dein Herz werfe ich den Krokodilen zum Fraß vor.“

Isabelle schwieg.

„Ich frage mich, ob dein Herz die gleiche Farbe hat wie das einer Niggerhure.“ Es klang ehrlich neugierig.

Isabelle brauchte einige Sekunden, um zu begreifen, was Matthew eben gesagt hatte. „Ich … ich verstehe nicht“, stammelte sie.

„Oh, ich denke, du verstehst sehr gut“, antwortete er mit einem Lächeln.

„Aber … Joshua …“

Er zuckte mit den Schultern. „Ein einfältiger Nigger. Der ideale Sündenbock.“

Die Welt drehte sich erneut, und Isabelle begann zu hyperventilieren. Matthew hatte eben zugegeben, die armen Mädchen getötet zu haben! Und er hatte zugelassen, dass ein Unschuldiger für seine Verbrechen gehängt worden war – und dabei seelenruhig zugesehen. Ihre Hände krallten sich am Wagen fest. Der nette Matthew mit dem spitzbübischen Charme und den Sommersprossen im Gesicht war ein Monster! Ob Roy es wusste?

Sicher nicht!

Ihr Atem beruhigte sich nur langsam. Blinzelnd starrte sie auf den trottenden Gaul vor sich, der von den Bösartigkeiten der Menschen nichts ahnte und stumpf den Weg weiterging, der ihm vorbestimmt war.

„Und denk nicht, dass du dich bei meinem Bruder ausweinen kannst. Er würde dir nicht glauben. Was mich angeht, ist er blind wie ein Maulwurf! Er sieht in mir immer noch den zehnjährigen Jungen, der ihm mit rotzender Nase nachläuft.“ Er stieß ein böses Lachen aus. „Wenn ich ihm sage, dass du mir während seiner Abwesenheit an die Wäsche gegangen bist, wird er es nicht eine Sekunde lang anzweifeln. Ich habe schon die Eifersucht in seinen Augen gesehen, er misstraut dir bereits. Epiphania kann bezeugen, dass wir uns regelmäßig in meinem Haus getroffen haben. Das kleine Niggermädchen ist derart in mich verschossen, es würde alles für mich tun.“

Isabelle, die sich in einer Art Schockstarre befand, bekam kaum mit, dass sie inzwischen das Haupthaus erreicht hatten. Erst als George aus dem Haus trat und sie ansprach. „Master Matthew, Miss Isabelle! Ihr kommt genau richtig zum Diner.“

Lächelnd sprang Matthew vom Wagen und zwinkerte

Isabelle zu. „Ich hatte doch versprochen, dass wir pünktlich zurück sein würden." Und dann an George gewandt. „Kümmerst du dich um den Einspänner?"

„Aber natürlich, Master Matthew."

„George?"

„Ja, Miss?"

Isabelle musste sich auf die Lippen beißen, um nicht vor aller Augen in Tränen auszubrechen. „Kannst … du Rachel sagen, dass es mir leid tut, aber ich habe fürchterliche Kopfschmerzen. Ich werde das Diner heute wohl ausfallen lassen müssen."

„Oh, das tut mir leid, Miss", antwortete George offenkundig besorgt. „Ihr seht wirklich etwas krank aus. Rachel hat heute Abend mariniertes Hühnchen mit Ananasmus zubereitet, weil Ihr es doch so gern esst. Soll sie etwas anderes machen ..?"

„Nein, nein." Isabelle versuchte zu lächeln. „Danke, George. Am besten, ich lege mich etwas hin."

„Gut, Miss. Wir lassen auf jeden Fall etwas Hühnchen übrig, falls Ihr es Euch anders überlegt."

Unfähig, ein weiteres Wort zu sagen, nickte Isabelle und drängte sich an ihm vorbei ins Haus. Am Rande hörte sie Matthew, der George gegenüber seine Freude über das marinierte Hühnchen kundtat. Schließlich wäre es nicht nur Miss Isabelles Lieblingsgericht, sondern auch seins!

Heiße Tränen verschleierten Isabelles Sicht, als sie mit gerafften Röcken die Stufen zum Schlafzimmer hochging. Oben angekommen lehnte sie sich mit bebenden Gliedern gegen die Wand, dann ging sie zum Wasserkrug, schüttete den gesamten Inhalt in die Schüssel und stellte diese auf den Boden. Anschließend nahm sie die Seife von der Kommode, hockte sich über der Schüssel, um sich zu waschen. Zunächst zaghaft, dann immer hektischer. Endlos lange Minuten verbrachte sie damit, ihr Fleisch zu säubern, bis ihre Finger ganz schrumpelig waren. Irgendwann ließ sie von haltlosem Schluchzen geschüttelt die Seife fallen und musste sich an der Kommode festhalten, um nicht umzufallen.

Nur mit Mühe gelang es ihr aufzustehen und ins Bett zu taumeln. Roys Geruch in den Kissen ließ noch einmal die Tränen strömen.

Du wolltest mich beschützen.

Als ihre Tränen endlich versiegt waren, zog sie die Knie unters Kinn, wiegte sich vor und zurück und schloss die Augen. Doch Matthews niederträchtiger Blick schob sich immer wieder vor ihr Gesichtsfeld, also starrte sie durchs offene Fenster auf die weiße Mondsichel. Irgendwo da oben leuchtete der *Stern des Südens.*

Harrison's Cave

Pfeifend rutschte Matthew den Hang hinunter. Das Geröll löste sich unter seinen Füßen, doch er hielt geschickt das Gleichgewicht, schließlich war er diesen Weg bereits unzählige Male gegangen. Obwohl es Mittag war, sperrte das Dickicht die Sonne beinahe gänzlich aus. Trotzdem oder gerade deswegen herrschte eine unangenehme Schwüle, und Matthew freute sich schon auf das kristallklare, grünlich schimmernde Wasser, das ihn erwartete. Als er unten ankam, erblickte er den Eingang zur unterirdischen Höhle, die nur wenige Einheimische kannte. Lächelnd trat er ein. Nach wenigen Metern wurde es stockdunkel, dennoch bewegte er sich sicher durch die Finsternis, weil er wusste, dass es hinter der nächsten Windung wieder hell werden würde. In dem Gang roch es leicht modrig, was er auf eine morbide Art anregend fand.

Nach wenigen Minuten war er endlich am Ziel angelangt, schälte sich aus dem dunklen Gang und fand sich in einer Höhle wieder, die durch ein Loch in der Decke angestrahlt wurde. Darunter befand sich ein smaragdgrüner See, in dessen Mitte stand – einer Skulptur gleich – Epiphania. Nackt und wunderschön. Ihre Haut schimmerte wie Ebenholz, ihre kleinen Brüste reckten sich ihm herausfordernd entgegen. Als sie ihn sah, leuchteten ihre Augen, und sie fuhr sich mit der Zunge über die vollen Lippen.

Lässig lehnte er sich gegen die Wand und musterte sie.

„Hast du getan, was ich von dir verlangt habe?", fragte er mit gedehnter Stimme.

„Ja, Master", antwortete sie. „Ich habe die Nachricht, in der die französische Hure Euch ihre Liebe gesteht, im

Schlafzimmer versteckt, damit Master Roy sie findet."

„Gut." Er nickte zufrieden. Es würde einfach werden, einen Keil zwischen seinem Bruder und Isabelle zu treiben. Und nebenbei hatte er auch noch seinen Spaß. „Bald gehört *Silver Sands* wieder uns, meine Schöne."

„Ich freue mich darauf, Master."

„Sobald mein geliebter Bruder erfährt, was für eine treulose Schlampe seine kleine Freundin ist, wird er sie hinauswerfen und wieder in See stechen. Das tut er immer, wenn etwas nicht nach Plan läuft." Er lachte. „Roy ist dermaßen berechenbar." Dann wurde er schlagartig ernst. „Ich bin übrigens unzufrieden mit dir."

Ein entsetzter Ausdruck huschte über Epiphanias Gesicht. „Womit habe ich Euch erzürnt, Master?"

„Die Nummer, die du vor ein paar Tagen auf mein Geheiß in Isabelles Bett abgezogen hast, ist für mich unbefriedigend ausgegangen."

Sein Schwanz zuckte, als er an die Szene zurückdachte, die er durch die halboffene Tür beobachtet hatte. Wie Epiphanias braune Finger Isabelles milchweiße Brüste geknetet, ihre Lippen an den harten rosa Nippeln genuckelt hatten ...

„Sie hat sich geweigert, Master. Was hätte ich tun sollen? Sie ist ziemlich verklemmt."

Matthew hob spöttisch eine Augenbraue. „So verklemmt ist sie auch wieder nicht."

„Ihr … Ihr habt sie …"

„Ja, ich habe sie gefickt. Das gehört zum Plan, schon vergessen?"

„Sie ist fett!", zischte Epiphania und verzog missmutig das Gesicht.

„Du wirst doch nicht etwa eifersüchtig sein?" Matthew lachte. „Sie ist nicht fett. Sie hat nur Melonen, wo du Äpfelchen hast."

Epiphanias Schnauben machte ihn zornig, zugleich erregte es ihn. Sein steinharter Schwanz drängte sich gegen seine Hose.

„Du hast wohl vergessen, wo dein Platz ist, kleines Niggermädchen?“ Seine Stimme klang heiser.

Mit der linken Hand schnappte er die Gerte, die in seinem Gürtel steckte, und ließ sie durch die Luft sausen. Mit der rechten Hand öffnete er seine Hose. Dann umfasste er seinen Schwanz und begann ihn zu reiben, ohne Epiphania aus den Augen zu lassen.

„Lass uns spielen“, sagte er.

Ohne ihren Blick von seiner reibenden Hand zu wenden, stieg sie aus dem Wasser, wie ein fleischgewordener Traum. Die Tropfen auf ihrem Leib glänzten in der Sonne wie Diamanten, ihre dunklen Nippel standen verlangend hervor, die Locken zwischen ihren Beinen kräuselten sich auf appetitliche Weise. Stolz blickte Matthew sie an. Sie war so ganz anders als die grobschlächtigen Negerhuren, denen er schnell überdrüssig wurde. Und sie gehörte ihm. Als sie sich auf sein Zeichen hin mit gespreizten Beinen vor ihn hockte, schwang er die Gerte und ließ sie gegen ihre Scham schnellen. Die junge Frau zuckte zusammen, ihre Augen blitzten lüstern auf, also schlug er noch einmal zu. Nachdrücklicher diesmal, und er konnte sehen, dass ihre geschwollenen Schamlippen triefnass waren. Bei dem Anblick zuckte sein Schwanz erneut, und er riss ihren Kopf zu sich. Sofort nahm sie sein Geschlecht tief in ihre feuchte Mundhöhle auf. Ihre Hand legte sie unter seine Hoden, um sie zu kneten.

„Ich habe dir nicht erlaubt, mich anzufassen. Hände hinter den Rücken!“

Sofort ließ sie von ihm ab, während ihre Zunge an seinem Schwanz klopfte. Er konnte sehen, dass ihr der Versuch, das Gleichgewicht zu halten, den Schweiß auf den Rücken trieb. Schweiß, der ihre Wirbelsäule entlang nach unten rann, zwischen ihre Pobacken. Kleine runde Pobacken, die sein Blut in Wallung brachten. Mit der linken Hand holte er aus, es gab ein scharfes Geräusch, als würde die Luft durchschnitten werden, und die Gerte traf ihren Hintern. Einmal, zweimal, während sie ihn weiter leckte. Lust wallte durch seinen Unterleib, als er noch einmal zuschlug und sie vor Schmerz wimmerte. Ihre Haut war leicht gerötet, was ihm ein lautes Stöhnen entlockte, das von den Höhlenwänden vielfach widerhallte. Während ihre Lippen auf und ab glitten, ließ er die Gerte fallen, grub seine Finger in ihre Haare, bestimmte das Tempo. Hart und schnell fickte er ihren Mund. Dabei führte er sich vor Augen, wie er die Kleine von der Powell-Plantage hart rangenommen hatte. *Wie sie um Gnade gefleht hatte.* Seine Muskeln zitterten, er spürte, wie sich seine Hoden zusammenzogen. *Immer und immer wieder.* Mit einem heiseren Schrei ergoss er sich, hielt Epiphanias Kopf fest, bis sie alles geschluckt hatte.

Als sie fertig war, sah er befriedigt auf sie hinunter. Ihre Augen blickten zu ihm auf, ihre Lippen waren rot und geschwollen. Seit er sie vor zwei Jahren entjungfert hatte, war sie ihm blind ergeben. Er musste grinsen. Wenn George wüsste, was für eine kleine Schlampe seine Tochter war! Daraufhin hob er den rechten Fuß und rieb seinen Stiefel an ihren Schlitz. Ihr Saft hinterließ eine feuchte Spur auf dem schwarzen Leder, wofür er ihr später noch einmal zwei Schläge mit der Gerte verpassen würde. Im höchsten Maße zufrieden zog er sich aus und sprang mit einem eleganten Hechtsprung ins kühle Nass. Epiphania erwartete ein arbeitsreicher Nachmittag.

Gebrochene Herzen

Als Roy das schmiedeeiserne Tor erblickte, zügelte er sein Pferd. Seine Haare waren zerzaust, seine hohen Reitstiefel staubig, er hatte die letzten Meilen im Galopp zurückgelegt und war froh, wieder auf Barbados zu sein. Er lächelte. Wer hätte gedacht, dass dieser Fall jemals eintreten würde. Sein Pferd bahnte sich seinen Weg zu den Stallungen, wo es mit einem leisen Wiehern stehenblieb. Roy klopfte ihm liebevoll den Hals, bevor er sich behände aus dem Sattel schwang und nach seiner Tasche griff.

„Tom!", rief er nach dem Stalljungen. „Kümmere dich um Violet!"

Ein erschrockenes Gesicht tauchte aus einem der leeren Boxen auf. Offenbar hatte der Bengel geschlafen. „Ja, Master Roy, sofort!"

Voller Vorfreude schritt Roy den gepflegten Pfad zum Haus entlang, ihm wurde warm ums Herz, als er an Isabelle dachte. Zehn Tage und zehn Nächte war er von ihr getrennt gewesen. Am Ende hatte er es nicht mehr ausgehalten und beschlossen, dass es Zeit war abzureisen. Da war die *Southern Star* schon lange kein Thema mehr gewesen.

Wie meistens fand er George bei der Gartenarbeit vor.

„Master Roy!", rief dieser, als er ihn erblickte. „Wir haben Euch erst in ein, zwei Tagen erwartet."

„Ich konnte den Handel schneller abschließen als gedacht." Roys Lippen verzogen sich zu einem schiefen Grinsen, das von George erwidert wurde.

„Da wird sich Miss Isabelle aber freuen!"

„Wo ist sie?"

Der alte Mann zuckte mit den Achseln. „Ich weiß nicht,

Master Roy. Ich habe sie seit dem Lunch nicht mehr gesehen.“

„Ich weiß, wo sie ist“, warf Epiphania ein, die in diesem Moment mit einem Korb trockener Wäsche um die Ecke kam. „Sie ist mit Master Matthew … in seinem Haus.“

Roy blinzelte, rang um Fassung. Hätte Epiphania ihm einen Schwinger verpasst, hätte es die gleiche Wirkung gehabt. Sofort mahnte er sich zur Gelassenheit. Dass Isabelle in Matts Haus war, hatte nichts zu bedeuten. Wahrscheinlich hatten sie nur etwas zu besprechen. *Aber warum taten sie es nicht hier?*

„Nun“, gab er sich unbeeindruckt. „Dann kommt sie bestimmt gleich wieder zurück.“

„Das glaube ich kaum, Master Roy“, antwortete Epiphania mit einem hintergründigen Lächeln.

Geschickt wich sie ihrem Vater aus, der herumgewirbelt war, um ihr eine Ohrfeige zu verpassen. „Was unterstehst du dich, du vorlautes Ding? Geh mir sofort aus den Augen, sonst fängst du dir eine!“, rief er, bevor er sich Roy zuwandte. „Bitte, seht es ihr nach, Master Roy.“ Er kniff verärgert die Lippen zusammen. „Sie ist nur ein dummes Mädchen. Sie weiß nicht, was sie sagt.“

„Mach dir keine Gedanken, George.“ Roy zwang sich zu einem Lächeln. „Es ist schon wieder vergessen.“

Was es natürlich nicht war. Er dachte kurz nach, dann stellte er seine Reisetasche auf der Treppe ab und machte sich auf den Weg zu Matts Haus. Während er den Park überquerte und unter den riesigen Bambusstauden hindurch tauchte, fühlten sich seine Beine an, als würden sie jeden Moment unter seinem Gewicht nachgeben. Mit jedem Schritt beschleunigte sich sein Herzschlag. Als er hinter den Bäumen das Haus sah, ein hübsches Gebäude mit kalkweißen Wänden und rotem Spitzdach, blieb er stehen. Vielleicht beging er einen Fehler. Vielleicht war es besser, zurückzugehen. Lieber in der Ungewissheit leben als die Wahrheit ertragen zu müssen. *Nein!* Er vertraute Isabelle. Sie liebte ihn, das hatte er in ihren Augen gesehen, mehrere Male. Andererseits war Matt ein charmanter Zeitgenosse und erfahrener Liebhaber. Verkörperte er nicht all das, was sich eine Frau wie Isabelle wünschte? Roy fuhr sich über die Stirn, zwang sich weiterzugehen. Wahrscheinlich würde er die beiden beim Teetrinken antreffen und hinterher über seine eigene Torheit lachen.

Als er auf den Eingang zusteuerte, hörte er es. Ein leises, unverwechselbares Stöhnen. Eine eisige Faust griff nach seinem Herzen und quetschte es zusammen. Isabelle war sicher längst wieder gegangen, und Matthew vergnügte sich mit einer Sklavin, redete er sich ein. Es wäre nicht das erste Mal. Sein wundes Herz raste, als er dem Geräusch nachging, das aus einem halb offenen Fenster im Erdgeschoss nach außen drang. Jeder Schritt war eine Qual, kostete übermenschliche Anstrengung, als würde er durch einen breiigen Sumpf waten. Dann hatte er das Fenster erreicht.

Bei dem Anblick, der sich ihm drinnen bot, sackte das Blut in seinem Kopf sturzbachartig in die Beine, und er wankte. Isabelle, seine wunderschöne Isabelle, lag nackt auf allen Vieren auf einem Bett, den Kopf tief im Kissen vergraben, während Matt sie von hinten nahm. Dabei ging er langsam und gründlich vor, gab kleine, brummende Laute von sich. Es war unverkennbar, dass er jeden einzelnen Stoß genoss. Roy konnte Isabelles Gesicht nicht sehen, weil es durch ihre Haare verdeckt war, dafür aber ihre Hände, die sich lustvoll ins Laken krallten. Als Matt sich nach vorne beugte, um ihre Brüste zusammenzupressen, kämpfte Roy mit der Übelkeit.

Er taumelte zurück, bis ein Baumstamm in seinem Rücken ihn stoppte. Benommen rutschte er hinab und blieb auf dem Boden sitzen. Dass sich die Wurzeln des Baumes schmerzhaft in seine Leistengegend bohrten, spürte er nicht. Auch nicht die spitzen Steine unter seinen Waden. Zitternd drückte er die Hände fest gegeneinander. Die Knöchel knackten, und ein heftiger Schmerz durchzuckte ihn, der ihn wieder zur Besinnung brachte. Er legte seinen Kopf auf die Knie, versuchte den gewaltigen Kloß in seinem Hals herunterzuschlucken. Was für ein Hornochse er doch gewesen war! Er hatte der See den Rücken gekehrt, in der Hoffnung, Isabelle würde diesen düsteren Ort für ihn erleuchten. Dabei war er überhaupt nicht fürs Landleben geschaffen, nicht für die kleingeistigen Menschen mit ihrem Getuschel, ihren Intrigen, ihrem verkorksten Dasein. Er ertrug den Gestank von Blut und Willkür nicht, der die Insel überzog. Für Isabelle war er bereit gewesen, das alles auf sich zu nehmen.

Bei dem Gedanken kam ihm wieder die Galle hoch, und in seinem Innern erwachte die Bestie zum Leben. Er musste sofort weg von diesem verfluchten Haus! Sonst würde er die beiden einzigen Menschen, die er liebte, mit seinen eigenen Händen erwürgen. Die Erkenntnis, dass er Isabelle liebte, traf ihn wie ein Blitz, und er wimmerte wie ein verwundetes Tier. Was für eine Ironie! So viele Jahre hatte er sein Herz fest unter Verschluss gehalten, nur damit am Ende eine dahergelaufene Abenteuerin es in Stücke riss! Entsprachen die Geschichten, die sie ihm über ihre Kindheit und ihrem Onkel aufgetischt hatte, überhaupt der Wahrheit? Vielleicht hatte sie ihn von Anfang an belogen …

Unwichtig!

Als wäre der Teufel hinter ihm her, rappelte er sich hoch und hastete durch die Bambusstauden zurück zum Haupthaus. Dass ihm ein Ast ins Gesicht peitschte und auf seiner Haut einen blutigen Striemen hinterließ, bemerkte er nicht.

„Das war nett“, sagte Matthew, während er sich die Hose hochzog. „Besser als beim letzten Mal. Du tauest langsam auf.“

Innerhalb weniger Tage war es bereits das dritte Mal gewesen, dass er Isabelle zu sich gerufen hatte. Er hatte keine Ausreden gelten lassen, ihr mit Gewalt und noch

Schlimmerem gedroht, und es gab niemanden, dem sie sich hätte anvertrauen oder den sie um Hilfe hätte bitten können. Während Matthew sie geschändet hatte, hatte sie die Augen fest geschlossen und versucht, ihre Umgebung auszublenden. Sie hatte an Roys liebevollen Blick gedacht, an die bunten Fische in der Lagune, an die liebestollen Meerjungfrauen … Ihre Gedanken hatten sich auf Wanderschaft begeben, ihre Seele hatte sich vom Körper gelöst, bis Matthew sie durch neue Abscheulichkeiten wieder ins Jetzt zurückgeholt hatte. Seitdem benetzte sie Nacht für Nacht ihr Kissen mit bitteren, nutzlosen Tränen.

Ihre Finger waren eiskalt, als sie ihr Kleid anzog.

„Du bist doch nicht schwanger, oder?"

Sie schüttelte den Kopf. Ihre Unterlippe bebte. Matthew hatte eben ihre größte Angst in Worte gefasst.

„Schade. Ich hätte nichts dagegen, eine trächtige Kuh zu ficken." Sie zuckte bei seinen Worten zusammen. „Komm, ich helfe dir", bot er sich freundlich an, als ihre Finger so sehr zitterten, dass sie den Stoff kaum halten konnte.

„Das kann ich selbst", stammelte sie. Seine abrupten Stimmungswechsel jagten ihr eine Heidenangst ein.

„Aber nicht im Rücken, du einfältiges Ding."

Weil er Recht hatte, ließ sie es geschehen, dennoch rückte sie sofort von ihm ab, sobald er fertig war. Sie ertrug es nicht, seine Berührungen eine Sekunde länger zu ertragen.

„Morgen kommt mein lieber Bruder zurück", sagte er mit einem glatten Lächeln. „Leider müssen wir uns eine Auszeit nehmen, aber sobald er wieder unterwegs ist, und dafür werde ich sorgen, setzen wir unsere kleinen Spielchen fort."

„Nein!", rief Isabelle in einem letzten Aufbäumen. „Ich will das nicht mehr!"

Da griff er nach ihrem Kinn, wobei sich seine Nägel schmerzhaft in ihr Fleisch gruben. „Ich glaube nicht, dass du eine Wahl hast, Süße. Und jetzt komm! Ich begleite dich zurück bis zu den Stallungen. Ich muss heute noch nach Bridgetown."

Grob packte er sie und zerrte sie aus dem Haus, als wäre sie eine gefühllose Marionette. Bereits nach wenigen Metern trafen sie auf George, der ihnen entgegenhastete.

„Langsam, langsam, mein Lieber“, scherzte Matthew auf seine bewährt charmante Art. „Nicht, dass du tot umfällst.“

„Master Matthew!“, keuchte George und wischte sich die Stirn. „Master Roy ist zurück und möchte Euch unverzüglich im Salon sehen. Euch auch, Miss“, fügte er schnell hinzu.

„Roy ist zurück?“ Man hätte fast meinen können, Matthews Freude käme von Herzen. „Nun, ich hatte zwar andere Pläne, aber gut.“

„George“, stammelte Isabelle, die Matthews Nässe zwischen ihren Beinen spürte. „Ich würde mich vorher gern frisch machen.“

George verzog bedauernd das Gesicht. „Tut mir leid, Miss, aber Master Roys Anweisung war unmissverständlich. Ihr sollt sofort kommen!“

Mit einem Zwinkern griff Matthew nach Isabelles Hand, um sie auf seinen Arm zu legen. „Kommt, meine Liebe. Wir wollen den lieben Roy nicht länger als nötig warten lassen.“

Isabelles Gefühle gerieten in Aufruhr. Im ersten Moment hatte sie über Roys Rückkehr Erleichterung empfunden. Endlich würde ihr Leiden ein Ende haben. Aber angenommen, er würde *es* ihr ansehen? Sie war nicht wie Matthew, sie konnte sich nicht verstellen. Wie im Traum, einem Albtraum, durchquerte sie den Park und betrat das Haus. Ihr Blick war dabei die ganze Zeit auf Georges weißhaarigen Kopf gerichtet. Ob der alte Mann etwas ahnte?

Bei ihrem Eintreffen im Salon lehnte Roy lässig an der Wand, die Beine leicht übereinander gekreuzt. In der Hand hielt er etwas zu trinken. Rum vermutlich.

„Roy!“, rief Matthew. „Was für eine angenehme Überraschung! Wie liefen die Geschäfte?“

„Sehr gut. Winston hat sich bereit erklärt, uns 100 Acres zusätzliches Land zu verkaufen, und zwar zu unseren Bedingungen."

„Wirklich, das ist sehr erfreulich. Gratuliere!"

Während die Brüder miteinander redeten, stand Isabelle etwas abseits. Sie war außerstande, Roy ins Gesicht zu blicken. Ihr Herz sehnte sich danach, in seine Arme zu laufen, seine tröstende Wärme zu spüren, doch ihre Füße waren wie festgenagelt, ihr Blick blieb auf dem Boden gerichtet.

„Wir sollten darauf anstoßen", sagte Roy.

„Unbedingt", antwortete Matthew.

„Isabelle?" Roys Stimme war nicht unfreundlich, aber reserviert. Anders, als man es bei einem Wiedersehen zwischen Liebenden erwarten würde.

Sie sah auf. Seine Kleidung war staubbedeckt. Offenbar hatte er sich seit seiner Rückkehr noch nicht umgezogen. Seine schwarze Haarmähne war irgendwie durcheinander geraten, und der Bartschatten auf seinem Kinn zeichnete sich dunkel ab. Seine eisblauen Augen gruben sich fest in ihre. Sie las darin kalte Wut. Und Schmerz.

Er weiß es.

Eisige Kälte umfing sie. „Nein, danke", murmelte sie und krallte die Hände in den Stoff ihres Kleides, um das unkontrollierte Zittern zu unterdrücken. Dann erst bemerkte sie die Striemen auf seinem Gesicht. „Roy, dein Gesicht! Was ist passiert?"

„Nichts", antwortete er leichthin, und dann: „Du siehst erschöpft aus, Liebes."

Matthew lachte. „Die Hitze macht ihr immer noch zu schaffen", sagte er und nahm dankbar das volle Glas entgegen, das ihm Roy reichte. „Seit wann bist du zurück?"

„Seit ungefähr einer Stunde."

Matthew, der gerade einen Schluck trinken wollte, hielt mitten in der Bewegung inne. „Ach, wirklich?"

„Ja, ich habe einen kleinen Spaziergang gemacht und kam zufällig an deinem Haus vorbei."

„Du hättest ruhig anklopfen können“, antwortete Matthew gezwungen fröhlich, nachdem er an seinem Glas genippt hatte.

„Nun …“ Roy stieß sich von der Wand ab und trat näher. „Ich wollte euch nicht stören.“

Matthew, der merklich blasser geworden war, trat einen Schritt zurück. „Ich weiß nicht, was du meinst, Bruderherz.“

Da platzte es aus Isabelle heraus. „Liebster, bitte! Lass es mich erklären!“

Von einer Sekunde auf die andere fiel Roys Maske der Selbstbeherrschung in sich zusammen. Mit wutverzerrter Miene wandte er sich ihr zu. „Was erklären?“, brachte er schneidend hervor. „Da gibt es nichts zu erklären!“

Flehentlich streckte Isabelle ihre Hände nach ihm. Sie wollte ihn berühren, doch er entzog sich ihr. „Es geschah gegen meinen Willen, Roy. Bitte, glaub mir!“

Roy leerte sein Glas und stellte es mit einem lauten Knall auf dem Schrank neben ihm ab. „Für mich hat es nicht so ausgesehen, als würdest du dich wehren, *Liebes*.“

Sein Kosename für sie klang wie in Säure getränkt.

„Hat sie auch nicht!“, warf Matthew ein, der sich offenbar wieder gefangen hatte. „Glaub mir, Bruderherz, die Schlampe hat den Ritt sehr genos…“

Als Roys Faust unvermittelt in sein Gesicht krachte, stürzte er rücklings zu Boden, während Blut aus seinen aufgeplatzten Lippen sickerte. Roy baute sich drohend vor ihm auf.

„Geh mir sofort aus den Augen, Matt! Sonst weiß ich nicht, was ich tue“, knurrte er. „Und es wäre besser für dich, du übernachtest heute in Bridgetown!“

Seinen Kiefer massierend rappelte sich Matthew hoch und stürzte wortlos aus dem Salon. Auf seinem Weg zum Ausgang stieß er ein lautes „Hau ab!“ hervor, daraufhin hörte man eine erschrockene Frauenstimme und Geschirr, das klappernd zu Boden fiel. Kurz danach erklang vor den Fenstern Pferdegetrappel, das sich schnell vom Anwesen entfernte.

Dann war nur noch Stille.

Eine gefühlte Ewigkeit standen sich Isabelle und Roy gegenüber, ohne ein Wort zu sagen. Würde er sie schlagen, wie er seinen Bruder geschlagen hatte? Sie fröstelte, wagte es nicht, ihm in die Augen zu blicken. Sie musste etwas sagen. Ihm erklären, dass sein Bruder verrückt war, dass er sie bedroht und zum Akt gezwungen hatte. Doch die letzten Tage forderten ihren Tribut. Ihr Kopf war wie leergefegt, ihr Körper empfindungslos. Außerdem fühlte sie sich schuldig. Vielleicht hatten die Leute in der Stadt Recht. Sie führte ein ruchloses Leben, teilte als unverheiratete Frau das Bett mit einem Piraten. Sie hatte es nicht besser verdient.

„Ich wollte dich niemals verletzen“, war das einzige, was sie mühsam herausbrachte.

Es klang wie ein Schuldgeständnis.

Roy sog hörbar den Atem ein. „Geh packen, und dann verschwinde von hier.“ Seine tonlose Stimme stach wie ein glühendes Messer in ihr Herz. Offenbar war ihr Körper doch noch zu Empfindungen fähig. „Ich will, dass du *Silver Sands* verlässt und nie wieder zurückkommst.“

Sie sah zu ihm auf, bat mit den Augen um Vergebung, doch sein Gesicht war wie versteinert.

„Bitte, Roy.“

Nicht ein Muskel zuckte.

Also wandte sie sich ab, durchquerte die Vorhalle, wo Rachel damit beschäftigt war, Scherben einzusammeln, und ging nach oben, um das Nötigste in eine Tasche zu stopfen. Sie wollte weinen, konnte es aber nicht. In den letzten Tagen hatte sie alle Tränen aufgebraucht. Hinterher hätte sie nicht sagen können, welche Kleider sie aus dem Schrank geholt hatte, welche Unterhemden oder Strümpfe. Es war unwichtig.

In dem Moment, als sie die Tasche verschloss, flog die Tür auf und krachte gegen die Wand. Sie brauchte sich nicht umzudrehen, um zu wissen, wer hinter ihr stand. In nur zwei Schritten hatte er den Abstand zwischen ihnen überwunden. Er wirbelte sie herum und presste seine Lippen hart auf die ihre. Seine Zunge drängte brutal in ihren Mund, plünderte ihn. In seinem Kuss lag keine Zärtlichkeit, nur Abscheu. Dann stieß er sie aufs Bett, drehte sie auf den Bauch und hob ihren Rock.

„Sein Gestank haftet immer noch an dir!“, stieß er wütend hervor.

„Roy“, wimmerte sie. „Ich wollte das nicht. Bitte, glaub mir.“

Grob spreizte er ihre Beine auseinander und bohrte seinen Daumen in ihren Anus. Sie keuchte.

„Hat er dich auch hier gefickt?“, brüllte er.

Sie biss sich auf die Lippen.

„Hat er?“

Sie schüttelte den Kopf.

„Gut.“ Sie hörte, wie er seine Hose öffnete. „Dann bekommst du noch ein Abschiedsgeschenk von mir.“

„Bitte, Roy, nicht!“

„Was ist?“ Sie spürte seine Eichel, die sich gegen ihre enge Öffnung drückte. „Hast du Angst, dass es wehtun könnte?“ Seine Stimme überschlug sich vor Zorn. „Dass es dich innerlich zerreißen könnte?“

Verzweifelt drückte sie ihren Kopf ins Kissen. Sie hätte nicht geglaubt, dass es etwas Entsetzlicheres geben könnte als die Schändung durch Matthew, doch das hier war um ein Vielfaches schlimmer. Ihre Welt brach zusammen. Ihre Liebe zu Roy, das Vertrauen, die Wärme zwischen ihnen, all das verlor in diesem Moment an Bedeutung. Während er Zentimeter für Zentimeter in sie eindrang, bröckelte ihre Welt immer weiter.

Da landete plötzlich etwas neben ihrem Kopf.

„Hier schon vorab deine Bezahlung!“

Sie öffnete die Augen. Auf dem Laken lag eine kleine goldene Brosche in Form eines Kolibris, die mit winzigen Smaragdsplittern besetzt war. In Isabelle brach etwas. Obwohl sie geglaubt hatte, keine Tränen mehr vergießen zu können, stieg ein Schluchzen in ihre Kehle, bahnte sich seinen Weg nach draußen und schüttelte ihren Körper. Während heiße Tränen über ihre Wangen liefen, rang sie verzweifelt nach Luft.

Roy stockte mitten in der Bewegung, dann zog er sich zurück. „In zehn Minuten bist du weg", sagte er mit ersterbender Stimme.

Einen Augenblick später fiel die Tür leise ins Schloss, und sie war allein.

Mit zitternden Fingern griff sie nach der hübsche Brosche, rappelte sich hoch. Nachdem sie ihre Kleidung in Ordnung gebracht hatte, wischte sie sich mit der Hand übers nasse Gesicht. Bevor sie das Zimmer verließ, ließ sie ihren Blick noch einmal durch den Raum schweifen, dann schloss sie behutsam die Tür hinter sich und nahm die knarzende Treppe nach unten. Wie ein Scharfrichter stand Roy in der Mitte der Halle, die Hände hinter dem Rücken verschränkt, und starrte auf die Eingangstür.

Bitte, hilf mir!, wollte sie schreien. Hilf mir! Doch sie brachte keinen Ton heraus. George, der neben Roy stand, rang hilflos mit den Händen.

„Aber Master Roy", stammelte er. „Die Nacht bricht an. Es ist nicht sicher da draußen für die junge Lady."

Roys Wut richtete sich ohne Vorwarnung auf den alten Mann. „Niemand hat dich nach deiner Meinung gefragt, Nigger!", schrie er.

George zuckte wie unter der Peitsche zusammen. „Nein, Master Roy. Verzeiht mir, Master Roy", antwortete er sichtlich bestürzt.

Mit tränenverschleierten Augen stand Isabelle vor der schweren Holztür, unfähig die Klinke herunterzudrücken. Ihre Arme waren wie gelähmt. In zwei Schritten war Roy bei ihr, riss die Tür auf und versetzte ihr einen Stoß. Als sie gegen die Balustrade prallte, wurde die Luft aus ihren Lungen gepresst, und die Tasche fiel polternd auf den Boden. Ohne ein Wort zu sagen, knallte Roy die Tür hinter ihr zu. Kurz hing Isabelle japsend über der

Balustrade, dann stieg sie langsam die Stufen hinab. Die Tasche ließ sie stehen. Indessen wich die Taubheit in ihrem Innern einem Gefühl der Verzweiflung. Es gab keinen Ort, an den sie gehen konnte. Sie hatte kein Geld, keine Freunde.

Während sich die Dunkelheit langsam über das Anwesen legte und die ersten nachtaktiven Tiere ihre Stimme erhoben, war es im Haupthaus totenstill. Kein Laut war zu hören. Als wären die Bewohner zu Salzsäulen erstarrt. Sanft strich Isabelle über die seidenweichen Rosenblüten, die George so liebevoll hegte, nahm von ihnen Abschied, dann lenkte sie ihre Schritte Richtung Lagune.

Den kleinen, goldenen Kolibri hielt sie dabei fest an ihr Herz gepresst.

SÜSSE RACHE

Spurlos verschwunden

Roy war in seiner persönlichen Hölle gefangen! Mit verschleiertem Blick schaute er an den Palmen vorbei auf das türkisfarbene Meer. Eine halbleere Flasche Rum stand seit geschlagenen zwei Stunden vergessen auf dem Tisch. Seine Hand zitterte, als er sich übers Gesicht fuhr. Er konnte sich nicht erinnern, wann er sich das letzte Mal rasiert, geschweige denn gewaschen hatte. Vermutlich stank er zum Himmel, doch es war ihm egal. Als Rachel die Veranda betrat und mit einer sanften Geste die Flasche durch einen Teller Hühnerbrühe ersetzte, bemerkte er es nicht. Es war anzunehmen, dass er die Suppe nicht anrühren würde. Seufzend wandte sich Rachel ab, nicht ohne George, der mit einer Sense den Rasen vor der Veranda stutzte, einen besorgten Blick zuzuwerfen.

Seit der schicksalhaften Nacht, in der Roy Isabelle aus dem Haus geworfen hatte, waren vier Wochen vergangen. Niemand hatte sie seither gesehen, sie war wie vom Erdboden verschluckt. Roy wusste nicht einmal, ob sie noch lebte. Bereits eine Stunde, nachdem er die Haustür hinter ihr zugeworfen hatte, war er aus seiner Schockstarre erwacht und hatte sich auf die Suche begeben. Mit Fackeln bewaffnet waren George, Barton und er losgezogen, um das Anwesen und die Wege nach Bridgetown abzusuchen. Vergebens. Irgendwann hatten sie ihre Suche abbrechen müssen, sie aber gleich nach Sonnenaufgang fortgesetzt. Seitdem war kaum ein Tag vergangen, an dem Roy nicht die Gegend durchkämmte. Er war verzweifelt, rechnete mit dem Schlimmsten. Schließlich befand sich dieser wahnsinnige Frauenmörder immer noch auf freiem Fuß. Erst letzte Woche hatten sie wieder ein Mädchen mit herausgerissenem Herzen aufgefunden. Was die Quäkergemeinde nicht daran gehindert hatte, an der Richtigkeit von Joshuas Hinrichtung festzuhalten. Der schwachsinnige Nigger wäre der Gehilfe eines Dämons gewesen, der in Menschengestalt die schrecklichen Taten beging, so die unerschütterliche Meinung.

„Master Roy?"

Georges Stimme holte ihn in die Wirklichkeit zurück. Benommen blickte er auf. „Komm, setz dich", forderte er den alten Mann auf. „Trink etwas mit mir."

Er hatte seinen Ausfall an jenem Abend bisher mit keiner Silbe erwähnt, doch es war offensichtlich, dass George ihm vergeben hatte.

„Ich fürchte, die Flasche ist weg, Master Roy", antwortete George mit einem milden Lächeln.

„Rachel!", brüllte Roy, als er sich dessen gewahr wurde.

„Seht es ihr nach, Master Roy", beeilte sich George zu sagen. „Sie meint es nur gut. Ihr müsst etwas essen."

„Wozu?", fragte Roy müde.

George senkte den Blick und zog es vor zu schweigen.

„Wenn sie doch nur zurückkämc. Ich würde ihr verzeihen, weißt du." Roy schaute ihn mit leeren Augen an. Dann stand er schwerfällig auf. „Ich muss los. Die Strände absuchen, für den Fall, dass … dass sie …"

„So etwas dürft Ihr nicht sagen, Master Roy!"

„Aber wir haben schon überall gesucht", erwiderte Roy dumpf.

„Vielleicht hat sie die Insel verlassen."

„Wann? Wir sind doch am nächsten Morgen gleich zum Hafen gefahren.“ Roy begann wie ein Tiger im Käfig auf und ab zu gehen. „In der Nacht hat kein Schiff die Insel verlassen.“

„Was ist, wenn Miss Isabelle sich auf einem der Handelsschiffe versteckt hat und später in See gestochen ist?“

Roy unterdrückte ein Schaudern. Nicht auszudenken, wenn sie so dumm gewesen war. Blinde Passagiere wurden nicht gerade umsichtig behandelt. Genauso gut hätte sich Isabelle auf ein Piratenschiff schleichen können.

Er schüttelte den Kopf. „Nein, sie ist noch hier auf der Insel. Ich weiß es.“

Doch es klang weniger überzeugt als noch vor drei Wochen.

„Also gut, Master Roy, aber vorher esst Ihr etwas von der Brühe.“

„George …“

„Das ist ein Befehl meiner Frau. Sonst macht sie mir die Hölle heiß.“

Seufzend ergab sich Roy seinem Schicksal, setzte sich wieder an den Tisch und löffelte lustlos den Teller zur Hälfte leer. Danach erhob er sich und schlurfte Richtung Meer, während George ihm bekümmert nachblickte. Mehrmals schritt Roy den Strand ab, verweilte länger bei der Lagune, dachte an die glücklichen Stunden, die er dort mit Isabelle verbracht hatte; an ihr wogendes Haar, ihre strahlenden Augen, ihr warmes, verführerisches Lachen. Er biss sich auf die Unterlippe und schmeckte Blut. Isabelle, wo bist du?, schrie er im Stillen. Das Echo in seinem Innern war ohrenbetäubend, ein Echo, das außer ihm niemand zu hören vermochte.

Auch an diesem Tag blieb Roys Suche erfolglos, und so machte er sich bald auf den Weg zum Haus seines Bruders. Wie sooft in den letzten Wochen. Er fand Matt in seinem Arbeitszimmer vor, über seinem Schreibtisch gebeugt. Dieser legte den Federkiel beiseite, als er ihn sah.

„Du siehst beschissen aus, Bruderherz“, sagte er.

„Du kannst mich mal!“, knurrte Roy und bannte ihn mit seinem eisblauen Blick, bis dieser zu blinzeln anfing. „Wo ist sie?“

Genervt rollte Matt mit den Augen. „Verdammt Roy, wie oft willst du mich das noch fragen? Ich weiß nicht, wo deine französische Schlampe ist!“

Die Hände zu Fäusten geballt trat Roy einen Schritt vor. „Lüg mich nicht an!“, brüllte er.

Um Gelassenheit bemüht lehnte sich Matt in seinem Sessel zurück, doch Roy konnte die Furcht in seinen Augen flackern sehen. „Du kannst das Haus gern durchsuchen.“

„Das werde ich!“, schleuderte ihm Roy entgegen, während er auf dem Absatz kehrt machte.

„Tu dir keinen Zwang an!“, rief ihm sein Bruder verärgert hinterher.

Voller Zorn stürmte Roy nach oben, inspizierte jedes Zimmer. Er riss jede Schranktür auf, durchwühlte jede Truhe, besah jede Kommode auf der Suche nach einem duftenden Haarband, einem seidenen Unterhemd – irgendetwas! Es musste eine Spur geben! Danach setzte er seine fieberhafte Suche im Erdgeschoss fort. Und wieder fand er nichts. Ebenso wenig wie die letzten gefühlten hundert Male, die er das Haus seines Bruders auf den Kopf gestellt hatte. Frustriert schlug er mit der Faust gegen die Wand. Vielleicht hielt Matt Isabelle irgendwo versteckt, vergnügte sich mit ihr, wann immer es ihm beliebte, lachte mit ihr über ihn – den dummen, verliebten Tropf! Dann aber rief sich Roy ins Gedächtnis, wie sie entblößt und schutzlos vor ihm gelegen und mit einem lauten Schluchzen nach dem kleinen goldenen Kolibri gegriffen hatte ... Der Schmerz in seinem Herzen schnürte ihm die Luft ab. Ohne ein weiteres Wort an seinen Bruder zu richten, stürzte er aus dem Haus.

Eine gute Stunde später war er unterwegs nach Bridgetown. Gewaschen, rasiert und in Schale geworfen, trieb er sein Pferd zum Galopp an. Er nahm den Weg durch die Zuckerrohrfelder, und je wilder die Bestie in seinem Innern wütete, mit ihren Krallen tiefe Wunden in seinem Fleisch hinterließ, desto heftiger gab er seinem Pferd die Sporen.

Im Haus der Baronesse

Sein Ziel befand sich abseits der glamourösen Broad Street in einer schummrigen Seitengasse von Bridgetown. Während tagsüber die ehrbaren Bewohner der Stadt das rotgetünchte Haus mieden wie der Teufel das Weihwasser, herrschte dort erstaunlich reger Betrieb, sobald die Nacht hereingebrochen war. Roy klopfte dreimal an die weiße, massive Holztür. Kurz darauf hörte er schwere Schritte, dann wurde ein Schlüssel umgedreht und anschließend die Tür geöffnet. Auf der Schwelle stand ein Schwarzer in einer bunten Livree, dessen Stiernacken und eindrucksvolle Pranken die lächerliche Aufmachung wieder wettmachten. Kurz musterte er Roy, dann machte er einen Schritt zur Seite.

„Willkommen, Sir“, grüßte er.

„Danke“, antwortete Roy und trat ein.

Er fand sich in einem engen Treppenhaus wieder. Die Illustrationen an den Wänden ließen wenig Raum für Fantasie und waren ein kleiner Vorgeschmack dessen, was die zumeist männlichen Besucher hier erwartete. Nachdem der Schwarze die Tür wieder verschlossen hatte, ging er voran und führte Roy in einen Salon, in dem es von Kitsch und exotischen Exponaten nur so wimmelte. Der Boden war mit Teppich ausgelegt, an den Wänden standen Kanapees mit goldenem Brokatbezug, auf denen sich leicht bekleidete Damen jedweder Couleur räkelten. Schwer duftende Blumen in großen Vasen standen in den Ecken. Noch ließen die Freier auf sich warten, schließlich war es noch früher Nachmittag, doch schon in wenigen Stunden würde es hier zugehen wie in einem Kaninchenbau. Gegenüber der Tür thronte auf einem

Sessel eine schon etwas betagte, grauhaarige Frau in einem hochgeschlossenen, dunkelroten Kleid und musterte Roy durch ein Lorgnon. Ihre Lippen verzogen sich zu einem spitzen Lächeln, als sie ihn erkannte.

„Captain Flannigan", begann sie mit kratziger Stimme. „Was für eine angenehme Überraschung!" Mit einem Kopfnicken gab sie ihrem schwarzen Diener zu verstehen, dass er sich entfernen konnte. „Es ist lange her, dass Ihr uns mit Eurem Besuch beehrt habt."

„Baronesse", murmelte Roy und verbeugte sich vor der Frau, die so wenig adelig war wie er und vor rund sechzig Jahren dem stämmigen Schoß einer Londoner Metzgersfrau entsprungen war.

„Kommt her, lasst Euch ansehen", forderte sie ihn auf.

Seit er sie das letzte Mal gesehen hatte, war sie älter geworden, dennoch schien sie nichts von ihrer Entschlossenheit eingebüßt zu haben. Roys Gefühle für die wohl berühmteste Kupplerin der Karibik waren gemischt. Zwar bewunderte er sie für ihre Tatkraft und Willensstärke, doch er spürte in ihr auch eine Rücksichtslosigkeit, die ihm eine Gänsehaut bereitete. Vielleicht, weil sie eine Frau war und er eine solche Gesinnung bisher nur bei Männern beobachtet hatte.

„Wie immer seid Ihr ein erfreulicher Anblick für meine alten Augen", sagte die Baronesse. „Ein echtes Mannsbild." Sie seufzte. „Ein Jammer, dass ich inzwischen so ausgedörrt bin wie die Atacama-Wüste. Es wäre mir ein Vergnügen gewesen, Euch zu einem kleinen Ritt einzuladen!"

Roy lächelte höflich, ließ sich seine Abscheu nicht anmerken, schon nahm das Gesicht der Baronesse einen geschäftigen Ausdruck an.

„Was kann ich Euch Gutes tun, Captain?", fragte sie.

Roy seufzte unmerklich. Endlich kamen sie zum Punkt. „Habt Ihr Französinnen unter Euren Damen?" Er zeigte auf die Frauen im Raum, es mochten mehr als ein Dutzend sein, die das Gespräch mit gelangweilten Gesichtern verfolgten.

Die Augen der Baronesse leuchteten auf. „Aber natürlich.“ Sie lächelte. „Französinnen stehen derzeit hoch im Kurs, müsst Ihr wissen.“

Lag etwa ein Hauch von Ironie in ihrer Stimme? Roy schluckte seinen Ärger hinunter, während sich ihr Lächeln vertiefte.

„Ich habe drei, die für mich arbeiten.“

Er verbeugte sich höflich. „Eine reicht mir völlig.“

Die Baronesse lachte. „Nun, ich denke, wir werden uns einig. Habt Ihr besondere Wünsche?“

Die hatte er, und als er ihr sein Begehr ins Ohr flüsterte, blitzte es in ihren Augen auf. Kurz darauf schlossen sich ihre Krallen gierig um den Stapel Münzen, den er ihr reichte.

„Henry wird Euch nach oben führen, Captain. In der Zwischenzeit werde ich Adèle instruieren. Sie wird Euch nicht enttäuschen.“

„Ich danke Euch, Baronesse“, antwortete Roy, dann verließ er den Salon, ohne die Frauen eines Blickes zu würdigen. Er war nicht gekommen, um fremde Schönheiten zu bewundern, sondern um Vertrautes wiederzufinden.

Das Zimmer, in das ihn der schwarze Diener führte, war nicht sehr groß, dafür wurde es von einem massiven Bett beherrscht, das seiner Raserei standhalten würde. Während er auf die Frau wartete, goss er sich etwas Brandy aus einer Kristallkaraffe aus feinstem Mattschliff mit Blumengirlanden in ein nicht minder prunkvolles Glas. Die Geschäfte schienen für die Baronesse gut zu laufen, wenn sie sich eine solche Extravaganz leisten konnte. Da klopfte es leise an der Tür.

„Komm rein“, rief er.

Eine Frau betrat das Zimmer. Sie trug ein weißes Kleid aus dünner Seide, das mehr enthüllte als verbarg und sich um ihren üppigen Busen spannte. Roy konnte die Knospen durch den zarten Stoff sehen, und es kribbelte ihn in den Fingern, sie zu zwirbeln, bis sie dunkelrot wurden und die Frau vor Lust wimmerte. Die schmale Maske über ihren Augen und die Tatsache, dass sie klein war, machten die Illusion beinahe perfekt.

Er krempelte die Ärmel hoch, langsam und bedächtig, ließ seinen Blick über ihren wohlgerundeten Körper wandern.

„Klettere auf das Bett und spreiz deine Beine“, sagte er.

Die Frau tat, was er verlangte. Ihr in die Luft gereckter Hintern verursachte ein angenehmes Ziehen in seinen Lenden, und die Bestie in ihm setzte zum Sprung an. Mit leicht zitternden Händen schob er ihr Kleid nach oben.

„Ich will von dir nur zwei Dinge hören: Ja und nein. Hast du mich verstanden?“

„Ja“, kam als Antwort, und er nickte zufrieden.

Dann ließ er seine flache Hand auf ihren nackten Hintern niedersausen. Sie japste, und er schlug erneut zu. Mit jedem Schlag steigerte er die Intensität. Sie stöhnte leise auf.

„Du weißt, dass du das verdient hast?“

„Ja“, keuchte sie.

„Soll ich weitermachen?“

„Ja.“

Ein neuerlicher Schlag stahl einen kleinen Schrei aus ihrer Kehle.

„Das wird dir eine Lehre sein“, stieß er mit heiserer Stimme hervor. Mich zu betrügen, fügte er in Gedanken hinzu.

Der nächste Schlag prasselte noch härter nieder. „Tut es dir leid, Schlampe?“ *Matt gefickt zu haben.*

„Ja!“

„Wirst du es wieder tun?“

„Nein!“

„Lügnerin!“, knurrte er, bevor er erneut zuschlug.

Inzwischen atmete er schnell und schwer. Seine Hand tat ihm weh, doch das rote Muster auf ihrem Hintern war es wert. Erinnerungen blitzten in seinem Kopf auf. Matts

Hände auf Isabelles Brüsten, sein Schwanz in ihrem Schoß. Die Bestie fauchte, und wieder schlug er zu. Je mehr er die Frau bestrafte, desto härter wurde er. Schließlich gönnte er seiner Hand eine Pause und wickelte ihr Haar um seine Finger, zog ihren Kopf in den Nacken, um sie in eine kniende Position zu zwingen.

„Ich bin der einzige, der dich ficken darf."

„Ja."

„Willst du, dass ich dich ficke?"

„Ja."

„Sag bitte."

„Bitte."

„Gut. Zeig mir deine Brüste."

Während er sie an den Haaren festhielt, schob sie den Oberteil ihres Kleides nach unten. Pralle Brüste quollen hervor. Obwohl sie in Roys Augen nicht so vollkommen waren wie Isabelles, verlangte es ihm danach, sie zu berühren. Mit der freien Hand griff er von hinten nach ihrer rechten Brust, zog den Nippel lang und zwickte ihn, als sie ihren Hinterkopf gegen seinen harten Schwanz rieb.

„Was für eine Schlampe du doch bist!", sagte er mit rauer Stimme, dann gab er ihr einen Schubs, so dass sie wieder auf allen Vieren landete.

Er öffnete seine Hose, umfasste mit beiden Händen ihre Hüften und versenkte sich mit einem festen Stoß in ihr.

„Du hast wohl gedacht, du kannst dich vor mir verstecken", grollte er. „Falsch gedacht!"

Während er seinen Schwanz in sie hämmerte, spann sie gekonnt ihr Inneres an, machte sich für ihn enger, so dass er in ihrem Tunnel gezwängt war, was ihm ein heiseres Stöhnen entlockte. Ihr Schoß fühlte sich wunderbar unschuldig an. Unschuldig wie seine Isabelle, bevor sie sich von anderen Männern hatte bespringen lassen! Rasend vor Zorn stieß er zu, hart und schnell, und die Frau bäumte sich unter der Wucht, die ihr ins Innere fuhr. Währenddessen hielt Roy seinen Blick auf ihr Haar gerichtet. Es war braun, lang und gewellt. Die Haare einer

Nixe. Schnell war der Höhepunkt erreicht. Roys Lenden zuckten, seine Hoden zogen sich zusammen. *Isabelle!* Er stieß einen verzweifelten Laut aus und spritzte in einem gewaltigen Schwall seine Wut heraus. Befreit schloss er die Augen, presste das Becken der Frau ein letztes Mal gegen seinen Unterleib, dann löste er sich keuchend von ihr und taumelte einige Schritte zurück, den Blick auf ihren grotesk emporgereckten, roten Hintern gerichtet. Er blinzelte, spürte eine einzelne Träne seine Wange hinunterlaufen, die er in einer ärgerlichen Geste wegwischte.

„Du kannst gehen“, murmelte er der Frau zu, die sich in diesem Moment umdrehte.

Die maskenumsäumten Augen schauten besorgt. „Habe ich etwas falsch gemacht, Monsieur?“

„Nein, alles ist in bester Ordnung. Ich bin zufrieden mit dir.“

Ein verführerisches Lächeln glitt über das Gesicht der Frau. „Wir haben noch etwas Zeit. Wenn Ihr wollt, mache ich es Euch mit dem Mund, Monsieur.“

Sie hatte verführerische Lippen, rot wie Kirschen, feucht und glänzend, und sicher war sie sehr geschickt mit der Zunge. Er fühlte neue Hitze in sich aufsteigen, als er daran dachte, wie sie an seinem Schaft saugte und leckte, doch es war nicht ihr Mund, den er begehrte.

Er schüttelte den Kopf.

„Wie Ihr wünscht, Monsieur“, sagte sie und war kurz danach verschwunden.

Roy brachte seine Kleidung in Ordnung, leerte seinen Brandy, der immer noch auf der Kommode stand, dann begab er sich nach unten. Am Fuß der Treppe stand Henry, um ihm die Tür zu öffnen.

„Bitte richte der Baronesse meinen Gruß aus“, wandte er sich an den Schwarzen. „Wie immer war es …“

„Captain Flannigan!“, rief eine Frauenstimme in seinem Rücken.

Roy drehte sich um. Auf einem Stock mit Silberknauf gestützt trat die Baronesse aus dem Salon und kam langsam auf ihn zu. „Ihr wollt schon gehen?“

„Ja.“

„Das ist sehr bedauerlich, Captain. Soll ich Euch ein anderes Mädchen schicken? Eine andere …“ Sie machte eine kaum wahrnehmbare Pause. „Französin?“

Roy schüttelte den Kopf. „Nicht nötig, Baronesse. Die Zusammenkunft ist befriedigend verlaufen.“

Ohne ihn aus den Augen zu lassen, kam die alte Frau näher. Sie musterte ihn gründlich, als versuchte sie in seine Seele zu blicken, dann huschte ein für sie ungewohnt warmes Lächeln über ihr Gesicht.

„Darf ich Euch einen Rat geben, Captain?“

Verwundert hob Roy eine Augenbraue.

„Was ist? Glaubt Ihr, nur weil ich ein Bordell führe, besitze ich kein Herz?“

„Natürlich nicht“, beeilte er sich zu sagen. „Bitte, verzeiht mir. Ich wollte Euch nicht kränken.“

Sie machte eine wegwerfende Handbewegung. „Das habt Ihr nicht. Um mich zu kränken, braucht es mehr als eine hochgezogene Augenbraue.“ Sie nagelte ihn mit ihrem Blick fest. „Ich möchte Euch nur eines sagen, Captain: Wahre Liebe ist in diesen Zeiten etwas Kostbares, das mit keinem Gold der Welt aufzuwiegen ist.“ In ihren Augen blitzte eine kurze schmerzliche Erinnerung auf, die sofort wieder verschwand. „Wenn Ihr im Besitz einer solchen Liebe seid, werft sie nicht weg. Ihr würdet es bis zu Eurem Lebensende bereuen.“

Erstaunt starrte Roy sie an, doch bevor er etwas erwidern konnte, ließ sie ihn stehen und ging zum Salon zurück. Henrys Räuspern riss ihn aus seiner Betrachtung. Kurz nickte er dem Schwarzen zu, als dieser ihm die Tür aufhielt, dann verließ er das Haus der Baronesse und begab sich zu seinem Pferd, das er am seitlichen Gatter festgebunden hatte. Als er nach *Silver Sands* zurückritt, machte sich Scham in ihm breit – jetzt da das wütende Biest in seinem Innern satt und befriedigt war und sich zum Schlafen in einer Ecke zusammengerollt hatte.

Die Hütte am Waldrand

Die Hütte war nicht viel mehr als ein Bretterverschlag und ausschließlich vom Strand aus erreichbar. Nur wer direkt davor stand, entdeckte sie zwischen den Mahagonibäumen mit ihren kräftigen Wurzeln, die den Boden rundum aufbrachen. Das Häuschen schien sich unter der grünen Pracht förmlich zu ducken. Hierher verirrte sich in der Regel niemand. Wäre es dennoch der Fall, würde dieser Jemand mehrmals blinzeln, überrascht, dass die Hütte immer noch da stand und kein Produkt seiner Fantasie war. Noch vor wenigen Wochen war es drinnen dämmrig gewesen, feucht und klamm, auf der festgetretenen Erde hatte modrig stinkendes Heu gelegen. Das einzige Fenster war von Efeu überwuchert gewesen, doch nun strömte die Sonne ungehindert hinein. Vor allem in den Morgenstunden durchflutete sie den kleinen Raum und warf hübsche Muster auf Boden und Wände. Genau deshalb war der Morgen Isabelles liebste Tageszeit.

Zu Beginn hatte sie nachts lange wachgelegen, auf das Rascheln der Bäume gelauscht, die bei jedem Windstoß zum Leben erweckt wurden. Ihr waren die Geschichten eingefallen, die Roy ihr erzählt hatte. Geschichten von unheimlichen Geistern, die die Seele der Sterblichen vergifteten, von Ungeheuern mit unbändigem Appetit. Die Nacht schien zu flüstern und zu knistern, und die Angst hatte sich wie ein wilder, flatternder Vogel in ihrer Brust angefühlt. Einmal war etwas mit langen Beinen über ihr Gesicht gekrabbelt. Eine Spinne, so groß wie ihre Faust. Blankes Entsetzen hatte sie gepackt, doch inzwischen machten ihr diese Tiere, die bei Sonnenlicht eine seltsame Schönheit entfalteten, keine Angst mehr.

An dem Abend, als Roy sie aus dem Haus geworfen hatte, war sie auf halbem Weg zur Lagune von Rachel abgefangen worden, die sie hierhergebracht hatte. Die andere Frau hatte sie im Arm gehalten, bis ihre Tränen versiegt waren. Sie hatte nach Zwiebeln und Koriander gerochen. Isabelle lächelte sanft, als sie daran zurückdachte. Ohne Rachels Hilfe hätte sie an diesem Abend vielleicht eine Dummheit begangen.

Obwohl die kleine Hütte am Waldrand im Niemandsland zwischen *Silver Sands* und der Powell Plantage stand, war die Wahrscheinlichkeit gering, dass jemand vorbeikam, hatte Rachel ihr versichert. Außer ihr wusste nur einer von der Hütte: George, der sich vor fast einem halben Jahrhundert hierher geflüchtet hatte, in der Hoffnung, eine Gruppe von Sklavenbefreiern würde mit einer Barke dort anlegen und ihn abholen. Doch es hatte einen Verräter in ihrer Mitte gegeben, und George war in der Hütte aufgegriffen worden. Die Menschenjäger hatten ihn mit den Füßen an einem Pferd festgebunden und zur Plantage zurückgeschleift. Dabei hatten sie nicht den direkten Weg genommen, sondern waren querfeldein geritten. George war nur knapp mit dem Leben davongekommen, ein zertrümmertes Bein und zwei abgefallene Zehen behielt er als Andenken zurück. Das war auch der Grund, warum er diesen Ort mied. Rachel nahm sogar an, dass ihr Mann ihn vollständig aus seinem Gedächtnis gelöscht hatte.

In den ersten Tagen war Isabelle wie betäubt gewesen, außerstande etwas anderes zu tun, als stumpf aus dem Fenster zu schauen. Sooft sie konnte, hatte Rachel sie besucht, sie getröstet oder einfach nur ihre Hand gehalten. Sie hatte ihr einen bitter schmeckenden Tee zu trinken gegeben, der „unerwünschte Folgen" verhindern sollte, wie sie es ausgedrückt hatte. Die Frauen ihres Volkes wären häufig Opfer niederträchtiger Übergriffe und hätten gelernt, sich zu helfen. Rachels Blick war dunkel vor Schmerz gewesen, als sie das erzählt hatte, und Isabelle hatte nicht nachzufragen gewagt.

Gemeinsam hatten sie die Hütte etwas wohnlicher gestaltet. Während Roy und George unterwegs gewesen waren, hatten sich die beiden Frauen auf das Anwesen geschlichen, um Wäsche, Geschirr und tragbare Möbelstücke aus einem der ungenutzten Zimmer zu holen, die niemand vermissen würde. Sie hatten alles auf den Einspänner gehievt und hierher geschafft. Glücklicherweise war der Gaul angesichts ihrer ungeschickten Lenkmanöver nachsichtig gewesen. Zunächst war sich Isabelle wie eine gemeine Diebin vorgekommen, doch die Erinnerung an Roys unbarmherzige Miene, als er sie vor die Tür gesetzt hatte, hatte alles leichter gemacht. Nun zierte eine Truhe aus Rosenholz die hintere Wand, in der zwei Kleider, ein Unterhemd für die Nacht sowie Essgeschirr und Töpfe lagen. Gegenüber stand eine schmale Pritsche, und unter dem Fenster befanden sich ein Tisch und ein einzelner Stuhl. Ein alter Teppich lag auf der Erde.

Während die Tränen immer mehr versiegten, fand Isabelle nach und nach ihr seelisches Gleichgewicht zurück. Was sie vor allem Rachel verdankte. Ab und zu ertappte sie sich dabei zu lächeln. Wenn ein kleiner Vogel draußen vor dem Fenster sein morgendliches Bad in einer Pfütze nahm oder sich ein Waschbär ins Innere der Hütte vorwagte, um ein paar geröstete Nüsse zu stibitzen. Natürlich wusste sie, dass sie sich nicht ewig hier verstecken konnte, doch noch war sie außerstande, Roy unter die Augen zu treten. Irgendwann würde der Tag kommen, denn nur er konnte ihr das Geld für die Rückreise nach Europa geben. *Und was dann?* Zu ihrem Onkel konnte sie nicht zurück, er würde sie sofort dem Duc de Coligny übergeben. Sie schüttelte heftig den Kopf, zwang sich, nicht darüber nachzudenken. Die Hütte war ihre Festung. Solange sie hier war, konnte ihr nichts passieren.

Sie gab sich einen Ruck. Zeit für einen kleinen Spaziergang. Rund eine halbe Meile von der Hütte entfernt befand sich im Wald eine Quelle, zu der sie jeden Tag ging, um sich zu waschen und frisches Wasser zu holen. Sie lief gern durch den Wald, verbrachte manchmal Stunden damit, das Licht- und Schattenspiel der Blätter zu beobachten, während sie ihre Füße ins kühle Nass des murmelnden Bachs eintauchte. In den ersten Tagen hatte sie das Zeitgefühl verloren, doch seit es ihr besser ging, lastete die Einsamkeit immer schwerer auf ihr. Die Tage konnten lang werden, zum Glück brachte ihr Rachel immer wieder ein Buch mit, wobei ihre Wahl weniger vom Inhalt als vom hübschen Einband abhing, da sie selbst nicht lesen konnte. Dennoch war ihr Isabelle unendlich dankbar, vor allem freute sie sich auf die täglichen Besuche. Rachel war inzwischen zu einer guten Freundin geworden, ihre einzige Vertraute in einer Welt, die ihr Angst einflößte.

Als sie an diesem Tag vom Wasserholen zurückkam, den Krug trug sie auf dem Kopf und hielt ihn mit einer Hand fest, wie Rachel es ihr gezeigt hatte, saß ihre Freundin auf dem Boden vor der Hütte und blickte aufs Meer hinaus. Neben ihr lag ein Korb, vermutlich befanden sich darin Hühnchen und Süßkartoffeln. Auf Rachels rundlichem Gesicht lag ein friedlicher Ausdruck, ihr Mund war zu einem kleinen Lächeln verzogen, und für einen Moment beneidete Isabelle sie. Als ein Ast unter ihrem Fuß knackte, schaute die ältere Frau zu ihr herüber.

„Miss Isabelle."

„Guten Tag, Rachel." Nachdem sie den Krug abgesetzt hatte, nahm sie neben ihrer Freundin Platz. „Du hast nicht zu lange gewartet, hoffe ich."

„Nein." Die Fältchen um Rachels Augen vertieften sich. „Wie geht es dir heute?"

„Gut, denke ich."

Sie verfielen in einträchtiges Schweigen, betrachteten versonnen den Horizont.

„Rachel?", unterbrach Isabelle irgendwann die Ruhe.

„Ja, Miss?"

„Du musst doch nicht sofort wieder weg, oder?“

„Nein, Miss.“ Rachel wandte sich ihr zu. „Momentan ist im Haus wenig zu tun. Master Ro … der Herr …“, verbesserte sie sich schnell. „… ist wieder unterwegs und sucht nach dir.“

Isabelle biss sich auf die Unterlippe, sagte aber nichts.

„George vergräbt sich in seiner Gartenarbeit, und Epiphania treibt sich wieder irgendwo herum.“

Epiphania!

Isabelle überlief es heiß und kalt. „Oh, Rachel!“, rief sie. „Wie konnte ich nur so egoistisch sein! Während du bei mir bist, schwebt Epiphania vielleicht in Lebensgefahr.“ Sie war den Tränen nah. In den letzten Wochen hatte sich in ihrem Kopf alles um Roy und sie gedreht, und sie hatte keinen einzigen Gedanken an die junge Frau verschwendet. Auch wenn sie Epiphania nicht sonderlich mochte, so war sie doch Rachels Tochter. „Du musst ein Auge auf sie haben! Du weißt doch, was ich dir über Matthew erzählt habe.“

Zu ihrer Überraschung lächelte Rachel. „Ach das ... Nun, Miss. Ich habe nie geglaubt, dass Master Matthew zu solchen Abscheulichkeiten fähig ist.“ Sie zeichnete mit einem Holzstück Muster in den sandigen Boden. „Du kannst es ja nicht wissen …“

„Was kann ich nicht wissen?“, fragte Isabelle im höchsten Maße beunruhigt. „Du sprichst in Rätseln.“

„Du hast Recht, Miss, entschuldige“, beeilte sich ihre Freundin zu sagen. „Es ist so: Das Ungeheuer, das die Mädchen getötet hat, ist vor zwei Tagen festgenommen worden.“

Isabelle blieb das Herz stehen. „Wirklich?“, keuchte sie. „Und es ist nicht Matthew?“

Er hat mich belogen.

„Nein, Miss. Es ist Master Powell.“

Er hat mich belogen, um mich gefügig zu machen.

„Rupert Powell?“, fragte Isabelle ungläubig nach.

„Er hat beim Lunch gegenüber seinen Gästen damit

geprahlt, die armen Mädchen von ihren Sünden gereinigt zu haben. Später hat er den Richter zu den abgetrennten Herzen geführt." Rachel erschauerte. „Sie lagen in einem alten Sack in seiner Scheune vergraben."

„Oh, mein Gott."

„Matthew ist unschuldig, was das betrifft. Aber …" Sie räusperte sich.

„Was?"

Rachel fischte etwas aus ihrer Tasche. Es handelte sich um einen Brief. Isabelles Kehle wurde trocken. Doch nicht ein Brief von Roy?

„Den hier habe ich unter deinen Sachen gefunden, Miss. Ich weiß nicht, worum es geht, ich kann nicht lesen, aber ich habe mir gedacht, dass er vielleicht wichtig ist."

Zögernd nahm Isabelle den Brief und faltete ihn auseinander. Das Blut wich ihr aus dem Gesicht, als sie zu lesen begann.

Liebster Matthew,
schon als ich Dich das erste Mal erblickte, wusste ich, dass Du mein Seelenverwandter bist. Deine leidenschaftlichen Küsse lassen mein Herz erblühen, und nur Du vermagst, mich die höchsten Wonnen der körperlichen Liebe spüren zu lassen. Warum weichst du mir aus? Ich verzehre mich so sehr nach Deinen Berührungen. Ich muss Dich wiedersehen. Bitte lass mir eine Nachricht zukommen. Du wirst es nicht bereuen, mein goldener Prinz.
Deine vor Liebe und Verlangen brennende Isabelle

Der Brief glitt aus ihren gefühllosen Fingern und flatterte zu Boden.

„Miss Isabelle!", rief Rachel besorgt. „Was steht drin?"

„Seit wann hast du den Brief?" Ihre Stimme klang wie das Krächzen eines altersschwachen Raben.

„Ich habe ihn am Tag nach deinem … Weggang entdeckt."

Erleichtert schloss Isabelle die Augen. Nicht auszudenken, wenn Roy den Brief gefunden hätte.

Obwohl es keinen Unterschied gemacht hätte, verbesserte sie sich im Stillen.

„Weiß noch jemand von dem Brief, Rachel?"

„Nein."

„Gut."

Isabelle griff nach dem unheilvollen Blatt Papier und zerriss es in sehr kleine Teile, die sie in den Wind warf. Während sie beobachtete, wie die Fetzen davonflogen, rotierten ihre Gedanken. Wer hatte ihr diese Worte in den Mund gelegt und warum?

„Miss Isabelle?" Rachel berührte sie leicht an der Schulter.

Kurz zögerte sie, dann entschied sie, dass Rachel ein Recht hatte, den Inhalt des Briefs zu erfahren, also erzählte sie es ihr. Anschließend bat sie ihre Freundin, die Sache zu vergessen.

„Gern, Miss", antwortete Rachel sichtlich betroffen.

Eine Weile blickten sie hinaus aufs Meer, vertieften sich im Anblick der untergehenden Sonne.

„Miss?"

„Ja, Rachel?"

„Wie soll es weitergehen?"

„Ich weiß es nicht", antwortete Isabelle leise.

Hassliebe

Roy beehrte das Haus der Baronesse kein zweites Mal mit seinem Besuch, sondern suchte weiter fieberhaft nach Isabelle. Als er an diesem Morgen im Hafen von Bridgetown unterwegs war, kam ihm der Zufall zur Hilfe. Ein holländischer Kaufmann, mit dem er früher Geschäfte getätigt hatte, erzählte ihm, er hätte auf Martinique eine Französin gesehen, die Isabelles Beschreibung entsprach. Daraufhin kehrte Roy schnellstens auf die Plantage zurück, um alles für seine Abreise vorzubereiten. Er rief Barton zu sich, um ihm die Situation zu erläutern.

„Ich werde für ein paar Tage weg sein“, sagte er abschließend. „Ich verlasse mich auf dich.“

„Natürlich, Sir“, antwortete der Aufseher und kratzte sich etwas verlegen am Hinterkopf. „Darf ich Euch eine Frage stellen?“

Roy nickte.

„Bitte nehmt mir die Bemerkung nicht krumm, Sir. Aber ich halte es für wahnwitzig, auf ein Gerücht hin in See zu stechen.“

„Vermutlich hast du Recht“, antwortete Roy leise, der noch vor kurzem jede Hoffnung aufgegeben hatte, Isabelle jemals wieder in seinen Armen zu halten. „Es ist eine wahnwitzige und vielleicht sogar dumme Idee. Aber das ist die einzige Spur, die ich habe. Was ist, wenn es tatsächlich Isabelle ist? Ich habe keine andere Wahl. Ich muss es versuchen.“

„Natürlich, Sir. Verzeiht mir. Ich wollte nicht impertinent sein.“

„Ist schon gut.“

Nachdem Barton gegangen war, begab sich Roy nach

oben ins Schlafzimmer und ließ seinen Blick durch den Raum wandern. Dort auf der Kommode lagen ihr Kamm und ein paar bunte Haarbänder, im Schrank hingen noch einige Kleider. Er hatte es nicht übers Herz gebracht, ihre Sachen wegzuschaffen.

Er schnappte sich eine Ledertasche, stopfte ein paar Hemden und Hosen hinein, dann begab er sich zur Kommode, um seine Pistole und etwas Geld aus einer der Schubladen zu holen. Als seine Finger das Leinentuch berührten, in dem sein Sextant eingewickelt war, schluckte er schwer. Vielleicht war es an der Zeit, alles hinter sich lassen. Statt am späten Nachmittag mit dem Schiff nach Martinique zu segeln, sollte er lieber zum Golf von Honduras reisen und nach der *Southern Star* suchen. Es war anzunehmen, dass er problemlos auf dem Piratenschiff anheuern konnte, ob als Captain oder einfacher Matrose war ihm egal. Hauptsache, weit weg von *Silver Sands*. Keine Erinnerungen, kein Schmerz, nur die unendliche See. Erneut fiel sein Blick auf Isabelles Kamm, in dem noch einige Haare hingen, und sein Herz geriet ins Stolpern.

Noch gebe ich nicht auf!

Bevor er sich auf den Weg machte, nahm er sich vor, einige Worte mit George und Rachel zu wechseln, also begab er sich nach unten in die Vorhalle. Da vernahm er plötzlich Stimmen aus der Küche. Offenbar war dort ein hitziger Streit entbrannt. Obwohl die Kontrahenten flüsterten, zitterten ihre Stimmen vor Erregung. Vom Wortwechsel angelockt näherte sich Roy neugierig.

„Du hast kein Recht dazu!“

Es war Rachel. Sie hatte die Hände in die Hüfte gestemmt und blitzte ihren Mann wütend an.

„Doch das habe ich!“, brummte George, der den Kopf kampflustig nach vorne gestreckt hatte. „Wie konntest du nur, Frau? Du weißt doch, was er durchmacht.“

„Er ist selbst Schuld! Er hätte sie nicht so behandeln dürfen!“

„Es steht uns nicht zu, darüber zu urteilen.“

„Mir steht es zu!“, zischte Rachel. „Sie ist meine Freundin, und ich habe versprochen, nichts zu sagen.“

„Wem hast du versprochen, nichts zu sagen?“, fragte Roy mit ruhiger Stimme, obwohl sein Herz zu galoppieren begonnen hatte.

Das streitende Paar wirbelte herum. Während Rachel ihn entsetzt anstarrte, kam George mit einem entschlossenen Gesichtsausdruck auf ihn zu.

„Ich weiß, wo Miss Isabelle ist“, sagte er.

Die Morgensonne schien durchs Fenster und zauberte helle Tupfer auf dem alten Teppich. Mit einem Summen auf den Lippen arrangierte Isabelle Orchideen in einem Krug; ein Blütentraum in Kobaltblau und Rosarot, den sie unweit der Quelle im Wald gepflückt hatte. Gerade als sie überlegte, wo sie den Krug hinstellen sollte, klopfte es an der Tür.

„Einen Moment!“, rief sie. „Ich bin gleich da.“

Nachdem sie den Krug auf die Fensterbank gestellt hatte, eilte sie zur Tür und riss diese mit einem fröhlichen „Du bist heute aber früh dr...!“ auf. Doch die letzten Silben erstarben auf ihren Lippen, als sie die Gestalt erblickte, die vor ihr stand. Breitschultrig, finster, das Tageslicht verschluckend.

Roy.

Unfähig zu sprechen, starrte sie ihn an. Seine Haltung war gerade, leicht angespannt wie bei einem wachsamen Krieger. Er sah hager aus, seine Bartstoppeln wucherten. Viele Wochen hatte sie gebraucht, um ihn aus ihrem Kopf und ihrem Herzen zu verbannen, doch sein Anblick zog ihr den Boden unter den Füßen weg. Verzweifelt versuchte sie, sich nichts anmerken zu lassen.

„Dir scheint es gut zu gehen, wie ich sehe“, sagte er mit tonloser Stimme. Seine Miene war unergründlich.

Sie lehnte sich gegen den Türrahmen und wischte sich mit einer etwas fahrigen Geste eine Strähne aus dem Gesicht.

„Ja", sagte sie nur.

„Darf ich hereinkommen?"

Sie holte tief Luft. „Mir wäre lieber, du würdest draußen bleiben."

Er hob eine Augenbraue. „Es wäre dir also lieber, hm?" Sie hörte den unterdrückten Ärger in seiner Stimme. „Du hast jemanden erwartet?", fragte er kurz darauf eher beiläufig.

Sie schluckte. „Ja."

„Wen?"

„Das geht dich nichts an."

Er presste die Lippen fest zusammen. „Mich geht es wohl etwas an."

„Nein!" Das Herz schlug ihr bis zum Hals. „Du hast mich aus deinem Haus geworfen. Damit hast du jedes Recht verwirkt."

Lange sah er sie an, dann veränderte sich sein Blick, wurde sanfter. „Ich bin nicht gekommen, um mit dir zu streiten, Isabelle." Er blinzelte. War er etwa nervös? „Ich will mit dir reden. Ich *muss* mit dir reden."

Schweigend betrachtete sie sein Gesicht und versuchte, jegliche Emotion zu unterdrücken.

„Also gut, komm rein", sagte sie schließlich und ging rasch einige Schritte rückwärts.

Als er die Hütte betrat, schien diese schlagartig zu schrumpfen, und Isabelle japste unwillkürlich nach Luft. Sie hatte vergessen, wie stark seine Ausstrahlung war. *Aber nur beinahe.* Ohne ein Wort zu sagen, schaute er sich um. Ob ihm auffiel, dass die Einrichtung aus seinem Haus stammte? Isabelle brach der kalte Schweiß aus.

„Wollen wir uns setzen?", fragte er und zeigte auf die Pritsche.

„Ich möchte lieber stehen."

„Wie du wünschst", murmelte er.

Sie versuchte, den verletzlichen Ausdruck in seinem Blick zu ignorieren und straffte sich. „Was willst du mir sagen?"

„Warum versteckst du dich vor mir?"

Sie stieß ein bitteres Lachen aus. „Ich verstecke mich nicht vor dir“, log sie. „Du hast mich hinausgeworfen. Ich versuche nur zu überleben.“

„Ich habe überall nach dir gesucht. Das musst du doch wissen.“

Sie schüttelte den Kopf.

„Ich weiß, dass Rachel diejenige ist, die dir hilft. Sie muss es dir erzählt haben!“, stieß er rau hervor. „All die Wochen hast du mich im Ungewissen gelassen. Ich habe nicht gewusst, ob du noch lebst oder tot bist.“ Er schluckte hörbar. „Du hast mich absichtlich gequält.“

„Gequält?“ Isabelle spürte, wie ihre unterdrückten Emotionen unter der Oberfläche brodelten. „Ich dich?“

„Ja.“ Er holte tief Luft. „Aber ich bin bereit, dir zu verzeihen.“

„Verzeihen? Mir?“ In Sekundenschnelle brach sich ihre angestaute Wut Bahn. „Du verdammter Mistkerl! Du hast mich zu deiner Hure gemacht, hast mich hierher verschleppt und zugelassen, dass dein Bruder mich vergewaltigt!“ Ihr Gesicht brannte, ihre Stimme klang schrill, doch es war ihr gleich. „Und als ich versucht habe, es dir zu erklären, hast du nicht zugehört!“ Sie unterdrückte ein Schluchzen. „Du hast mich im Stich gelassen, Roy!“

Er war leichenblass geworden, sah sie an, verschränkte seine Hände ineinander, um das Zittern zu unterdrücken.

„Er hat dich vergewaltigt?“, flüsterte er.

„Ja, und nicht nur einmal!“, spie sie ihm entgegen. „Dein sauberer Bruder. Er hat mich ausgelacht, er wusste, du würdest mir nicht glauben.“ Sie erzählte ihm nicht von dem Brief, den Rachel ihr gegeben hatte. Das hätte nichts geändert.

„Aber… als ich euch durchs Fenster gesehen habe, da sah es aus, als ob du …“, stammelte Roy hilflos.

„Natürlich habe ich es zugelassen!“, unterbrach ihn Isabelle, während heiße Tränen ihre Wangen hinunterliefen. „Er hat mich bedroht. Er hat mich in dem

Glauben gelassen, er sei der Mörder dieser schwarzen Mädchen. Ich hatte Todesangst."

„Gütiger Himmel!", hauchte Roy. „Das kann ich kaum glauben", flüsterte er mehr zu sich selbst.

„Kannst du nicht oder willst du nicht?", schrie Isabelle hasserfüllt.

Mit großen Augen blickte er sie an, er rang offenbar um Worte, und plötzlich verpuffte ihre Wut.

„Du hattest versprochen, mich zu beschützen", sagte sie mit heiserer Stimme und wischte sich übers Gesicht. „Fass mich nicht an!", fauchte sie, als er näher kam, um sie in den Arm zu nehmen.

„Ich bringe dich zurück zum Herrenhaus", sagte Roy mit gebrochenem Blick. „Ich mache es wieder gut, ich verspreche es. Ich …"

„Nein!", erwiderte sie bestimmt. „Ich will nichts mehr mit dir zu tun haben! Als du mir die Unschuld geraubt hast, hast du mich gleichzeitig zur Jagd freigegeben." Sie machte eine kleine Pause. „Ich habe dich geliebt, Roy. Jetzt empfinde ich nur noch Abscheu!" Erleichtert atmete sie aus. Der kalte Hass in ihrem Herzen war wie eine Erlösung.

Er blinzelte, spann die Kinnmuskeln an. „Ich glaube dir nicht."

„Es ist aber so." Sie trat einen Schritt näher, um ihm ihre feste Absicht zu beweisen. „Du ekelst mich nur noch an."

Er war aschfahl und sah aus, als hätte sie ihn geschlagen. Eine Weile musterte er sie, sie konnte sehen, wie es in ihm arbeitete, dann legte er seine Hand um ihren Nacken, zog sie zu sich heran. „Ich habe dich so sehr vermisst, Liebes", murmelte er.

Als er sie küssen wollte, drehte sie den Kopf zur Seite.

„Ich weiß, du willst mich genauso wie ich dich", fügte er leise hinzu.

„Du irrst", entgegnete sie mit fester Stimme, obwohl sich ihr Magen zu einem harten Klumpen zusammenzog. „Es sei denn …"

„Es sei denn was?"
„Es sei denn, du bezahlst mich dafür. Ich brauche Geld, um von dieser verfluchten Insel zu kommen."
Entsetzt prallte er zurück. „Das ist nicht dein Ernst."
Sie löste sich aus seinem Griff. „Und ob. Ich bin dafür, dass wir endlich klare Verhältnisse schaffen." Eine unglaubliche Bitterkeit staute sich in ihr auf.

Seine Lippen pressten sich zu einem dünnen Strich zusammen. „Ich habe dich niemals als meine Hure angesehen, Isabelle!", sagte er. Sie schwankte unter seinen Worten. „Du warst meine Geliebte."

Sie schwieg, sah ihn nur mit einem vernichtenden Blick an.

Da passierte etwas in seinem Gesicht. Als würde man einen Theatervorhang zuziehen, gefror seine Miene zu einer undurchsichtigen Maske. Ihr Herzschlag beschleunigte sich, während sie seinem intensiven Blick standzuhalten versuchte. Plötzlich schien die Luft um sie herum zu knistern.

„Also gut", begann er trocken, fast beiläufig. „Wenn das so ist, beenden wir unsere amouröse Beziehung. Allerdings …" Er blickte sich interessiert um. „… scheint es mir, als würde ich dich bereits gut bezahlen. Die Truhe, der Tisch, der Stuhl, ja sogar dieser Krug mit den hübschen Blumen dort. Das alles stand vor kurzem noch im blauen Gästezimmer, oder irre ich mich da?"

Sie unterdrückte ein Zittern.

„Und ich würde wetten, die Äpfel auf dem Tisch stammen aus meinem Obstgarten." Seine Lippen verzogen sich zu einem freudlosen Lächeln. „Du bringst also Rachel dazu, Lebensmittel und andere Dinge aus meinem Haus zu stehlen."

„Sie kann nichts dafür!", warf Isabelle ein. „Bitte, bestrafe sie nicht da…"

„Sei still!", herrschte er sie an.

Er trat so nah an sie heran, dass sein Duft sie schwindelig machte. „In Orndung", flüsterte er. "Keine Gefühle mehr, keine Verpflichtungen. Ab jetzt zählt nur noch das Geschäft."

Isabelle straffte sich innerlich. Sie würde sich Roy solange hingeben, bis sie das Geld für die Überfahrt nach Europa zusammenhätte. Offenbar war seine Sehnsucht nach ihr groß, in wenigen Wochen könnte sie bereits an Deck einer Fregatte stehen. Sie hatte Matthew überstanden, sie würde auch das hier überstehen. Das spöttische Lachen in ihrem Kopf ignorierte sie.

„Eine Guinee", unterbrach er ihre Gedanken.

„Was?", fragte sie etwas benommen.

„Du bekommst für jeden Fick eine Guinee. Hältst du es für angemessen?"

Sie zuckte zusammen, dennoch nickte sie. Eine Guinee entsprach rund zwölf Schillingen.

„Gut. Wir sollten unseren Vertrag gleich besiegeln."

Ungläubig starrte sie ihn an. „Du willst, dass wir ein Dokument aufsetzen?"

Sein Lächeln wurde breiter, keine Spur von Freundlichkeit lag darin. „Aber nein, Liebes. Du wirst dir deine erste Guinee verdienen."

Panik überfiel sie. „Was? Jetzt?"

„Ganz genau."

Die Gedanken wirbelten in ihrem Kopf herum. Etwas zu sagen, war eine Sache. Es direkt zu tun, eine ganz andere. Sie war nicht auf ihn vorbereitet, hatte keine Zeit gehabt, einen Schutzwall aufzubauen. Auch wenn sie Roy verabscheute, so war seine Stimme doch immer noch imstande, kleine sinnliche Schauer über ihren Körper zu jagen.

„Aber … Rachel müsste jeden Moment kommen", stammelte sie.

„Machst du einen Rückzieher?"

„N…nein."

„Gut Es wird auch nicht lange dauern." Roy zog sich bereits die Stiefel aus. „Ich musste lange Zeit auf dich verzichten. Glaub mir, du wirst es schneller hinter dir haben, als dir lieb ist." Er nestelte an seiner Hose, dann streifte er sie ab und kickte sie weg. Unter seinem Hemd zeichnete sich sein Schwanz deutlich ab, dieser stand waagerecht zum Körper.

Isabelle wurde rot.

„Schließ die Tür und komm her", sagte er bestimmt.

Sie unterdrückte den Impuls, ihm einfach so zu gehorchen, und starrte ihn stattdessen wortlos an.

„Bitte", fügte er sanft hinzu.

Als sie schließlich vor ihm stand, streckte er die rechte Hand aus, fuhr mit seinen Fingerspitzen ihren Nacken entlang und hinterließ einen lustvollen Schauer auf ihrer Haut. Er beugte sich vor, leckte zärtlich mit der Zungenspitze an ihrer Ohrmuschel, und ihre Augenlider flatterten.

„Abscheu, hm?", murmelte er.

„Mein Körper mag für deine Berührungen empfänglich sein, Roy", zischte sie. „Aber mein Herz verabscheut dich mit jeder Faser!"

Nun war es an ihm zusammenzuzucken, und ein harter Glanz trat in seine Augen. „Nun, mir soll's recht sein."

Er nahm ihre Hand und führte sie zu dem einzigen Stuhl. Ohne sie loszulassen, setzte er sich und schob die andere Hand unter ihren Rock. Seine Finger glitten zwischen ihre Beine, strichen über ihren Spalt, rieben sanft ihre Schamlippen, und sie konnte nicht verhindern, dass sie feucht wurde. In diesem Moment wollte sie ihn küssen und gleichzeitig schlagen.

„Nimm Platz, Liebes", sagte er daraufhin mit einem anzüglichen Lächeln und zog sie auf seinen Schoß.

Sie unterdrückte ein Stöhnen, als er sie mit einem kraftvollen Stoß penetrierte. Sie konnte nichts dafür, aber sie liebte das Gefühl, von ihm vollständig ausgefüllt zu werden. Ihre Hüften umklammernd, stieß er sie genussvoll von unten, sah ihr dabei fest in die Augen. Sie biss sich auf die Lippen, während ihre Scham heftig zu pochen begann. Sein Schwanz zuckte und schwoll noch weiter an, entfachte eine gefährliche Glut in ihr. Sie wurde noch feuchter, spürte, wie ihre Nippel hart wurden und verfluchte ihren verräterischen Körper. Seine Stöße waren sanft, sein Blick kalt. Ihr Liebesspiel hatte etwas von einem stummen Kampf, bei dem es darum ging, sich keine Blöße zu geben. Unwillkürlich wanderten ihre Augen zu seinem weichen Mund, und sie betete, dass er sie nicht küsste. Sie wusste, berührten seine Lippen ihre, würden sie einen Riss in die dünne Mauer schlagen, mit der sie ihre Seele umgeben hatte. Ein ersticktes Keuchen entfuhr ihr, als er sie unvermittelt hart stieß, und ein triumphierender Ausdruck trat in seine Augen.

„Ich hasse dich", fauchte sie, während ihr Puls raste, und meinte es auch so, denn über kurz oder lang würde er sie dazu bringen, die Beherrschung zu verlieren.

Ich hasse dich, ich hasse dich, wiederholte sie wie ein Mantra, während sein Daumen die kleine Knospe zwischen ihren Schamlippen rieb und die Welle der Lust, die von ihren Fußspitzen aus nach oben brandete, sie zu verschlingen drohte. Ohne von ihrem Kitzler abzulassen, streckte er den Oberkörper durch, beschleunigte seine Stoßbewegungen, trieb wieder und wieder seinen Schwanz in sie hinein. Der Schweiß begann ihren Rücken hinunter zu rinnen, ihr Keuchen wurde lauter.

Da klopfte es an der Tür.

„Miss Isabelle, bitte lass mich rein!", erklang es von draußen. „Ich muss dich warnen."

Hektisch löste sich Isabelle von Roy und trat zur Seite. Sein Schwanz schimmerte feucht, ein Lusttropfen zierte seine Eichel. Sie sah den Ärger in seinen Augen, und beinahe hätte sie vor Erleichterung aufgeschrien. Rachel hatte sie gerettet. Fürs Erste.

„Einen Augenblick!", rief sie und brachte ihre Kleidung in Ordnung, während sich Roy langsam anzog und zur Tür ging.

Isabelle starrte auf seinen breiten Rücken, atmete tief durch. „Bekomme ich trotzdem meine Guinee?"

Er stockte mitten im Schritt. „Selbstverständlich“, antwortete er, ohne sich umzudrehen, dann öffnete er die Tür. „Du musst sie also warnen, hm?“, fragte er an Rachel gewandt, deren Gesicht vor Anstrengung gerötet war, als ob sie gerannt wäre.

Die ältere Frau sprang erschrocken zurück. „Master Roy“, japste sie.

Furcht lag auf ihrem Gesicht, doch statt sie zu maßregeln, ging Roy wortlos an ihr vorbei. Benommen lehnte sich Isabelle gegen die Wand. Ihre Knie schlotterten.

„Ist alles in Ordnung?“, fragte Rachel mit sorgenvollem Blick.

Sie schüttelte den Kopf.

Schatten der Vergangenheit

Bekomme ich trotzdem meine Guinee?

Wie kalt ihre Stimme geklungen hatte! Roy wurde übel, als er daran dachte. Sein Gesicht brannte vor Scham. Es war eine dumme Idee gewesen, auf ihren Vorschlag einzugehen. Er hatte sie damit verletzen wollen, mit dem elendigen Ergebnis, dass es mit voller Wucht ihn und nicht sie getroffen hatte. Wie berauscht er gewesen war, als George ihm die Neuigkeit übermittelt hatte. Er wäre vor Glück beinahe geplatzt, doch Isabelle hatte ihn schnell wieder auf den Boden der Tatsachen zurückgeholt. Trotz ihrer abweisenden Miene hatte er ihren Anblick wie ein Darbender eingesogen. Ihre Augen, ihre Haare, ihren Mund. Nur mit Mühe hatte er dem Drang widerstehen können, sie in seine Arme zu reißen, ihren kleinen Kopf an sein Herz zu drücken. Kämpferisch kniff er die Augen zusammen. Mochte sie ihre neue Art der Beziehung ruhig als ein Geschäft ansehen, er würde sie eines Besseren belehren. Sie würde unter seinen Berührungen erbeben, ihn anbetteln, sie zu lieben, wieder und wieder. Er würde sie süchtig machen und dafür sorgen, dass sich ihr Körper *und* ihr Herz bald wieder nach ihm verzehren würden.

Entschlossen stieg er aufs Pferd. Erst einmal galt es, gewisse Dinge wieder ins rechte Lot zu bringen.

„Bist du von Sinnen?“, rief kurze Zeit später sein Bruder mit fahlem Gesicht.

„Ich sagte, steh auf!“

Dieser schien sich im Gegenteil tiefer in seinen Stuhl zu drücken. „Willst du dich mit mir prügeln, oder was?“

„Nein“, brummte Roy und schwang die Fäuste. „Ich werde dir eine Lektion erteilen, die sich gewaschen hat!“

„Geht es etwa wieder um diese Hure?"

„Du hast sie vergewaltigt!"

„Behauptet sie das etwa?"

„Sie spricht die Wahrheit. Ich habe es in ihren Augen gesehen", murmelte Roy, dann wurde er wieder lauter. „Sie hat dich für einen Mörder gehalten!"

Sein Bruder zog eine Schnute, vermied es aber, ihm in die Augen zu sehen. „Offensichtlich ist sie wieder aufgetaucht. Schön für dich!" Es klang ironisch. „Jedenfalls habe ich keine Ahnung, wie sie zu dieser lächerlichen Annahme kommt!"

Roy trat näher. „Halt mich nicht zum Narren, Matt! Du hast sie das glauben lassen, um ihren Widerstand zu brechen!"

Matt spielte den Unbeeindruckten. „Ist doch nicht meine Schuld, wenn sie so einfältig ist."

Roy atmete tief durch, zwang sich zur Ruhe und traf eine Entscheidung. „Ich will, dass du von der Insel verschwindest, Matt. Sobald es mir möglich ist, zahle ich dich aus. Du hast ein Anrecht auf die Hälfte der Plantage", erklärte er um Sachlichkeit bemüht. „Mit dem Geld kannst du dir etwas Neues aufbauen."

„Sie ist doch nur eine Frau!" Matt sah ihn wütend an. „Wir beide sind Brüder. Wie kannst du zulassen, dass sie uns mit ihren albernen Anschuldigungen auseinander bringt?"

„Für mich ist sie mehr als nur eine Frau."

„Du kennst sie noch nicht einmal richtig!"

„Dich kenne ich offenbar auch nicht, oder?", erwiderte Roy verbittert. „Warum hast du das getan?"

Matt zuckte mit den Achseln. „Ich hatte die Nigerinnen über, und sie war gerade zur Hand."

Roy blinzelte.

„Schau mich nicht so an, *Bruderherz*! Finde dich mit der Realität ab. Ich bin nicht mehr der unschuldige Junge von damals. Der starb, als du verschwunden bist." Matts Augen blitzten. „Hast du dich nie gefragt, was mit einem blonden, schmächtigen Jungen von vierzehn Jahren passiert, wenn er plötzlich allein auf der Welt ist?“ Sichtlich aufgewühlt sprang er von seinem Stuhl auf, blieb aber in sicherem Abstand stehen. „Meinem Engelsgesicht verdanke ich, dass ich überlebt habe. Wobei mein Gesicht das Letzte war, was die Kerle interessiert hat.“ Er stieß ein böses Lachen aus.

Erschüttert prallte Roy zurück, als er begriff. „Matt …“, flüsterte er. Ihm drehte sich der Magen um.

„Du hast mich im Stich gelassen“, hielt ihm sein Bruder mit gedämpfter Stimme entgegen, wie Isabelle kurz zuvor. „Als ich dich am meisten gebraucht habe.“

Roy schmeckte Blut, als er sich auf die Lippe biss.

„Und dann kommst du her, bringst diese Hure mit und denkst, du kannst dich hier mit ihr ins gemachte Nest setzen!“, fügte Matt zornig hinzu.

„Was meinst du damit?“ Wie vor den Kopf gestoßen, blickte Roy seinen Bruder an.

„Du bist monatelang auf See und jedes Mal, wenn du zurückkehrst, erwartest du, dass ich meinen Platz für dich räume.“

„Das habe ich nie verlangt“, stammelte Roy.

„Ach, nein?“, erwiderte Matt spöttisch. „Ich bin der Chef hier, wenn du nicht da bist. Doch sobald der selbstherrliche Captain Roy Flannigan auftaucht, muss ich kuschen und in mein dunkles Loch zurückkriechen.“

Roy starrte ihn an. „Ich hatte keine Ahnung, dass du das so siehst.“

„Tue ich aber!“ Matt schoss mit seinen Augen giftige Pfeile ab. „Obwohl uns nur ein paar Wochen trennen, war ich für dich immer nur der kleine Bruder. Aber was *Silver Sands* betrifft, bin ich dir weit überlegen. Du hast es nur nie begriffen!“

Fassungslos schaute Roy ihn an. Er wusste nicht, was er sagen sollte, woraufhin Matt das Gesicht zu einem herablassenden Grinsen verzog.

„Aber gut, ich räume das Feld, damit du und deine Hure

hier glücklich werden könnt!“

Unfähig, auch nur einen Muskel zu rühren, ließ Roy zu, dass Matt an ihm vorbeistürmte und nach oben ging. Offenbar wollte sein Bruder ein paar Sachen packen. „Es eilt nicht“, wollte Roy rufen, doch seine Stimme versagte. Ein Teil von ihm sehnte sich danach, den kleinen, traurigen Jungen zu trösten, der sein Bruder einmal gewesen war. Der andere Teil wollte ihm für das, was er Isabelle angetan hatte, die Seele aus dem Leib prügeln.

Einige lange Minuten starrte Roy blind vor sich hin, bevor er sich einen Ruck gab und das Haus verließ. Die Nacht brach gerade an, den Himmel überzogen rote und gelbe Wischer, doch er schenkte der schillernden Schönheit über seinem Kopf keine Beachtung. Sein Herz war schwer, sein Kopf voller Wut, und er fühlte sich hohl und ausgebrannt.

Epiphania war außer sich. „Lass mich vorbei, Mutter!“

Die beiden Frauen standen sich wütend gegenüber, wobei Rachel den Weg nach draußen versperrte.

„Nein“, antwortete diese mit fester Stimme.

„Bitte!“, schrie Epiphania hysterisch.

„Du machst dich lächerlich!“

„Warum? Weil ich ihn liebe?“

Rachel schüttelte missbilligend den Kopf. „Master Matthew ist nichts für dich. Er benutzt dich nur!“

Epiphania richtete sich zu ihrer vollen Größe auf, reckte den eleganten Hals, so dass sie auf ihre Mutter herabschauen konnte. Sie ließ den Blick über deren einfaches Kleid mit der fleckigen Schürze wandern. „Du bist doch nur neidisch.“

Rachel sah aus, als wäre sie geschlagen worden. „Was redest du da nur, Kind?“

„Du lässt einen Krüppel in dein Bett, während ich …“

„Ja?“, fragte Rachel mit gefährlich leiser Stimme, die Hände auf die Hüften gestemmt.

Epiphania, die begriff, dass sie zu weit gegangen war,

schluckte ihre Antwort hinunter. „Ich muss ihn sehen", bettelte sie stattdessen.

Wieder schüttelte Rachel den Kopf. „Isaac wäre ein besserer Mann für dich. Er vergöttert dich, seit du dem Kindesalter entsprungen bist."

„Isaac?" Epiphania schnappte empört nach Luft. „Niemals!"

„Erzähl mir nicht, dass du ihm diese Sache von früher immer noch übelnimmst!", rief Rachel ungläubig. „Ihr beide wart davor unzertrennlich."

„Er hat mich zum Gespött gemacht!", zeterte Epiphania und presste wütend die Lippen zusammen. „Noch Tage danach haben mir die anderen Kinder hinterhergegrunzt, als wäre ich ein Schwein."

„Aber das ist doch ewig her."

„Außerdem ist er nur ein Feldsklave!", schimpfte Epiphania weiter. „Glaubt er wirklich, er hätte eine Chance bei mir? Er ist nicht mehr wert als der Schmutz unter meinen Fingernägeln."

„Schäm dich, Epiphania!", rief Rachel. „Isaac ist ein fleißiger und ehrbarer Mann. Du kannst froh sein, wenn er dich noch nimmt, nach allem, was du angestellt hast."

„Pah!" Epiphania warf den Kopf zurück. „Er starrt mich immer mit diesem liebestollen Hundeblick an. Das mag ich nicht!"

„So wie du Master Matthew anstarrst, meinst du?"

Epiphania wich das Blut aus dem Gesicht. „Du bist eine gemeine, alte Hexe", murmelte sie, während Tränen ihre Wangen hinunterliefen. „Ich liebe ihn. Warum kannst du das nicht verstehen?"

„Ach, Epiphania …" Rachels Ärger verflog ebenso schnell, wie er aufgeflammt war. Traurig blickte sie ihre Tochter an. „Ich will doch nur dein Bestes."

Statt einer Antwort entfuhr Epiphania ein lautes Schluchzen.

„Also gut." Rachel machte seufzend einen Schritt zur Seite, gab den Weg frei. „Renn in dein Unglück", sagte sie mit dumpfer Stimme. „Aber ich habe dich gewarnt."

Doch Epiphania hörte schon nicht mehr hin. Sie stürzte aus dem kleinen Haus und rannte los. Durchquerte den Garten, lief den Kiesweg hinunter Richtung Strand. Immer weiter und weiter. Sie war verzweifelt, fast in Panik, und ihr Herz pochte wild. Was, wenn sie ihn verpasste? Gütiger Gott, betete sie, lass, dass ich nicht zu spät komme! Sie kratzte sich die Waden blutig, ihr Gesicht war tränenüberströmt, doch all das bemerkte sie nicht. Als sie völlig außer Atem bei seinem Haus ankam, war er gerade dabei, die vollen Satteltaschen an seinem Pferd festzumachen. Er trug eine braune Wildlederhose, ein helles Hemd, und seine rotblonden Haare fielen ihm ins Gesicht. Der Anblick versetzte ihr einen Stich ins Herz.

„Master Matthew!", rief sie erleichtert.

„Epiphania", sagte er, ohne aufzublicken.

„Ihr geht weg, Master Matthew."

„Sieht so aus."

„Bitte, nehmt mich mit!"

„Was?" Nun hatte sie seine volle Aufmerksamkeit.

Als er sie musterte, fiel ihr auf, wie erschöpft er aussah. Er hatte Ringe unter den Augen, und am liebsten hätte sie seine Locken aus der Stirn gestrichen, doch sie wusste, dass er eine solche Vertrautheit niemals zugelassen hätte.

„Nehmt mich mit Euch!"

Er hob eine Augenbraue. „Was sollte ich mit dir anfangen?"

„Ich tue alles für Euch! Ich koche für Euch, putze für Euch, wärme Euer Bett. Ohne Euch bin ich hier verloren!"

„Glaube ich kaum." Er lachte spöttisch, nestelte weiter an seinem Pferd herum. „Du findest einen anderen weißen Master, den du beglücken kannst. So wie ich wieder eine Niggerhure!"

Sie hörte seine Worte, wusste, dass er sie nicht ernst meinte. Sein hinterhältiger Bruder hatte ihm übel mitgespielt, und er war zutiefst verletzt. An ihr lag es nun, seine Wunden zu heilen. Sie warf sich vor ihm auf den Boden, machte sich an seiner Hose zu schaffen.

„Ich liebe Euch!“

„Liebe?“ Sichtlich angewidert sah er auf sie hinunter. „Ich hätte dich für klüger gehalten!“, sagte er mit kalter Stimme. „Du hast keinen Funken Ehre im Leib!“

Er versuchte, sie wegzustoßen, doch sie krallte sich an ihm fest. Die Verzweiflung verlieh ihr nicht nur Bärenkräfte, sondern verleitete sie zu einer Torheit.

„Bitte, verlasst mich nicht, mein Geliebter!“, rief sie.

„Wie nennst du mich?“, knurrte er. „Ich war mit dir viel zu nachsichtig, wie mir scheint, Niggerin!“

Er griff nach seiner Gerte, holte aus und versetzte ihr einen Streich quer übers Gesicht. Epiphania schrie vor Schmerz auf und presste die Hand auf die aufgeplatzte Wange. Zwischen ihren Fingern quoll Blut hervor. Ihr Gesicht brannte wie die Hölle, und ihr erster panischer Gedanke war, dass er sie für immer entstellt hatte. Als er erneut auf sie einschlug, hob sie die Arme, um sich zu schützen. Die Gerte grub sich tief in ihre nackte Haut, wo sie einen blutigen Striemen hinterließ.

Ein Schluchzen entwich Epiphanias Kehle. Flehend sah sie zu ihm hoch, doch er hatte sich bereits abgewandt. Ohne sie eines weiteren Blickes zu würdigen, schwang er sich auf sein Pferd, gab ihm die Sporen und war kurz danach verschwunden. Wimmernd ließ sich Epiphania zur Seite fallen und barg ihren Kopf in den Händen. Sie zitterte am ganzen Körper.

Mutter, hilf mir!

Die Winstons

Isabelles Nerven lagen blank. Immer wenn draußen ein ungewohntes Geräusch ertönte, rechnete sie damit, dass Roy an die Tür klopfte. Seit ihrem Wiedersehen war eine Woche vergangen, und in dieser Zeit hatte er sich kein einziges Mal sehen lassen. Dafür hatte Rachel sie mehrmals besucht und ihr Lebensmittel und Kleider vorbeigebracht, offenbar mit Roys Einverständnis. So hatte Isabelle auch erfahren, dass Roy seinen Bruder aus *Silver Sands* verbannt hatte. Isabelle, die die Verbundenheit der Brüder miterlebt hatte, konnte sich vorstellen, wie viel Überwindung es Roy gekostet haben musste. Ob er sie indirekt dafür verantwortlich machte? Isabelle, die eine kurze Anwandlung von Schuldgefühlen verspürte, versetzte sich im Geiste eine schallende Ohrfeige. Sie hatte sich wahrlich nichts vorzuwerfen!

Ein quietschender Laut riss sie aus ihren Gedanken. Mit einem mulmigen Gefühl blickte sie aus dem Fenster und machte einen Einspänner aus, der sich vom Strand her langsam der Hütte näherte. Ihr Herzschlag setzte kurz aus, doch auf dem Bock saß nur George. Es war das erste Mal, dass er sie besuchte. Weil sie wusste, wie viele schlechte Erinnerungen die Hütte in ihm wachrief, lief sie ihm entgegen.

„George!“, rief sie erfreut, als er den Einspänner auf ihrer Höhe anhielt.

„Miss Isabelle“, antwortete er freundlich wie stets. „Ich freue mich sehr, Euch wohlauf zu sehen.“

„Was führt dich hierher?“

„Im Herrenhaus findet am Abend ein großes Essen statt. Seit Master Matthew …“ Er zögerte kurz. „… gegangen ist, geht es Epiphania nicht sehr gut. Leider kann sie uns heute beim Service nicht unterstützen. Master Roy hat mich hierher geschickt, um Euch zu bitten, Rachel und mir zu helfen." Ihm war die Übermittlung dieser Nachricht offenkundig unangenehm.

„Mich?", fragte Isabelle überrascht.

„Ja." George räusperte sich. „Master Roy meinte, Ihr könntet auf die Weise Eure Reisekasse aufbessern." Er kratzte sich am Kopf. „Ich weiß zwar nicht, was er damit meint, aber er sagte, Ihr würdet verstehen."

Isabelle nickte, obwohl ihr Übles schwante. „Ich muss mich rasch umziehen." Sie zeigte auf ihr braunes Kleid. „Ich bin gleich wieder zurück."

„Ja, Miss Isabelle."

„Was ist das für ein Essen?", fragte sie kurze Zeit später auf dem Weg zum Herrenhaus.

Inzwischen trug sie ein schlichtes, gelbes Kleid mit weißem Spitzenbesatz am Ausschnitt und hatte ihre Haare zu einem lockeren Knoten gebunden.

„Master Roy hat Mister Winston eingeladen, den englischen Gentleman, der ihm vor einigen Wochen Land verkauft hat. Er kommt mit seinem Sohn und seiner Tochter."

Isabelle atmete erleichtert aus. Zumindest erwartete sie keine große Gesellschaft. Vier Personen zu bedienen, dürfte kein Problem darstellen. Wie schwer konnte das schon sein? Volle Teller hineintragen, leere Teller wieder hinaustragen. Weingläser auffüllen und auf Anweisungen warten.

Als sie beim Herrenhaus ankamen, war Rachel gerade dabei, eine Blumengirlande aus weißen Magnolien am Geländer der Veranda anzubringen.

„Kein Grund, nervös zu sein, Miss", begrüßte sie Isabelle, als sie ihrer ansichtig wurde.

Isabelle verzog das Gesicht. Die Unruhe war ihr offenbar deutlich anzusehen.

„Wie kann ich helfen?", fragte sie.

Rachel, die bereits den Tisch für vier Personen gedeckt und nur das beste Porzellan herausgeholt hatte, packte sie sanft am Arm und führte sie in die Küche, wo es himmlisch duftete. Dort band sie ihr eine Schürze um. Während der nächsten Stunde waren die beiden Frauen damit beschäftigt, den Punsch zuzubereiten und die kalten Vorspeisen auf mehreren Platten anzurichten. Es gab Wolfsbarsch in Chilisauce, Garnelenmousse, Milchreis und frischen Obstsalat. Als Hauptspeise würde es eine Kaninchenkeule in Kakaocreme mit Süßkartoffeln und Bananengratin geben. Rachel hatte sich selbst übertroffen.

Als die Gäste eintrafen, ging gerade die Sonne unter, die Fackeln tauchten das Herrenhaus und die geschmückte Veranda in ein festliches Licht. Rachel hatte darauf bestanden, dass Isabelle allein den Service übernahm, damit sie in der Küche weiterwerkeln konnte. Nachdem die ältere Frau ihr die Schürze abgenommen und etwas Mut zugesprochen hatte, postierte sich Isabelle neben George draußen auf den weitläufigen Stufen, direkt unterhalb der weißen Säulen. Isabelle klopfte das Herz bis zum Hals, als eine leichte Kutsche den Kiesweg hinauffuhr. Die Szenerie kam ihr unwirklich vor. Vor allem, als Roy, der sich bis dahin nicht hatte sehen lassen, hinauskam, um seine Gäste zu begrüßen. Mit seinen zum Zopf gebundenen schwarzen Haaren sah er umwerfend aus. Er trug ein dunkelrotes Hemd, das seine breiten Schultern betonte, dazu ein schwarzes Halstuch und eng anliegende Kniehosen, die für Isabelles Geschmack mehr hervorhoben als enthüllten. Seine verwegene Aufmachung wäre auf dem Achterdeck eines Piratenschiffs angebrachter gewesen, was ihm zweifelsohne bewusst war. Als er an ihr vorbeiging, würdigte er sie keines Blickes, sondern half seinen Gästen aus der Kutsche. Es fühlte sich befremdlich an, als Teil der Dienerschaft plötzlich unsichtbar zu sein, andererseits erlaubte es Isabelle, die Neuankömmlinge in Ruhe zu betrachten.

Mister Winston war ein etwas korpulenter Mann mit

einem breiten, freundlichen Gesicht und lichter werdendem Haar. Wams und Hose waren dunkel gehalten, geschmackvoll zwar, wenn auch nicht der letzte Schrei. Sein Sohn Frederic hatte wellige blonde Haare, ein kräftiges Kinn und wache Augen, und trug einen grünen Frack, dazu lederne Hosen und Stulpenstiefel. Ein gut aussehender Mann, dessen Attraktivität die seiner Schwester in nichts nachstand. Amy Winston war eine hübsche junge Frau, groß und schlank, mit hellblonden Haaren und dunklen Augen. Sie trug ein königsblaues Kleid mit weitem Ausschnitt, der ihre blassen Schultern zur Geltung brachte. Ihr Busen war schön, der Hals anmutig. Sie begrüßte jeden mit einem warmen Lächeln, sogar Isabelle und George. Als Roy ihr einen Kuss auf die Hand hauchte, errötete sie leicht.

„Bitte folgt mir", sagte der Hausherr charmant, und die Gesellschaft schritt durch den festlich erleuchteten Garten, um zur hinteren Veranda zu gelangen.

Mit einem flauen Gefühl im Magen blickte ihnen Isabelle hinterher. Roy und die junge Miss Winston gaben ein schönes Paar ab, das war unübersehbar, doch ihr war nicht vergönnt, weiter darüber zu grübeln, denn George trieb sie zur Eile an. Im Laufschritt durchquerte sie die Vorhalle und begab sich zur Veranda, um den Punsch in kristallene Gläser einzugießen. Keine Sekunde zu früh, schon kamen Roy und seine Gäste um die Ecke geschlendert.

„Wie bezaubernd!", rief Miss Winston verzückt, als sie die blumengeschmückte Veranda erblickte, die in einem gelben, warmen Licht erstrahlte; einem Licht, das sich im Glas und Porzellan der festlich dekorierten Tafel tausendfach brach.

Isabelle reichte jedem ein Glas Punsch, wobei sie es vermied, Roy ins Gesicht zu blicken. Die Unterhaltung verlief angenehm, leichtes Gelächter schwirrte umher, die Stimmung war ausgelassen. Nachdem sie ausgetrunken hatten, nahmen Roy und die Winstons am Tisch Platz. Isabelle blickte unschlüssig drein, als sich George hinter ihr räusperte und ihr eine Platte mit portionierten Vorspeisen reichte. Sie holte tief Luft. Ihre Hände zitterten etwas, als sie den einzelnen Gästen die Platten darbot, damit sie sich bedienen konnten. Die größte Herausforderung bestand für sie darin, gelassen zu bleiben, während Roy nur wenige Zentimeter von ihr entfernt Garnelenmousse von der Platte herunternahm. Sie fühlte die Wärme seines Körpers, konnte trotz der würzigen Speisen seinen herben Duft riechen. Wütend blinzelte sie, zwang sich zur Gelassenheit, doch dann strich sein kleiner Finger über ihr Handgelenk. Zufall oder nicht, sie erschrak, die Platte kippte und etwas Garnelenmousse schwappte über. Geistesgegenwärtig riss ihr Roy die Platte aus den Händen. Nur seiner schnellen Reaktion war es zu verdanken, dass die tropfende Köstlichkeit nicht Miss Winstons Kleid ruinierte.

„Entschuldigt, Miss", stammelte Isabelle und wurde schlagartig rot.

„Bitte seht es ihr nach, meine liebe Miss Winston", sagte Roy mit einem galanten Lächeln an seine Nachbarin gewandt, gleichzeitig gab er Isabelle die Platte zurück, ohne sie anzusehen. „Das Mädchen, das normalerweise bedient, ist krank geworden. Isabelle ist die französische Zofe einer guten Freundin aus Bridgetown. Sie hilft heute aus, ist aber leider unerfahren, was das Servieren betrifft."

„Eine französische Zofe!", rief Miss Winston. „Wie aufregend!" Sie strahlte Isabelle an. „Mach dir nichts daraus, *ma chère*. Es ist ja nichts passiert."

„*Merci, Mademoiselle*", murmelte Isabelle.

Schnell drehte sie sich weg, um ihre Tränen zu verbergen. Sie hätte nicht sagen können, warum ihr zum Weinen zumute war, zumal die Winstons freundlich waren und niemand sie herablassend behandelte. Dennoch hatte sie einen Kloß im Hals, als sie die schmutzigen Teller abräumte und hinaustrug. In der Vorhalle hielt sie kurz inne, um sich zu sammeln. Sie wollte nicht, dass Rachel sie in diesem Zustand sah.

Dank George lief danach alles reibungslos, und es kam zu

keinem weiteren Vorfall. Irgendwann gelang es Isabelle, Roy auszublenden und sich ganz auf ihre Aufgabe zu konzentrieren. Dennoch war sie froh, als endlich Kaffee und Brandy serviert wurden.

„Ihr habt eine schöne Plantage, Mister Flannigan", sagte Frederic Winston plötzlich.

„Da stimme ich Euch zu."

„Es heißt, Ihr behandelt Eure Sklaven gut."

Roy nickte. „Warum auch nicht? Schließlich sind es Menschen wie Ihr und ich", sagte er in einem leicht herausfordernden Tonfall.

„Das sehe ich genauso, Mister Flannigan!", rief der junge Winston freudestrahlend. „Habt Ihr jemals vom *Germantown Protest* gehört?"

Roy beugte sich interessiert vor. „Nein. Was ist das?"

„Germantown ist eine kleine Stadt in Pennsylvania. Dort haben sich 1668 deutsche Quäker in einer Schrift gegen die Sklaverei ausgesprochen. In eben jenem *Germantown Protest.*"

Miss Winston stöhnte leise auf. „Bitte, Frederic. Fang nicht schon wieder damit an!"

Doch ihr Bruder war nicht zu bremsen. „Weise Worte stehen dort geschrieben: *Nun wenngleich sie schwarz sind, dürfen wir uns nicht vorstellen, dies gäbe uns eine größere Berechtigung, sie zu versklaven, als wenn sie Weiße wären.* Die Quäker stellten die Sklaven mit den Weißen auf eine Ebene, müsst Ihr wissen. Weiter heißt es: *Wir hoffen, dass ein inneres Licht jeden Gläubigen erleuchten könne, unabhängig von Geschlecht, sozialem Stand, kulturellem Hintergrund oder Bildungsgrad.*"

„Ganz erstaunlich, Mister Winston. In der Tat. Allerdings scheint es die Quäker von heute wenig zu kümmern", bemerkte Roy trocken.

„Einige schon, Mister Flannigan", entgegnete Frederic mit leuchtenden Augen. „Glaubt mir."

Der alte Winston lächelte. „Frederic würde gern eine Plantage besitzen, wie Ihr eine habt, Mister Flannigan.

Wenn da nur nicht die vielen Sklaven wären ... Mein Sohn ist ein Idealist“, fügte er liebevoll hinzu.

Roy gab das Lächeln zurück. „Ich weiß sehr gut, was er meint. Hier auf Barbados sind sie leider notwendig, um überleben zu können.“

„Ich bin voller Zuversicht, dass sich das eines Tages ändert“, warf Frederic Winston eifrig ein.

„Hoffentlich behaltet Ihr Recht“, antwortete Roy, dann hob er sein Glas. „Auf das Ende der Sklaverei!“

„Auf das Ende der Sklaverei!“, stimmten alle mit ein.

Nachdem sie ihre Gläser wieder abgesetzt hatten, stand Roy unvermittelt auf und wandte sich an Miss Winston.

„Wenn Ihr gestattet, würde ich Euch gern etwas zeigen“, sagte er mit einem kleinen Lächeln.

„Darf ich, Papa?“, fragte die junge Frau ihren Vater. „Bitte, sag ja!“

„Ich bringe sie auch heil wieder zurück, Mister Winston. Das versichere ich Euch“, warf Roy schnell ein, die Hand aufs Herz gelegt.

„Also gut“, antwortete Mister Winston und schenkte sich noch etwas Brandy ein, obwohl es Isabelles Aufgabe gewesen wäre. „Aber bleibt nicht so lange fort.“

Freudig sprang Miss Winston auf. „Danke, Papa.“

Sie hakte sich bei Roy ein, der mit ihr die Treppe zum Garten hinunterging. Dabei streifte er Isabelle leicht an der Schulter, ignorierte sie aber, während er im Gegenzug Miss Winston mit den Augen verschlang. Obwohl Isabelle wusste, dass er es mit Absicht tat, um sie zu verletzen, konnte sie die vernichtende Mischung von Gefühlen, die über sie hereinbrach, nicht verhindern. Als Roy Miss Winston durch den Palmenhain zum Meer bugsierte, entfuhr ihr ein leises Keuchen.

„Alles in Ordnung, Isabelle?“, fragte Mister Winston besorgt.

Etwas verwirrt, als wäre sie gerade aus einem Traum erwacht, blickte sie in das gutmütige Gesicht des älteren Herrn.

„Ja, Sir. Mir ist nur etwas schwindelig."

„Dann setz dich doch zu uns", sagte Frederic. „Ein kleiner Brandy würde dir sicher gut tun."

Obwohl sein Lächeln freundlich war, las Isabelle etwas in seinen Augen, das ihr unwillkürlich die Röte ins Gesicht trieb.

„Danke, Sir, aber das geht nicht", antwortete sie. „Es wäre unschicklich. Würdet Ihr mir dennoch erlauben, mich für ein paar Minuten zurückzuziehen?"

„Aber natürlich", sagte der alte Winston und tätschelte die Flasche Brandy. „Wir haben hier alles, was wir brauchen."

Isabelle nickte dankbar, bevor sie auf dem Absatz kehrtmachte. Ihre Gedanken wie auch ihr Herz schlugen Saltos. Wo führte Roy Miss Winston hin? Zu der Lagune? *Ihrer* Lagune? Würde er ihr den Stern des Südens zeigen? Ihr die Mär der verliebten Meerjungfrauen erzählen? Die Vorstellung schnürte ihr die Luft ab. Statt in die Küche zu gehen, wo George Rachel bei der Zubereitung der Desserts half, begab sie sich in den Salon. Dort verharrte sie reglos in der Dunkelheit und versuchte, das Gefühlsknäuel in ihrem Innern zu entwirren.

Es war erschütternd, wie leicht Roy sie aus der Bahn werfen konnte. Offenbar war ihr Hass nicht tief genug. Welcher Hass?, fragte die immer wiederkehrende spöttische Stimme in ihrem Kopf. Wenn Miss Winston wenigstens eine hochnäsige Gans wäre. Aber natürlich war sie das nicht. Sie war eine hübsche, liebenswerte junge Frau. Isabelle schloss gepeinigt die Augen. Sollte Roy vorgehabt haben, sie eifersüchtig zu machen, so war ihm das glänzend gelungen. Sollte er allerdings Gefallen an Miss Winston finden … Isabelle verbot sich gewaltsam, den Gedanken zu Ende zu führen.

Die Zeit verstrich, sie hätte nicht sagen können, ob eine Minute oder eine Stunde vergangen war, als Miss Winstons Lachen und Roys tiefe Stimme zu ihr herüberwehten. Die beiden waren offenbar wieder zurück.

„Isabelle!", erklang es plötzlich laut.

Es war Roy.

Sie raffte ihre Röcke, nicht ohne vorher tief Luft geholt zu haben, und begab sich auf die Veranda.

„Ja, Sir?"

Aus Furcht, er könnte ihren aufgewühlten Zustand bemerken, hielt sie die Augen gesenkt.

„Es ist Zeit fürs Dessert", sagte er.

Sie nickte und ging in die Küche.

„Wir sollen den Nachtisch servieren", informierte sie Rachel mit tonloser Stimme.

„Ich bin eben damit fertig geworden." Ihre Freundin strahlte übers ganze Gesicht „Ananaskuchen mit Kokoscreme."

Die Gäste waren voll des Lobes für Rachels süße Kreation, und es blieb nicht bei einem Stück. Der junge Winston langte gar dreimal zu. Nur Roy rührte das Dessert kaum an.

„Schmeckt es Euch etwa nicht?", fragte Miss Winston ungläubig.

„Im Moment habe ich keinen Appetit", antwortete Roy mit einem kleinen Lächeln. „Ich werde mein Dessert später einnehmen."

„Bitte, Mister Flannigan", bat Frederic Winston etwas später. „Erzählt uns von Euren Abenteuern. Ihr habt als Pirat gewiss Aufregendes erlebt."

„Oh ja, bitte!" Seine Schwester klatschte begeistert in die Hände. „Erzählt uns davon!"

„Solch' zauberhaften Gästen kann ich schlecht etwas abschlagen", antwortete Roy charmant und zwinkerte der jungen Frau zu.

Dann lehnte er sich zurück und begann mit funkelnden Augen zu erzählen. Er berichtete von exotischen Ländern, gefährlichen Tieren und geheimnisvollen Schätzen, und Isabelle musste sich eingestehen, dass er ein Naturtalent war. Während er sprach, zog er Grimassen, verstellte seine Stimme, gestikulierte wild hin und her und erschuf vor den

Augen seiner Zuhörer Bilder von ungeheurer Leuchtkraft. Schon bald hingen alle gebannt an seinen Lippen. Auch George, der sich aus der Küche hinausgeschlichen hatte.

„Ich war einmal in Indien", erzählte Roy irgendwann. „Das ist schon Jahre her. Ein Maharadscha hatte mich und meinen ersten Maat zu einem Festessen eingeladen. Die Wände seines Palastes im Fürstenstaat Manipur waren mit buntem Marmor verkleidet, Rubinen besetzten die Säulen in seiner Vorhalle, und der Boden, Ihr werdet es kaum glauben, war aus purem Silber. An seinem goldenen Thron waren zwei bengalische Tiger angekettet, so groß wie Fohlen, mit Zähnen so lang wie mein Unterarm. Das Essen wurde in einem Pavillon serviert, das auf dem Wasser schwamm. Die Speisen waren sehr exotisch, doch am Aufregendsten war …" Er holte tief Luft, und alle lehnten sich vor. „… das Dessertbuffet."

„Dessertbuffet?", echote Frederic Winston. „Was ist das?"

„Angerichtete Köstlichkeiten auf einem langen Tisch, wobei sich der Gast selbst bedient." Roy legte eine kurze, wirkungsvolle Pause ein, bevor er mit tiefer Stimme fortfuhr. „Nur dass hier die Köstlichkeiten nicht auf einem Tisch drapiert waren, sondern auf einem wunderschönen, splitterfasernackten Mädchen."

Die Reaktionen fielen unterschiedlich aus. Während Miss Winston die Hand zum Mund führte, um ein nervöses Kichern zu unterdrücken, leuchteten die Augen ihres Bruders auf, und ihr Vater gab ein „Hört! Hört!" von sich.

Mit angehaltenem Atem starrte Isabelle Roy an, während er weiter erzählte. „Ihr Körper war vollständig mit kalten und warmen Süßspeisen bedeckt. Das Besondere aber war …" Wieder machte er eine kleine Pause. „Wir durften weder Besteck noch Finger benutzen, sondern nur unseren Mund", fügte er hinzu – und blickte Isabelle unvermittelt in die Augen.

Es war das erste Mal an diesem Abend, dass er sie direkt ansah, und es traf sie wie ein Blitz. Ihr Herz begann zu rasen, und das Blut schoss ihr ins Gesicht. Schon hatte er seinen Blick wieder abgewandt.

„Ihr musstet mit dem Mund essen?“, fragte der junge Winston nach. Er klang heiser und musste sich räuspern. „Schockierend.“

„Nicht wahr?“, sagte Roy lächelnd.

„Und … wie ist das Ganze ausgegangen?“, fragte Miss Winston mit leicht bebender Stimme.

„Amy!“, rief ihr Vater empört, während Roys Grinsen breiter wurde.

„Entschuldige, Papa“, antwortete Miss Winston, doch ihr begieriger Blick strafte ihre Worte Lügen.

Isabelle drehte sich abrupt um, und alle blickten sie an. „Ent … Entschuldigt mich“, stammelte sie. „In der Küche ist noch einiges zu tun.“

Schon stürmte sie an George vorbei, der ihr verblüfft nachblickte.

„Alles in Ordnung?“, fragte Rachel, als sie sich mit wildem Eifer auf das schmutzige Geschirr stürzte, kaum dass sie die Küche betreten hatte.

„Ich möchte nicht darüber reden!“, antwortete Isabelle brüsk, dann ließ sie kurz den Kopf sinken, murmelte eine Entschuldigung und widmete sich weiter dem Geschirr.

Nach einer Weile begaben sich Mister Winston und seine Tochter zu Bett. Ihnen waren die beiden Gästezimmer im oberen Geschoss zugewiesen worden. Indessen genehmigten sich Roy und Frederic Winston einen Schlummertrunk auf der Veranda. Während Isabelle den Tisch abräumte, bemerkte sie aus dem Augenwinkel, wie der junge Winston auf sie wies und Roy etwas ins Ohr flüsterte. Dieser hob eine Augenbraue, dann schüttelte er den Kopf. Er wirkte amüsiert. Mit den Tellern in der Hand und hochroten Wangen wandte sich Isabelle ab. Es dauerte noch lange, bis Rachel, George und sie Ordnung geschaffen hatten. Dann wurden die Fackeln endlich ausgemacht, und alle gingen zu Bett.

Weil das dritte Gästezimmer im Erdgeschoss von

Frederic Winston belegt wurde, war Isabelle die Nische neben der Küche zugewiesen worden. Dort hatte George eine Pritsche und eine Decke bereitgestellt. Nicht das feudalste Nachtlager, doch Isabelle war es gleich. Sie war hundemüde und wollte nur noch schlafen. Vollständig angezogen legte sie sich hin, zog die Decke über den Kopf und war kurz darauf eingeschlafen.

Sie träumte, dass sie schwebte. Die Wärme, die sie umfing, entlockte ihr ein wehmütiges Seufzen. Die Enge ihres Kleides löste sich wie von Zauberhand auf, ein vertrauter Duft stieg ihr in die Nase und versetzte ihr einen seltsamen Stich. Mit einem Mal lag sie auf einem festen Untergrund, unbequem und anregend zugleich, etwas Sanftes berührte ihre Nippel, die sofort hart wurden. Schon legten sich warme Hände auf ihre Unterschenkel und wanderten langsam nach oben. Sie stöhnte leise auf. Finger strichen über ihre Kniekehlen, dann weiter zu ihren Oberschenkeln, verharrten kurz dort, bevor sie sich entfernten. Sie gab einen enttäuschten Laut von sich, und ihr war, als ob aus weiter Ferne ein leises Lachen an ihr Ohr drang. Dann rieselte etwas über ihren Körper, das sich wie Sand anfühlte. Als es auf ihren Brüsten landete, kitzelte es. Unwillkürlich zog sie die Zehen ein – und wachte auf.

Ihre Augenlider flatterten, benommen drehte sie den Kopf zur Seite. Ihr Blick klarte sich nur langsam auf, und sie bemerkte Roy, der neben ihr stand und auf sie hinunterblickte. Sie brauchte einen Moment, um zu erkennen, dass sie auf der Kommode im Schlafzimmer lag. Nackt.

„Ich bin müde, Roy“, protestierte sie matt. „Bitte, lass mich in Ruhe.“

Sein Gesicht lag im Halbdunkel, und sie konnte den Ausdruck darin nicht erkennen. „Ich biete dir die Chance, dir eine weitere Guinee zu verdienen“, sagte er sanft.

„Eine weitere Guinee?“, fragte sie und gähnte. „Ich warte immer noch auf das Geld vom letzten Mal.“

Er stutzte, dann ließ er ein kleines Lachen hören. „Du hast Recht, entschuldige. Als Wiedergutmachung bekommst du heute das Doppelte auf die Hand.“

„Roy“, murmelte sie. „Muss das unbedingt jetzt sein? Ich bin körperliche Arbeit nicht gewohnt und wirklich sehr müde.“ Doch ihr verräterischer Schoß pochte bereits heftig, was sie mit Wut, aber auch mit Traurigkeit erfüllte.

„Du musst nichts tun,“ flüsterte er. „Einfach nur da liegen.“

„Wirklich?“

„Ja“, sagte er rau. Schon verband er ihr die Augen mit einem Tuch. „Genieß es einfach.“

Er nahm ihre Hände, sein Griff war sanft, und fesselte diese über ihrem Kopf, dann ließ er von ihr ab. Ihr Gesicht brannte, und sie wartete. Im Zimmer war kein Laut zu hören. Sie hielt den Atem an, aber nichts geschah.

„Was kommt jetzt?“, murmelte sie, als sie die Spannung nicht mehr aushielt.

Sie spürte Roys Atem an ihrem Ohr. „Das Dessertbuffet.“

Mango und Papaya

Ihre Haut kribbelte, während ihr eine Menge Bilder durch den Kopf gingen. Eines verstörender als das andere.

„Vielleicht hättest du Miss Winston fragen sollen!“, fauchte sie, bei dem Versuch, ihre wachsende Erregung zu überspielen.

Roy lachte. „Warum? Ich habe doch dich“, antwortete er mit kehliger Stimme. „Und jetzt entspann dich.“

Dann geschah erneut nichts, und Isabelle presste die Lippen fest zusammen. Sie würde ihm nicht die Genugtuung verschaffen, ihre Empfindungen offen zu zeigen. Sie würde seinem obszönen Spiel widerstehen. In Indien mochte es Sitte sein, aber unter zivilisierten Menschen waren Speisen zum Verzehren da und nicht dazu ge… Aaah. Sie erschauerte. Etwas Flüssiges flutete ihren Nabel, lief über und rann ihren Bauch seitlich hinunter. Sie versteifte sich, drückte die Oberschenkel fest gegeneinander. Und wartete ab. Er ließ sich Zeit, sie hörte, wie er etwas zu rühren schien. Sie war versucht, die Binde abzunehmen, doch aus irgendeinem Grund tat sie es nicht. Mit angehaltenem Atem lauschte sie und keuchte, als etwas Warmes und gleichzeitig Cremiges an ihren Innenschenkeln entlanglief. Als ein Tropfen auf ihrem Kitzler landete, bäumte sie sich auf.

Mistkerl!

„Ruhig“, murmelte er, als wäre sie ein wild gewordenes Fohlen.

Weitere Tropfen sprenkelten ihren Bauch und die Mulde zwischen ihren Brüsten. Etwas Kaltes berührte ihren rechten Nippel, und sie zuckte zusammen. Die empfindliche Spitze wurde zu einem harten Knoten, und

Roy platzierte darauf etwas von der warmen Creme. Das Gleiche stellte er mit ihrer linken Brustwarze an. Das Wechselspiel von kalt und warm ließ sie schwindeln, während sich die Nässe zwischen ihren Beinen sammelte. Wieder hielt er inne, und wieder verharrte sie. In Erwartung dessen, was kommen würde, durchrieselte ein heftiger Lustschauer ihren Körper. Da bannte sich etwas Festes und gleichzeitig Samtweiches einen Weg zwischen ihren zusammengepressten Oberschenkeln. Kurz leistete sie Widerstand, dann löste sie die Spannung und ließ zu, dass er etwas zwischen ihren Schamlippen drückte. Der Eindringling war etwa so dick wie der Mittelfinger eines Mannes. Roy ließ ihn in ihrem Schoß kreisen, schob ihn sanft vor und zurück, und Isabelle entfuhr ein leises Stöhnen. Als er herausgezogen wurde, biss sie sich auf die Lippen, um nicht vor Enttäuschung zu wimmern. Nun strich er sanft über ihren Venushügel, wanderte nach oben zu ihrem Nabel, wo er in die Flüssigkeit getunkt wurde, bevor er einen Bogen um ihre Brust zeichnete, eine feuchte Spur auf ihrem Dekolletee hinterlassend, um schließlich auf ihrem Kinn haltzumachen.

Isabelle spürte Roys Wärme neben ihrem Kopf, vermutlich hielt er sein Gesicht ganz nah an ihrem. Das geheimnisvolle Etwas berührte ihre Unterlippe, zeichnete die Wölbung nach, strich zärtlich über die Oberlippe, um schließlich an ihren Mund anzuklopfen. Ein angenehmer, wenn auch undefinierbarer Duft stieg Isabelle in die Nase. Begierig öffnete sie den Mund, streckte ihre Zungenspitze heraus, berührte zaghaft den Eindringling. Eine Frucht. Sie schmeckte süß, vermutlich eine Mango. Roy ließ sie sanft über die Innenseite ihrer Unterlippe gleiten, bevor er sie ihr in den Mund schob und auf Isabelles Zunge ein prickelndes Feuerwerk entfachte. Sie schmeckte Ananas und Vanille und den einzigartigen, salzigen Geschmack ihres Schoßes. Ihr Unterleib zog sich zusammen, und sie lutschte gierig an der Frucht.

„Vorhin hat mich Frederic Winston doch tatsächlich

gefragt, ob du heute Nacht sein Lager teilen kannst“, flüsterte Roy. Sein Atem streifte ihr Ohr, er klang erregt.

„Hmm.“ Was Frederic Winston gesagt hatte, war ihr gleich. Das einzige, was in diesem Moment zählte, war die Lust in ihrem Becken, die sie zu zerreißen drohte.

„Ich habe natürlich Nein gesagt“, erzählte Roy im Plauderton weiter. „Dafür habe ich ihm erlaubt, dem hier beizuwohnen.“

Schlagartig erwachte Isabelle aus ihrer Trance. „Was?“, rief sie entsetzt.

„Keine Angst, Liebes. Er sitzt auf unserem Bett und schaut nur zu. Berühren darf er dich nicht. Wie er sich Lust verschafft, bleibt ihm überlassen.“

Ihr Herz drohte aus der Brust zu springen, ihr Atem ging stoßweise. Sie spürte, wie ihr Gesicht heiß wurde. „Wie … kannst du nur?“, stammelte sie. „Oh, Gott!“ Sie versuchte, von der Kommode herunterzurutschen, doch er hielt ihre Arme fest.

„Du vergisst, dass ich dich hierfür bezahle, Isabelle“, sagte Roy bestimmt. „Mein Geld, meine Regeln. Das hier hat nichts mit Gefühlen zu tun, wie du sehr gut weißt. Ich will nur meinen Spaß.“

„Ich hasse dich!“, spie sie ihm ins Gesicht.

„Ich weiß“, antwortete er unbeeindruckt. „Du betonst es ja oft genug.“ Ohne sie loszulassen, küsste er sie von ihrem Ohr zu ihrem Hals und biss sie sanft. „Vielleicht um es dir selbst einzureden?“

Seine Lippen wanderten zu ihrem Dekolletee. Er fuhr mit langen Zungenschlägen über ihre erhitzte Haut, bevor er einen ihrer Nippel in den Mund nahm und die Creme genüsslich ableckte. Mit dem Finger strich er über ihren anderen Nippel, und sie konnte hören, wie er seinen Finger an den Mund führte, um ihn abzuschlecken. Dabei gab er sinnliche Schmatzgeräusche von sich, und sie hob unbewusst ihr Becken. Er packte ihre Brüste mit beiden Händen, drückte sie leicht zusammen und vergrub sein Gesicht in der Mulde dazwischen. Während er mit der

Zunge darüber fuhr, kratzte sein Bart auf ihrer Haut, und neue Wellen der Erregung schossen durch sie hindurch. Dann wanderten seine Lippen langsam über ihren Bauch und schlürften an ihrem Nabel. Ihr Atem ging abgehackt. Die Vorstellung, dass Frederic Winston ihnen zusah, machte sie schwindelig, und sie wünschte sich plötzlich nichts sehnlicher, als dass einer der beiden Männer sie nahm. Hart und tief.

Als Roy ihre Innenschenkel sauber leckte, keuchte sie laut. Inzwischen war es ihr egal, dass sie ihre Lust offen zeigte. Ihr Schoß stand in Flammen, und sie konnte spüren, wie sie tropfte. Da hielt Roy plötzlich inne. Über ihren Körper legte sich erneut ein Schauer, ihre Nippel schmerzten, so hart waren sie. Was hatte er vor? Sie spitzte die Ohren, hörte, wie er sich kurz entfernte und dann wieder kam und sich zwischen ihre Beine postierte. Finger legten sich auf ihre Schamlippen und begannen ihren Schoß zu massieren. Was, wenn es Frederic Winstons Finger waren? Sie spürte ein heißes Brennen, und ihr Kitzler fühlte sich an, als würde er um ein Vielfaches anschwellen.

Isabelle bekam Angst. „Was … ist das?“, fragte sie.

„Ingwersaft, Liebes“, beruhigte Roy sie. Es waren also seine Finger, wie sie erleichtert feststellte. „Nichts, wovor du dich fürchten musst.“

Er steckte etwas in ihren Schoß, etwas Langes, Fleischiges, das sich kühl und wunderbar anfühlte. Wollüstig hob sie ihr Becken an, damit er es tiefer in sie hineinzwängen konnte. Sie stellte sich vor, dass es ein Männerschwanz wäre. Sein Schwanz. Ihr Unterleib zuckte, sie stand kurz vor dem Höhepunkt.

„Eine Stelle muss ich noch sauber lecken“, sagte Roy leise.

Schon spürte sie seine Zungenspitze auf ihrem Kitzler, und als er sie zunächst sanft und dann mit stärker werdendem Druck leckte, presste sie die Lippen verzweifelt aufeinander, um nicht laut zu werden. Ihr Puls raste.

„So nicht, Liebes“, flüsterte Roy streng.

Er hielt ihr die Nase zu, so dass ihr nichts anderes übrig blieb, als durch den Mund zu atmen. Sie gab ein lautes Stöhnen von sich, während er mit einem Daumen ihren Kitzler weiter bearbeitete. Als ihr Stöhnen in einen gedehnten Schrei überging, hielt er ihr den Mund zu.

„Dass du gleich übertreiben musst“, wies er sie zärtlich zurecht. „Wir wollen doch nicht unsere Gäste aufwecken.“

Wimmernd wand sie sich unter seinen Liebkosungen, ihre Muskeln spannten sich an, dann bäumte sie sich auf und kam mit einer unglaublichen Wucht. Vor ihren Augen explodierten Sterne, während Roys Hand ihre kleinen spitzen Schreie dämpfte. Hinterher war ihr Kopf wie leergefegt, und sie sank kraftlos zusammen. Ihre Zuckungen verebbten nur sehr langsam.

Roy stand kurz vor der Explosion. Es kostete ihn einiges an Überwindung, seinen harten Schwanz nicht in Isabelles nach Luft schnappenden, offenen Mund zu stecken. Die geschälte Papaya in ihrem Schoß schimmerte feucht, ihre dunklen Nippel standen aufreizend nach oben, und ihr Gesicht war nach dem heftigen Orgasmus von einer sanften Röte überzogen. Eine Wonne war es gewesen, zu beobachten, wie ihr abweisendes, versteinertes Gesicht unter seinen Berührungen langsam zu Wachs geworden war, um sich am Ende in hemmungsloser Lust zu verzerren. Sanft zog er die Papaya aus ihr heraus und konnte nicht widerstehen, in die Frucht zu beißen. Ein süßlicher und zugleich salziger Geschmack flutete seinen Mund.

„Roy?“ Sie klang heiser.

„Ja, Liebes?“

Weil er den dringenden Unterton in ihrer Stimme hörte, legte er die Frucht beiseite, um sie in den Arm zu nehmen. Sie drückte ihr heißes Gesicht gegen seine Schulter.

„Ist Frederic Winston noch hier?“, flüsterte sie.

Er lächelte. „Warum sollte er hier sein?“

„Du … hast doch vorhin gesagt, er würde zusehen.“

„Ich habe gelogen.“

Sie japste, als sie begriff. „Du verfluchter Schweinehund!“, rief sie und versuchte von der Kommode zu springen, doch er nagelte sie mit seinem Oberkörper fest.

„Na, na. Welch‘ unschicklicher Ausdruck für eine Dame“, murmelte er, bevor er ihren Kopf mit beiden Händen packte und ihren fluchenden Mund mit seinen Lippen verschloss.

Es war ihr erster Kuss nach langer, langer Zeit, und schon nach wenigen Sekunden hörte sie zu zappeln auf, um ihn zu erwidern. Als er seine Zunge weit und fordernd in ihren empfindlichen Mund steckte, gab sie ein seliges „Hmmm … Schokolade“ von sich, und er spürte, wie sie lächelte. Fieberhaft und leidenschaftlich küsste er sie, atmete ihren süßen Duft ein, war wie berauscht.

„Warum hast du gelogen?“, fragte sie später etwas atemlos.

„Weil ich wusste, dass dich der Gedanke erregen würde, von einem fremden Mann beobachtet zu werden. Das hat er, oder etwa nicht?“

Sie nickte. „Bin ich verdorben, Roy?“, fragte sie mit unsicherer Stimme.

„Natürlich nicht.“ Er lachte. „Nach allem, was ich mit dir angestellt habe …“

„Roy?“

„Ja, Liebes?“

„Die Geschichte mit dem Maharadscha …“

„War auch gelogen.“ Er fuhr mit den Fingern ihren Nacken entlang, dann nahm er ihr die Binde ab.

Mit verschleiertem Blick sah sie ihn an. Wie er ihre Augen liebte!

„Vielleicht hasse ich dich doch nicht so sehr, wie ich dachte“, murmelte sie.

Obwohl er sich im Grunde seines Herzens sicher

gewesen war, bekam er vor Erleichterung weiche Knie.

„Haben wir immer noch eine geschäftliche Beziehung, Roy?"

Zärtlich sah er sie an. „Die hatten wir nie, Liebes", sagte er, löste ihre Fessel und hob sie hoch.

Sie seufzte, verschränkte ihre Hände hinter seinem Nacken. „Bekomme ich trotzdem meine drei Guineen?", fragte sie kokett.

„Wenn du darauf bestehst", antwortete er mit einem breiten Grinsen, während er sie behutsam aufs Bett legte.

Ohne ihn aus den Augen zu lassen, räkelte sie sich, die Beine leicht gespreizt, die Scham feucht vor Lust. Sein Schwanz wurde noch härter, als er sowieso schon war, und ihm brach der Schweiß aus.

„Ich will dich in mir spüren", schnurrte sie, als ob sie seine Gedanken gelesen hätte, dann verzog sie ihre Lippen zu einem kleinen gemeinen Lächeln, das seine Kehle austrocknete. „Aber ich will, dass du erst kommst, wenn ich es dir erlaube."

Die Röte in ihrem Gesicht vertiefte sich, dennoch war ihr Blick fordernd, und er zitterte vor Begierde. Diese neue Seite von Isabelle gefiel ihm. Schnell zog er sich aus, bevor er sich flach auf sie legte, Haut an Haut. Kurz genoss er das Gefühl der Nähe, dann versenkte er keuchend seinen Schwanz in ihr. Sie war nass und bereit für ihn, also begann er sich langsam vor und zurück zu bewegen. Ihre Enge entlockte ihm ein heiseres Stöhnen, und er spürte, wie der Schweiß sein Gesicht hinunterrann, während er versuchte, den Orgasmus zurückzuhalten. Er wurde schneller und schneller, stieß sie wie ein Besessener, presste sich in ihren Schoß, bis sie stöhnend unter ihm kam, ihre Fingernägel in seinem Rücken gekrallt. Ihre Leiber waren schweißbedeckt, ihrer beider Atem ging flach und schnell. Sein Herz raste, als sie sich genüsslich streckte, ihren Kopf leicht schief legte und mit einem Seufzen über ihren verschwitzten Nacken strich. Er ließ von ihr ab, blieb aber zwischen ihren Beinen hocken. Sie sah ihn mit ihren wunderschönen Augen an.

„Bitte“, krächzte er.

Ihr Blick bohrte sich in seinen. Er stand kurz davor, die Kontrolle zu verlieren.

„Hmm …“, seufzte sie, während sie ihre Brüste sanft gegeneinander drückte, und mit ihren Fingerkuppen die himbeerfarbenen Spitzen massierte.

„Isabelle!“

„Du darfst“, sagte sie und lächelte.

Seufzend umfasste er seinen dicken, heißen Schaft und begann zu reiben. Als sein Schwanz ungeduldig zuckte, schloss er die Augen.

„Ich will, dass du mich dabei ansiehst“, forderte sie.

„Kleine rachsüchtige Schlampe“, ächzte er.

Ohne seinen Blick von ihren lachenden Augen abzuwenden, rieb er schneller und fester, der Druck seiner Faust steigerte sich, bis er für eine Sekunde erstarrte. Sein Bauch zog sich zusammen, sein Schwanz bäumte sich auf, und er kam mit einem befreiten Stöhnen. Endlich! Zuckend spritzte er eine erste Fontäne heißer Lust auf ihren Bauch. Er zitterte, sein Orgasmus schien kein Ende zu nehmen, während immer mehr weiß leuchtende Tropfen durch die Luft jagten und auf ihrer Haut landeten. Irgendwann brach er keuchend zusammen, das Herz hämmerte wild in seiner Brust.

„Entschuldige“, stammelte er und wies auf ihren besprenkelten Bauch.

„Ist schon in Ordnung, denke ich“, antwortete sie leise, dann streckte sie die Hand aus und berührte seinen Samen, den sie zwischen zwei Fingern verrieb. „Das hat mir gut gefallen.“ Dann roch sie daran und kräuselte die Nase. Als sie mit der Zungenspitze davon kosten wollte, stöhnte er.

„Mach das nicht“, bettelte er.

Er spürte, wie er wieder hart wurde.

„Warum nicht?“, fragte sie mit unschuldiger Miene, dann leckte sie an ihrem Finger und verzog das Gesicht.

„Du gewöhnst dich daran“, sagte er und ließ sich neben

sie fallen.

„Glaubst du?“, fragte sie skeptisch.

„Ich hoffe es wenigstens.“

„Nun“, erwiderte sie hochnäsig, offenbar um ihn zu necken. „Wir werden sehen.“

Dann huschte ein spitzbübisches Lächeln über ihr Gesicht, und er verlor sich in ihren grüngrauen Augen. Sein Herz quoll über, als sie ihren Kopf an seinen Hals schmiegte, um mit ihren Lippen seine Haut zu liebkosen. Er fühlte sich matt und glücklich. Eine Weile lauschte er auf ihren ruhiger werdenden Atem, dann hauchte er ihr einen sanften Kuss auf die Nase.

„Komm zu mir zurück, Liebes“, flüsterte er.

„Ich kann nicht.“

Eine eisige Faust griff nach seinem Herzen. „Warum nicht?“

„Was erwartet mich hier, Roy?“, sagte sie. Es klang traurig. „*Silver Sands* ist nicht der Ort, an dem ich glücklich werden kann.“

„*Ich* bin hier, Isabelle.“

Als sie nichts sagte, wurde er ärgerlich. „Meinst du etwa, diese schäbige kleine Hütte am Waldrand ist der Ort, an dem du glücklich wirst?“

Isabelle schüttelte den Kopf, eine Träne rann ihre Schläfe hinunter, und ein Gefühl der Zärtlichkeit durchströmte ihn.

„Werde meine Frau“, bat er sanft.

Verunsichert blickte sie ihn an. “Warum?“

Weil ich dich liebe.

„Ist es nicht das, was du willst, Isabelle?“

Sie drehte den Kopf weg. „Ich weiß nicht“, flüsterte sie.

„Du weißt es nicht?“, fragte er rau nach und hob mit zwei Fingern ihr Kinn zu sich heran, damit sie seinem Blick nicht ausweichen konnte.

Sie wirkte verletzlich. „Ich habe Angst vor dem, was du mit mir machst, Roy.“

Er schwieg lange. „Glaubst du etwa, ich habe keine

Angst?", murmelte er schließlich.

Überrascht sah sie ihn an, doch sie kam nicht dazu, etwas zu erwidern, denn plötzlich hämmerte jemand wie wild unten gegen die Eingangstür.

Verdammt!

Sofort sprang Roy auf, um sich anzuziehen.

„Du bleibst hier!", sagte er eindringlich zu Isabelle, wühlte im Schrank auf der Suche nach seinem Säbel und stürzte hinaus.

Auf dem Gang ging eine Tür auf, und Mister Winstons verschlafenes Gesicht erschien.

„Bitte bleibt in Eurem Zimmer, Sir!", wies Roy ihn an. „Und Eure Tochter ebenfalls."

Dann rannte er nach unten. Frederic Winston, der mit einem Fragezeichen im Gesicht aus seinem Zimmer kam, scheuchte er ebenfalls zurück.

„Wer ist da?", brüllte er nach draußen.

„Ich bin's, Captain!", kam es dumpf zurück.

Roy zündete die Gaslampe neben der Treppe an, dann straffte er sich und öffnete die Eingangstür. Als er sah, wer draußen stand, senkte er verblüfft den Säbel.

„Hicks?"

Blutige See

Fünf Tage zuvor…

Das Schiff ankerte nördlich von Belize in einer tief eingeschnittenen Bucht, die Schutz vor neugierigen Blicken bot. Eine süße Brise strich von der See durch die Luke, und Hicks seufzte. Im Laderaum roch es nach Sex und Moschus. Hicks sah auf den Jungen hinunter, der in seinen Armen lag und dessen Geschmack noch auf seiner Zunge prickelte. Das schwache Mondlicht, das von draußen hereinschien, liebkoste den milchig weißen Körper auf dem dunklen, schweren Samt, den sie aus einer der Kisten genommen hatten, um sich darauf zu betten. Hicks mochte Tom. Er mochte ihn sogar sehr. Ein Lächeln breitete sich auf seinem Gesicht aus, als er den Kopf neigte, um die roten Lippen des schlafenden Jungen zu küssen.

Da ertönte plötzlich ein dumpfes Geräusch über seinem Kopf, und er erstarrte. Geräusche waren auf einem Schiff nichts Ungewöhnliches. Das Knarzen der Takelage, der knirschende Rumpf, das Klacken der Segel, tappende Füße ... Ungewöhnlich hingegen war das Geräusch eines aufschlagenden Körpers mitten in der Nacht. Alarmiert griff Hicks nach seinem Entermesser, das in Reichweite lag, und setzte sich auf. In seinem Nacken kribbelte es verdächtig. Sein Instinkt sagte ihm, dass Tom und er im Laderaum nicht mehr allein waren.

Er spitzte die Ohren, seine Sinne waren geschärft. Als Tom neben ihm ein kleines Seufzen von sich gab, drückte er dem Jungen seine freie Hand auf den Mund. Dieser zappelte kurz, dann riss er die Augen auf. Die beiden wechselten einen stummen Blick, und Tom begriff. Hicks wies ihn an, leise zu sein, bevor er zum Eingang schlich. Hinter einer Kiste ging er in Deckung und lugte um die Ecke. Sein Gefühl hatte ihn nicht getrogen! Keine zwei Meter entfernt stand ein mächtiger Schatten, der beinahe den gesamten Eingang ausfüllte. Hicks griff nach der Klingenspitze seines Messers und hob den Arm, um es bogenförmig nach vorne zu werfen, als im schwachen Licht etwas schimmerte. Ein Ohrring. Hicks verharrte mitten in der Bewegung, kniff die Augen zusammen, um besser sehen zu können. Da bewegte sich der Schatten etwas, so dass das Licht auf ein Teil des Gesichts fiel. Erleichtert senkte Hicks den Arm. Es war Hassan. Der schwarze Hüne lief auf ihn zu, wie stets trug er Weste und Kniehose, und begann hektisch zu gestikulieren. Hicks brach der kalte Schweiß aus, er nickte und ging zurück zu Tom, der ihm mit großen Augen entgegenstarrte.

„Zieh dich schnell an", befahl Hicks leise. „Wie's aussieht, wurden wir geentert."

Nachdem sich Hicks und Tom wieder angezogen hatten, schlichen sie mit Hassan aus dem Laderaum. Von oben waren kaum Laute zu hören. Wer immer die Angreifer waren, sie gingen leise und methodisch vor. Als Hicks Anstalten machte, die Treppe nach oben zu nehmen, hielt ihn Hassan zurück und schüttelte den Kopf. Hicks nickte zum Zeichen, dass er verstanden hatte, bestand aber darauf, einen Blick zu riskieren. Auf Zehenspitzen ging er bis zur Hälfte der Treppe und streckte den Kopf vorsichtig nach oben. Was er sah, ließ ihm das Blut in den Adern gefrieren. Auf dem Deck wimmelte es von spanischen Marinesoldaten, und Hicks zählte mindestens ein Dutzend Leichen. Alles Mannschaftskameraden. Ein Leutnant in einer prächtigen, wenn auch blutgetränkten Uniform war gerade dabei, Schusswaffen an seine Männer zu verteilen. Hastig zog Hicks den Kopf wieder ein. Fragend blickte er zu Hassan hinüber. Der zeigte auf die Falltür, die zur Vorpiek führte.

„Da rein?", flüsterte Hicks ungläubig.

Hassan nickte.
„Und dann?“
Durch einige Handzeichen gab ihm Hassan zu verstehen, dass sie durch die Notluke in der Vorpiek nach draußen schlüpfen konnten, durch die man normalerweise das Wasser abließ.
„Wir wären unter der Wasseroberfläche“, flüsterte Tom. Seine Augen waren angstgeweitet. „Ich kann nicht schwimmen.“
„Ich fürchte, uns bleibt nichts anderes übrig“, wisperte Hicks. „Oben können wir nicht entkommen. Sie sind weit in der Überzahl, und Hassan meinte, dass sie schon den Großteil unserer Männer getötet haben.“ Ein bitterer Geschmack breitete sich in seinem Mund aus. „In ihren Hängematten. Diese Schweine!“
„Aber wir müssen den anderen doch helfen!“, murmelte Tom verzweifelt. Anscheinend zog er den Tod durch den Degen dem Ertrinken vor.
„Ich fürchte, dafür ist es zu spät, Junge“, antwortete Hicks mit belegter Stimme. „Wir müssen jetzt zusehen, dass wir unsere Haut retten.“
Hassan öffnete die Falltür zur Vorpiek, die in der Stille überlaut knarzte. Hicks fluchte.
„Wir müssen uns beeilen“, zischte er. „Tom, du gehst als erster!“
Der Junge kletterte die morsche Leiter hinab, dann folgte Hassan. Gerade als Hicks ihnen folgen wollte, stürzte einer der Marinesoldaten die Treppe hinunter. In der Hand hielt er einen blutigen Degen. Er zögerte nicht eine Sekunde und griff Hicks direkt an, beschrieb mit dem Arm einen Bogen, um dessen Kehle aufzuschlitzen, doch zum Glück war er zu langsam. Geschickt duckte sich Hicks unter dem Hieb hinweg, drehte sich einmal um die eigene Achse und stach seinem Gegner das Messer direkt ins Herz. Verwundert starrte ihn der Mann an, sein Degen fiel polternd zu Boden, und er sackte in sich zusammen. Ohne ihn eines weiteren Blickes zu würdigen, rannte Hicks zum

offenen Durchgang im Boden, wo seine Kameraden verschwunden waren, schlüpfte hindurch und schloss die Falltür hinter sich. In der Vorpiek stank es wie die Hölle, die schwappende Brühe voller Ratten und Exkremente reichte bis zu den Knien. Er hörte, wie Tom würgte.

„Schnell! Wir müssen uns beeilen!“, rief Hicks. „In Kürze wimmelt es hier unten von spanischen Soldaten!“

Tom war kreidebleich, in seinen Augen las Hicks nackte Panik.

„Es wird alles gut gehen, Junge“, versuchte er, ihn zu beruhigen. „Halt die Luft an, ich ziehe dich an die Oberfläche. Verstehst du mich?“

Tom nickte tapfer, dennoch konnte er nicht verhindern, dass seine Unterlippe zitterte.

„Wir überleben das“, murmelte Hicks und drückte sanft seinen Arm.

Am liebsten hätte er ihn geküsst, doch es wäre in Hassans Gegenwart unangebracht gewesen. Obwohl Liebe zwischen Männern auf Schiffen ein offenes Geheimnis war, redete man nicht darüber oder stellte gar seine Gefühle zur Schau. Die drei blickten sich an, dann riss Hassan die Luke auf. Sofort drängte Wasser hinein und begann die Vorpiek zu fluten.

„Los!“, schrie Hicks, und sie stürzten sich ins Meer.

Während Hassan mit kräftigen Schwimmstößen an die Oberfläche schwamm, zog Hicks Tom hinter sich her. Das Wasser war angenehm warm, dennoch kostete es ihm viel Mühe mit seiner menschlichen Fracht an die Oberfläche zu gelangen. Oben angekommen japste er nach Luft, kurz danach stieß auch Toms Kopf durchs Wasser. Hicks orientierte sich. Zum Glück befand sich der Strand in greifbarer Nähe. Hicks schwamm los, den Jungen hinter sich herziehend, und betete, dass die Soldaten an Deck sie nicht entdeckten. Obwohl Tom ganz offensichtlich Todesangst hatte, versuchte er, Hicks zu unterstützen, so gut er konnte, indem er mit den Beinen paddelte. Eigentlich hätte die See an dieser Stelle ruhig sein sollen, doch die Boote der Marinesoldaten rund um die *Southern Star* wühlten das Wasser auf. Verbissen kämpfte sich Hicks durch die Wellen, die ihn und Tom mal nach oben hoben, dann wieder in tiefe Wassertäler trieben. Der Strand rückte zwar näher, aber viel zu langsam, und Hicks spürte, wie die Kraft aus seinen Beinen wich. Als er einen salzigen Geschmack auf der Zunge spürte, wusste er nicht, ob dieser von seinen Tränen oder von der See herrührte.

Dann begann sich die Strömung gegen ihn zu verschwören, trieb ihn wieder aufs Meer hinaus. Hicks fluchte und verdoppelte seine Anstrengung, während Tom neben ihm hektisch zu zappeln begann. Verdammt, Junge, halt still!, wollte er ihm zuschreien, doch dafür reichte die Atemluft nicht aus. Er biss sich die Lippen blutig. Er wollte nicht wie eine Ratte im Meer verrecken. Und er würde nicht zulassen, dass Toms junges Leben hier und jetzt enden würde. Mit eiserner Willenskraft stemmte er sich gegen die Elemente. Jede Welle war ein Berg, den es zu erklimmen galt, und es schien kein Ende in Sicht. Die Kraft begann endgültig aus ihm zu weichen, wie guter karibischer Rum aus einer Flasche. Er war schon der Ohnmacht nahe, als er plötzlich von kräftigen Händen gepackt wurde. Durch die nassen Haarsträhnen hindurch sah er Hassans breites Grinsen und schloss erleichtert die Augen.

Nachdem der Hüne ihn und Tom an Land gezogen hatte, brach er erschöpft zusammen. Tom neben ihm hustete und würgte.

„Alles in Ordnung, Junge?“, ächzte Hicks besorgt.

Der andere nickte.

Doch Hassan ließ ihnen keine Zeit zum Verschnaufen, sondern trieb sie sofort zur Eile. Mehr auf allen Vieren als aufrecht taumelten sie den Strand hoch, um sich im nahegelegenen Wald zu verstecken. Im Schutz der Bäume beobachteten sie, wie eine weitere Abteilung Marinesoldaten am Fallreep hochkletterte. Schüsse fielen, Schreie wurden laut, während sich das Wasser in der Bucht rot färbte, als würde die *Southern Star* langsam verbluten. In diesem Moment trat eine Gestalt weiter unten hinter einem Baum hervor. Hicks griff nach seinem Messer, doch dann atmete er erleichtert auf. Das vernarbte Gesicht kannte er gut. Es war Will, der Segelmacher der *Southern Star*. Die Männer nickten sich kurz zu, dann setzten sie ihren Weg gemeinsam fort.

Gerade hatten sie den Kamm des Hügels erreicht, als eine ohrenbetäubende Explosion sie herumwirbeln ließ. Aus dem Schiffsinneren der *Southern Star* schoss eine meterhohe Feuersäule in den Himmel, die unzählige spanische Soldaten in den Tod riss. Wrackteile flogen durch die Luft und wurden bis ans Ufer geschleudert.

Mit tränenverschleierten Augen starrten die Männer aufs Meer hinaus, während das Feuer rasch kleiner wurde, bis es letztlich erlosch und die Überreste der *Southern Star* im Meer versunken waren.

Schlaflose Nacht

Nachdem Hicks seine Erzählung beendet hatte, verfiel Roy in ein langes Schweigen.

„Wer, glaubst du, hat das Schießpulver im Bauch der *Southern Star* angezündet?“, fragte er schließlich mit dumpfer Stimme. „Jones?“

„Anzunehmen.“

„Was ist aus Hassan, Will und Tom geworden?“

„Sie warten draußen“, antwortete Hicks.

Verblüfft hob Roy den Kopf. „Und das sagst du erst jetzt? Hol sie rein!“

Nachdem sich die Männer herzlich begrüßt hatten, vor allem Hassan grinste von einem Ohr zum anderen, führte Roy sie in die Küche.

„Schlagt zu!“, forderte er sie auf, nachdem er die Reste vom Abendessen aus der Anrichte geholt und auf den langen Holztisch gestellt hatte, der in der Mitte des Raums stand. „Es ist noch genug da.“

Das ließen sich die Männer nicht zweimal sagen. Nachdem sie Platz genommen hatten, langten sie kräftig zu. Vor allem Rachels Ananaskuchen fand großen Anklang. Obwohl Roy froh war, dass Hassan, Hicks, Tom und Will überlebt hatten, erfüllte ihn der Niedergang der *Southern Star* mit großer Trauer. Sie war ein stolzes Schiff gewesen, hatte allen Stürmen und Angriffen standgehalten. Zuletzt hatte sie mit Jones einen couragierten Captain gehabt. Ob Roy an seiner Stelle so selbstlos gehandelt hätte? Er wusste es nicht.

„Brandy?“, fragte er etwas später.

Begeistertes Nicken war die Antwort, also schenkte er

jedem ein Glas ein. Tom bekam auf Hicks Anweisung nur ein halbes Glas, was ihm seitens des Jungen einen vorwurfsvollen Blick einbrachte.

„Ihr könnt solange bleiben, wie ihr wollt", sagte Roy weiter. „Heute Nacht übernachtet ihr in der Scheune. Ich habe Gäste, aber morgen Mittag fahren sie wieder. Dann könnt ihr deren Zimmer haben." Er räusperte sich. „Es wäre schön, wenn ihr euch bis zu deren Abfahrt unsichtbar machen könntet. Wir wollen sie schließlich nicht erschrecken", schloss er mit einem milden Lächeln.

Die Männer blickten auf, die Backen aufgebläht, herzhaft kauend.

„Danke, Captain", antwortete Hicks mit vollem Mund.

„Wisst ihr schon, wie es weitergehen soll?"

Hicks schüttelte den Kopf.

„Ich sagte es dir ja schon in La Grenade", murmelte Roy. „Es sind schlechte Zeiten für Piraten."

Alle nickten traurig.

Nachdem die Männer fertig gegessen hatten, führte Roy sie zu ihren Schlafplätzen, die sich unweit der Stallungen befanden. Die Scheune war mit Stroh bedeckt, in einer Ecke stand eine alte Kutsche mit kaputten Rädern, ansonsten war das Gebäude leer.

„Braucht ihr Decken?", fragte Roy, als spöttisches Gelächter ihm entgegenbrandete.

„Mit allem Respekt, Captain, aber wir sind keine verweichlichten Landratten!", rief Will.

Mit einem schiefen Grinsen kehrte Roy zum Haus zurück, in der Hoffnung, die Winstons hätten nicht zu viel mitbekommen, und begab sich nach oben zu Isabelle. Sie lag eingerollt im Bett, ihr leicht gerötetes Gesicht lag auf seinem Kissen. Ihr Mund war etwas geöffnet, und er hörte sie atmen. Durch die Haltung waren ihre Brüste leicht aneinander gedrückt. Wie gern hätte er seine Finger in ihrem warmen Fleisch vergraben, doch sie sah so friedlich aus, dass er beschloss, sie nicht zu wecken. Leise zog er sich aus und legte sich neben sie. Sie bewegte sich, murmelte etwas im Schlaf und kuschelte sich an ihn. Es schnürte ihm die Kehle zu.

Er schloss die Augen, versuchte seinen Kopf zu leeren, doch der Schlaf wollte sich nicht einstellen. Nach einer Weile seufzte er und stand auf. Nachdem er sich wieder angezogen hatte, begab er sich nach unten ins Arbeitszimmer, zündete dort die Gaslampe an und nahm hinter seinem Schreibtisch Platz. Durch das offene Fenster wehte eine leichte Brise, den Duft von Hibiskus mit sich tragend. Im Haus herrschte Grabesstille, alle schliefen den Schlaf der Gerechten. Roy zog einige Dokumente aus einer Schublade hervor und machte sich an die Arbeit.

Als Isabelle erwachte, dämmerte es bereits. Sie räkelte sich, drückte ihren Kopf ins Kissen und sog Roys Duft ein. Sachte tastete sie die Stelle neben sich ab und griff ins Leere. Sie öffnete die Augen. Roy war nicht da. Die Stirn in Falten gelegt setzte sie sich auf. Plötzlich kam die Erinnerung zurück. Jemand hatte in der Nacht heftig an die Tür geklopft, sie hatte Stimmengemurmel gehört, dann war wieder Stille eingekehrt. Obwohl sie sich vorgenommen hatte, auf Roys Rückkehr zu warten, war sie eingeschlafen. Die Ereignisse des Vorabends hatten ihren Tribut gefordert. Eine Welle der Erregung überrollte ihren Körper, als sie daran zurückdachte. Das Dessertbuffet. Sein Antrag, falls man seinen Vorschlag als solchen bezeichnen konnte. Ob er es ernst gemeint hatte? Es war anzunehmen. Nachdenklich blickte sie aus dem Fenster. Wollte sie seine Frau werden und ihr restliches Leben mit ihm verbringen? Die Antwort lautete Ja. Aber was war mit den Schmerzen, der Angst, der Unsicherheit, die mit der Liebe einher ging? „Glaubst du etwa, ich habe keine Angst?“, hatte er gemurmelt und dabei so verloren ausgesehen.

Sie beschloss, ihn zu suchen.

Schließlich fand sie ihn im Arbeitszimmer, wo er hinter seinem Schreibtisch saß und gedankenverloren aus dem

Fenster starrte. Vor ihm stapelten sich Unmengen von Papier. Er lächelte milde, als er sie bemerkte.

„Du siehst müde aus, Liebster“, sagte sie und ging zu ihm.

„Ich war die ganze Nacht wach.“

Sie drückte seinen Kopf gegen ihre Brust. „Was ist passiert?“

Er nahm sie in die Arme und erzählte ihr, dass die *Southern Star* zerstört worden war und dass sich einige wenige Überlebende der Mannschaft hierher geflüchtet hatten, darunter auch Hassan. Etwas atemlos lauschte sie seinen Worten. Sie konnte seine Trauer fast greifen. Nachdem er geendet hatte, küsste sie ihn sanft. Er erwiderte ihren Kuss, nahm ihren Kopf in die Hände und umschloss ihren Mund mit einer Wildheit, die an Verzweiflung grenzte, als wäre sie sein Rettungsanker. Sie ließ zu, dass er sie rittlings auf seinen Schoß setzte, ihr Kleid hochhob und ohne viel Aufheben in sie eindrang. Der Akt war schnell und heftig, und als er kam, drückte sie ihn fest an sich, spürte sein Zittern. Dann wischte sie ihm die feuchten Strähnen aus dem Gesicht. Nun war sie es, die den Mund auf seine bebenden Lippen drückte. Sie blieb auf ihm sitzen, genoss seine Nässe zwischen ihnen, während er sie eng umschlungen hielt. Als er seinen Blick hob, las sie darin Liebe und bedingungsloses Vertrauen.

„Könntest du dir vorstellen, auf einem Schiff zu leben?“, fragte er sie.

Erstaunt sah sie ihn an. „Mit dir?“

Er nickte. „Als meine Frau.“

Ein warmes Gefühl machte sich in ihr breit, und sie verschränkte die Hände in seinem Nacken. „Aber nicht auf einem Piratenschiff.“

Er lachte, es klang etwas nervös. „Nein, auf einem Handelsschiff. Ich habe es durchkalkuliert“, sagte er und wies auf die Papiere auf dem Schreibtisch. „Frederic Winston ist ein vermögender Mann, und er schien von *Silver Sands* sehr angetan zu sein. Wenn ich ihm die

Plantage zu einem guten Preis verkaufe, werde ich in der Lage sein, Matthew auszubezahlen. Und mit der anderen Hälfte kaufe ich ein Schiff. Vielleicht eine Brigg oder eine Schaluppe. Mit Hassan und den anderen hätte ich schon ein paar tüchtige Seeleute an der Hand, falls sie einverstanden sind.“ Er machte eine kurze Pause. „Was meinst du, Liebes? Könnte dir das gefallen?“ Sein Blick war fragend, beinahe ängstlich.

„Was ist mit Rachel und den anderen?“, wollte Isabelle wissen.

„Frederic Winston scheint ein aufgeklärter Mann zu sein. Wir können davon ausgehen, dass er sie gut behandeln wird. Aber um ganz sicher zu sein, würde ich das im Verkaufsvertrag aufnehmen.“

Isabelle bekam einen Kloß im Hals, als sie daran dachte, sich von Rachel und George verabschieden zu müssen. Vor allem Rachel war eine gute Freundin. Die einzige in ihrem bisherigen Leben.

„Es muss nicht ein Abschied für immer sein“, sagte Roy eindringlich, als er ihren Blick bemerkte. „Wir können immer wieder hierher zurückkommen, um sie zu besuchen. Also, was sagst du? Stell dir vor“, fügte er mit einschmeichelndem Tonfall hinzu, als sie immer noch nichts sagte. „In welche Länder du reisen könntest: Neuengland, Mexiko, vielleicht sogar Indien.“

Indien … Kurz huschte ein Lächeln über ihr Gesicht. „Und was soll ich den ganzen Tag machen, während du die Leute herumkommandierst?“

„Du könntest die Bücher führen“, antwortete er. „Eine Arbeit, die ich hasse, und du könntest für die Männer kochen.“

Sie schlug nach ihm. „Ich kann nicht kochen.“

„Das macht nichts“, zog er sie auf. „Die Männer würden den Unterschied nicht merken. Und wenn doch, mache ich dir ein paar Babys. Das wird dich vollends beschäftigen“, sagte er und schrie auf, als sie ihn an den Haaren zog.

„Babys auf einem Schiff?“, rief sie ungläubig.

„Es wären nicht die ersten Kinder, die an Bord eines Schiffes aufwachsen, Liebes, und auch nicht die letzten." Dann wurde er schlagartig ernst. „Also, was sagst du?"

Sie hatte die aufgepeitschte See und den weiten Himmel vor Augen. Insbesondere Roys strahlendes Gesicht, wie er oben auf dem Achterdeck stand, die Hände fest um die Reling geklammert, die eisblauen Augen auf den Horizont gerichtet.

„Versprich mir eins, Roy", flüsterte sie, die Lippen an sein Ohr gepresst.

„Ich werde dich nie wieder im Stich lassen!", stieß er inbrünstig hervor. „Nie wieder!"

„Das meinte ich nicht", antwortete Isabelle.

„Sondern?"

Sie ließ sich Zeit mit der Antwort, begann stattdessen, ihren Hintern kreisförmig auf seinem Schoß zu bewegen. „Lass uns noch einmal in der Lagune baden, bevor wir fortgehen."

Er lächelte. „Versprochen."

Lustvolle Lektion

Epiphania schnaubte. Der neue Herr war aus einem weicheren Holz geschnitzt als Master Matthew. Nicht einen Blick hatte er für sie übrig gehabt, seit er in *Silver Sands* eingezogen war. Erst letzten Monat hatte er sich mit einem blassen Mädchen aus Bridgetown verlobt, das genauso langweilig war wie er. Master Frederic mochte ein gerechter Herr sein, doch für die Spiele, die Epiphania vorzog, war er wahrlich nicht geschaffen. An diesem Morgen war die junge Frau besonders schlecht gelaunt. Obwohl die Sonne gerade aufgegangen war, war sie auf dem Weg zu Grandma Johnson, um ihr frisches Obst zu bringen. Normalerweise übernahm ihre Mutter diese Aufgabe, doch weil sie heute unpässlich war, hatte sie ihre Tochter damit betraut.

Epiphania ging gerade einen schmalen Trampelpfad entlang, den Obstkorb auf dem Kopf, als sich ihr ein Schwarzer in den Weg stellte. Abrupt blieb sie stehen. Die Hände in die Hüfte gestemmt ließ sie ihren Blick über seine Gestalt wandern. Er war nicht sehr groß, dafür aber recht muskulös und trug nicht mehr als einen Lendenschurz. Seine Züge waren ebenmäßig und wurden von warmen, mandelförmigen Augen dominiert. Epiphania, die genauso groß war wie er, blickte ihm geradewegs ins Gesicht. Ihre vollen Lippen verzogen sich zu einem herablassenden Lächeln.

„Hast du dich verlaufen, Isaac? Der Zuckerrohr ist auf der anderen Seite."

„Epiphania", sagte er mit seinem besorgten Hundeblick. „Ich weiß von Rachel, dass es dir zurzeit nicht gut geht. Wenn ich dir irgendwie helfen kann, ich bin für dich da.

Das sollst du wissen."

„Als ob mich das interessieren würde!" Sie lachte, und er zuckte zusammen. „Geh mir lieber aus dem Weg! Ich will nichts mit dir zu tun haben."

„Warum? Weil ich auf dem Feld arbeite?", entgegnete er, offensichtlich um Fassung bemüht.

Sie sah ihn mit wildem Gesichtsausdruck an, wohlwissend, dass der Zorn sie schön wie eine Königin machte. „Auch. Aber vor allem, weil du eine hinterhältige Ratte bist!" Sie würde ihm ihre Überlegenheit beweisen, damit er sie ein für allemal in Ruhe ließ.

Unvermittelt brach er in Lachen aus. „Ich verstehe. Du bist immer noch böse auf mich, wegen dieser Sache damals." Er schüttelte den Kopf. „Epiphania, Epiphania ..."

Angesichts seiner unerwarteten Überheblichkeit lief ihr vor Wut die Galle über. „Du hast mir absichtlich ein Bein gestellt, damit ich stolpere und im Schlamm lande, wo sich die Schweine suhlen. Du hast mein schönes Kleid ruiniert!"

Er zuckte mit den Schultern. „Ich war noch ein Kind."

„Das ist mir egal!", warf sie ihm entgegen. „Das werde ich dir niemals verzeihen."

Als sie an ihm vorbeischreiten wollte, packte er sie und presste sich von hinten an sie. Der Obstkorb auf ihrem Kopf geriet ins Wanken, kippte und fiel zu Boden. Ananas, Äpfel und Bananen kullerten über den Boden.

„Also gut, wenn du es unbedingt wissen willst: Du hast lächerlich ausgesehen in diesem weißen Kleid!", flüsterte er ihr ins Ohr. „Deshalb bist du im Dreck gelandet."

Sie versuchte, sich aus seinem Griff zu winden. Vergeblich. Die Arbeit auf dem Feld hatte Isaac stark gemacht. „Ich war eine Prinzessin, und du hast es nicht ertragen!"

„Das glaubst du wirklich?", sagte er und lachte höhnisch. Jetzt war er verärgert. „Nein, was ich nicht ertragen habe, war, dass du ausgesehen hast wie eine dieser schwarz bemalten Puppen, mit denen kleine weiße Mädchen spielen. Die Spitze, der kleine Kragen, die Handschuhe …“ Seine Augen blitzten. „Du hast nicht nur dich, sondern uns alle lächerlich gemacht!“

„So etwas kann nur ein dreckiger Feldnigger sagen!“, keifte sie.

Im Nu hatte er ihren linken Arm verdreht und auf den Rücken gezerrt, dann drückte er sie vor sich her, Richtung Wald. Wütend über sich selbst, auf diese Weise überrumpelt worden zu sein, schossen ihr die Tränen in die Augen. Sie versuchte, nach hinten zu treten, doch offenbar hatte er das kommen sehen, denn er sprang zur Seite und drückte sie gegen einen mächtigen Baumstamm. Bevor sie reagieren konnte, presste er sich auf sie, sein Gewicht drückte sie gegen den Stamm, während sie hilflos mit den Beinen strampelte.

„Feldnigger!“, wiederholte sie.

„Mehr fällt dir dazu nicht ein?“

Ihre Handgelenke wurden gepackt, ein Arm wurde nach oben gerissen, dann folgte der zweite. Mit einer Hand hielt er sie fest. Für seine Körpergröße schien er riesige Pranken zu haben.

„Du bist eine hochnäsige schwarze Frau, Epiphania Harris“, hauchte er in ihr Ohr. „Du hast eine Lektion verdient.“

Zornig drehte Epiphania den Kopf, um Isaac ins Visier zu nehmen. „Wenn du mich anfasst, schneide ich dir den Schwanz ab!“, sagte sie mit der kältesten Stimme, zu der sie fähig war. Das Herz klopfte ihr bis zum Hals.

Er lächelte. Ein sanftes, zärtliches Lächeln. „Das wäre aber jammerschade. Dir würde viel Gutes entgehen.“

Er zwängte sein Knie zwischen ihre Beine, und Epiphania spürte eine wachsende Erregung. Sie mochte dominante Männer, das war schon immer so gewesen.

„Du hast es gern auf die harte Tour, habe ich gehört“, sagte er beinahe fröhlich, als hätte er ihre Gedanken gelesen. „Das gefällt mir. Ich werde dir deinen weißen

Master austreiben."

„Niemals!", zischte sie. „Du dreckige Ratte, wirst ihm niemals das Wasser reichen!"

Blitzschnell drehte er sie um, und ehe sie sich wehren konnte, hatte er wieder ihre Hände gepackt. Unverhohlen musterte er sie. Pures Verlangen schlug ihr entgegen, und Hitze stieg in ihre Wangen. Wieder drückte er sie mit seinem Körper gegen den Baum. Sie spürte seine Muskeln, seinen Schwanz, sein wild pochendes Herz. Sie war ihm so nah, wie sie es bei Master Matthew niemals hatte sein dürfen. Er beugte sich vor und fuhr sachte mit der Zunge über die dünne, verblasste Narbe auf ihrer Wange. Seltsamerweise war es diese Berührung, die sie erzittern ließ. Was ihm keineswegs entging. Er lachte leise, während sie ihn giftig anstarrte, streichelte ihre Taille. Sie hielt die Luft an.

„Heute wirst du einsehen, dass wir beide füreinander bestimmt sind", sagte er leise.

„Niemals."

Mit einem Lächeln ließ er sie los, um ihrem aufgepeitschten Geist etwas Ruhe zu gönnen. Kurz überlegte sie, ihn zu treten und loszurennen, doch ihre Beine fühlten sich zu weich an. Außerdem war sie neugierig, was Isaac mit ihr vorhatte. Herausfordernd blickte sie ihn an, und sein Lächeln vertiefte sich. In einer schnellen Bewegung zog er ihr das Kleid aus, und sie ließ es geschehen. Ihre Brüste sprangen ihm entgegen, ihre Nippel wurden an der Luft sofort hart. Seine Finger berührten sie, zwickten ihre Brustwarzen, und ihr Schoß lief über.

„So gefällst du mir am besten, Epiphania", sagte er heiser. „Eine wunderschöne schwarze Frau wie du hat es nicht nötig, Kleider von Weißen zu tragen."

Ihre Blicke krallten sich ineinander fest. Weil sie keine Anstalten machte, ihn zu schlagen oder wegzulaufen, schob er seinen harten Schwanz zwischen ihren Oberschenkeln. Dann senkte er seine Lippen auf ihren

Mund. Wieder und wieder küsste er sie, während er quälend langsam in sie eindrang. Geräusche zwischen Lust und Überraschung brachen aus ihr heraus. Sachte drückte er sich in sie hinein, damit sie sich an seine Größe gewöhnen konnte, dehnte sie immer weiter, und am Ende steckte er bis zur Wurzel in ihr. Sein Schwanz zwischen ihren Beinen verhinderte jegliche Flucht. Bei dem Gedanken flammte wilde Erregung in ihr auf. Als er mit einer Hand ihr Knie hob, um noch tiefer in sie eindringen zu können, streckte sie ihm ihr Becken entgegen. Gemächlich begann er, sich in ihr zu bewegen.

„Ich wette, so ausgefüllt bist du noch nie gewesen", sagte er mit rauer Stimme.

Epiphania empfing jeden seiner Stöße mit einem kehligen Laut, während sich ihre beiden schwitzenden Leiber vereinigten. Als seine Finger zu ihrer Knospe wanderten, sie rieb und neckte, ließ sie ein ersticktes Keuchen hören. Seine Augen bohrten sich in ihre. Sie hatten die Farbe des tiefsten Schlunds der Hölle und lockten sie hinab in einen Strudel aus Lust und Leidenschaft. Wenn das ein Hundeblick war, dann der einer wild gewordenen Bestie. Mit einer Hand massierte Isaac weiter ihren Schoß, mit der anderen hielt er ihr Knie fest. Dann stieß er immer heftiger zu, grub seine Zähne in ihre Schulter. Ein Zittern überfiel sie. Sie brannte lichterloh, verlor die Kontrolle, während Tränen in ihre Augen traten. Zu solchen Empfindungen hatte Master Matthew sie niemals gebracht. Er hatte nicht zugelassen, dass sie unbeherrschte Lust empfand. Sie war sein Spielzeug gewesen, dazu da, seinen Trieb zu befriedigen. Es hatte sie nie gestört. Bis jetzt.

„So ist es gut", murmelte Isaac und küsste ihre Tränen weg.

Als sie erneut zitterte, wanderten seine Lippen zu ihrem Mund. Seine Zunge bohrte sich in ihr Inneres, erforschte neugierig ihren Rachen. Ihre Scham pochte heftig, sie stand kurz vor einem Orgasmus.

„Mehr!", stöhnte sie.

Sie spürte seinen hämmernden Schwanz in ihrem Bauch, spürte den prallen Hodensack, der gegen ihre Scham stieß, und ihr Unterleib zuckte. Auch Isaac stand kurz davor, die Kontrolle zu verlieren. Sie spürte es, bewegte ihr Becken aufreizend hin und her. Sein Griff wurde fester, sie hörte seinen schnellen erregten Atem, also verdoppelte sie ihre Bemühungen. Zwar war sie immer noch in seinen Armen gefangen, doch den Mund konnte er ihr nicht verbieten.

„Ist das etwa alles, Feldnigger?", stöhnte sie.

Ein Zittern ging durch seinen Körper, das er jedoch angestrengt zu unterdrücken versuchte.

„Jeder weiße Mann kann das besser!"

Ihre Worte brachten ihn um den Verstand. Er zuckte heftig, sie konnte spüren, wie seine Beine zitterten. Ein letztes Mal drang er sie hinein, dann entlud er sich mit einem befreiten Stöhnen. Wieder und wieder spritzte er ab, ohne seinen Griff zu lockern. Dann ließ sich Epiphania fallen. Während sie über die Schwelle katapultiert wurde, stieß sie Lustschreie aus, und heiße Schauer durchliefen ihren Körper. Der gemeinsame Höhepunkt schien sie beide zu zerreißen. Sie schlang ihre Beine und Arme um ihn, presste sich an seinen heißen Körper, ließ zu, dass die Zuckungen ihr Innerstes erschütterten. Hinterher ließ sie erschöpft ihren Kopf gegen seine Schulter fallen, genoss seinen Geruch, den frischen Schweiß auf seiner wunderschönen schwarzen Haut.

Während sich ihr Herzschlag wieder beruhigte, sagte keiner etwas, bis Isaac das Schweigen durchbrach. „Ab sofort will ich dich nie wieder im Bett eines weißen Masters sehen", sagte er mit fester Stimme.

Sie nickte ermattet.

„Hast du mich verstanden?" Er hob ihr Kinn an und sah ihr in die Augen.

„Ja, Isaac."

Sein Kuss war zärtlich und voller Verheißung.

Ein Sturm zieht auf

Der Federkiel kratzte eifrig übers Papier. *Liebe Rachel …* Isabelle hielt beim Schreiben den Kopf gesenkt, ihre Zungenspitze ragte leicht hervor, als sie über die Erlebnisse der letzten Monate schrieb. *Riesige graue Tiere mit lächerlich kleinen Ohren …* Draußen strahlte der Himmel in einem herrlichen Blau, die Sonne tauchte das Papier in ein goldenes Licht. *Die königliche Garde trug kunstvolle Bärte, bunte Turbane und gefährlich aussehende Dolche …* Ein Lächeln huschte über Isabelles Gesicht. *Wunderbare Neuigkeit …* Kurz hielt sie inne, schloss die Augen und horchte in sich hinein. Dann setzte sie den Brief fort. *Wir erwarten unser erstes Kind. Roy ist sehr aufgeregt!* Ihr Herz quoll über, als sie die Worte zu Papier brachte. *Hassan übrigens auch. Ich hoffe, er wird das Baby nicht zu sehr verwöhnen.* Isabelle grinste. *Roy meint, es sei für mich sicherer, unser Kind an Land zur Welt zu bringen, deshalb werden wir ein paar Wochen vor der Geburt nach* Silver Sands *kommen.* Isabelle blickte kurz aus dem Fenster, bevor sie weiterschrieb. *Der liebe Frederic hat uns zugesagt, dass wir so lang bleiben können, wie wir wollen. Aber ich nehme an, dass es uns bald wieder hinaus aufs Meer treiben wird. Sei also bitte nicht enttäuscht, wenn wir irgendwann wieder abreisen.* Isabelle war erst seit kurzem guter Hoffnung. Bis der Brief Rachel erreichen würde, würden Wochen vergehen, und danach noch einmal mehrere Monate, bis sich die beiden Freundinnen umarmen würden. *Ich würde mich sehr freuen, wenn du die Patin unseres Kindes werden würdest.* Isabelle konnte sich kein schöneres Dasein vorstellen als das Leben an Bord eines Schiffes, dennoch freute sie sich auf das Wiedersehen mit Rachel, George und den Meerjungfrauen. Verträumt blickte sie auf den Ring an ihrem Finger. Noch immer erfüllte sie der Anblick mit Liebe und Ehrfurcht. Roy und sie hatten vor sechs Monaten auf dem Achterdeck ihres neuen Schiffs geheiratet, einer zweimastigen Brigg, die sie *Golden Colibri* getauft hatten. Der Captain eines holländischen Handelsschiffs hatte die Trauung vorgenommen.

Nachdem Isabelle den Brief an Rachel beendet hatte, setzte sie einen zweiten, weitaus kürzeren Brief an Frederic Winston auf, in dem sie ihn bat, den ersten Brief Rachel vorzulesen. Zwischen Roy und ihm hatte sich eine innige Freundschaft entwickelt, und die beiden Männer standen in regem brieflichem Kontakt. Erst kürzlich hatte Frederic Winston sie davon in Kenntnis gesetzt, dass er die Powell Plantage zu kaufen beabsichtigte. Worüber sich Isabelle sehr gefreut hatte, denn die Lebensbedingungen der dortigen Sklaven würden sich dadurch deutlich verbessern. Als Isabelle den Federkiel zur Seite legte, war die Sonne bereits ein gutes Stück weiter gewandert. Sie streckte den Rücken durch und stand auf. Dann verließ sie die Kajüte. Hassan, Tom, Will und die anderen Seeleute waren gerade damit beschäftigt, die Segel einzuholen, während Roy gemeinsam mit Hicks oben auf dem Achterdeck stand. Sein schwarzes Haar wehte im Wind, sein halb offenes Hemd gewährte einen Blick auf seine muskulöse Brust, und in Isabelles Bauch kribbelte es verdächtig.

„Ein Sturm zieht auf, Weib!“, begrüßte er sie.

Seine Augen funkelten schelmisch, als er nach ihrer Hand griff und sie mit sich aufs Hauptdeck zog. Dort schnappte er sich ein Seil und band sie beide am Großmast fest, während Hicks ihnen kopfschüttelnd nachblickte. Noch vor einer Stunde war der Himmel strahlend blau gewesen und die See ruhig, doch nun wich das anfängliche Blau einer grünlichen Färbung, die nach und nach in ein schwefliges Gelb überging und sich von Westen her immer weiter ausdehnte. Das Wasser wurde immer schwärzer, die Gischt schimmerte umso weißer. Eine erste Bö fuhr durch die Takelage, und die Sonne verschwand hinter dem schwefligen Gelb.

Ein kräftiger Windstoß fegte durch Roys Haar, er strich sich eine Strähne aus dem Gesicht, um ihr in die Augen zu sehen.

„Ich liebe dich“, sagte er mit belegter Stimme, während schwarze Gewitterwolken über ihren Köpfen galoppierten. „Ich schätze, das habe ich schon immer.“

Die letzten Worte flüsterte er, dann küsste er sie. Unendlich sanft und liebevoll. Sie standen so dicht beieinander, dass sie seinen kräftigen Herzschlag spüren konnte. Als eine Welle gegen das Schiff krachte und der Boden wankte, wurde seine Umarmung fester.

Isabelle lächelte.

Sie befand sich am sichersten Ort der Welt.

Hat Ihnen die Geschichte gefallen?
Ich freue mich auf Feedback!

Herzlichst,

Ihre Amélie Duval

ameliedouval66@gmail.com

Sie finden mich auch auf
Twitter und Facebook.

AMÉLIE DUVAL Französische Autorin, 1972 in Dijon geboren, schreibt seit vielen Jahren Romane im Bereich Romance und Fantasy. Seit kurzem verfasst sie auch Geschichten, in denen große Gefühle mit einer ordentlichen Portion Erotik gewürzt werden. Weil die Mischung für ihren Verlag zu scharf ist, hat sie beschlossen, sie unter dem Pseudonym Amélie Duval (Amélie ist der Name ihrer verstorbenen Großmutter) in Eigenregie zu veröffentlichen.

Heute lebt sie mit ihrem Mann und ihren zwei Kindern in Wiesbaden, in einem Haus aus der Jahrhundertwende mit Garten und einer Laube, wo sie am liebsten sitzt und schreibt. Nach fast zwanzig Jahren Ehe ist Amélie Duval immer noch in ihren Mann verliebt – und in die Liebe. Denn sie ist es, die uns stark macht.

Printed in Poland
by Amazon Fulfillment
Poland Sp. z o.o., Wrocław

72008343R00157